花髑髏

横溝正史

角川文庫
22213

目次

白蠟変化《びゃくろうへんげ》

百万長者の死刑囚

晴れるともなく、曇《くも》るともなく暮れてゆく物うい春のたそがれ。その静けさをかき消すように、突如躍《おど》りだした号外の鈴の音が、街中をひとときの興奮の中へまきこんだ。

号外の鈴というものは、どんな際でも人の心を不安にするものである。ましてやとかくのうわさのたえぬきょうこのごろ、またかと、人々が胆を冷やすのも無理ではない。たちまち街のあちこちにはり出された号外の前には黒山のような人だかり。幸いそれは人々が懸念《けねん》したような記事ではなかったが、その代わり素晴らしい話題らしい話題を街中にまきちらした。

「ははあ、やはり死刑に決まりましたな」

「やむを得ますまいね。遣口《やりくち》がひどうございましたからな。後が悪うございましたよ。屍体《したい》の始末をつけようとしたのがね」

「そうそう、殺人なら殺人で、潔《いさぎよ》く自首でもすれば格別、屍体を刻んで焼却しようとしたのは、ひどうございましたからな」

などと同情のあるような、ないような口吻《こうふん》を弄《ろう》している連中があるかと思うと、

「ざまア見やがれ、こういう有閑不良の徒はどしどし死刑にしてやるのが国家のためだ」

などと、ひとり力んでいる慷慨《こうがい》家もある。

さらにまた別の場所では、小生意気《こなまいき》な女学生が二、三人、号外に出ている写真を指しながら、

「ちょいと、この人なかなか好《い》い男じゃない？」

「そうね、フィリップ・ホームズに似ているわ。虚弱そうな魅力が――」

「ほんと。そういえばこの事件はフィリップ・ホームズの役どころかもしれないわ。古い老舗《しにせ》の血統の犠牲になったところなんか」

彼女たちの眼から見ればこの恐ろしい現実の悲劇も、映画とかわりないらしいのである。

さて、人々をこのように興奮させた号外というのは、いったいどのような記事であったか。その表題だけでもここに紹介することにしよう。

細君殺し百万長者
遂に上告を棄却さる
一審通り死刑と決定

そしてそこには問題の死刑囚日本橋の大老舗、べに屋の主人諸井慎介《もろいしんすけ》の写真が、大きく掲げられているのである。

なるほど女学生の批評に間違いはなかった。三十前後の色の白い、老舗の主というよりはどっちかといえば芸術家タイプの、まずは美男子の部に入るべき青年である。この男が遠からず絞首台の餌食《えじき》になるのかと思うと、痛々しい気がせぬでもない。どう見ても、これが屍体寸断という惨劇を演《や》ってのけた凶悪な犯人とはうけとりがたいのである。

この諸井慎介の細君殺害事件ほど、ちかごろ世間を騒がした事件はなかった。この事件の顚末《てんまつ》については、いずれ後で詳しく述べなければならぬが、さしあたってわれわれはいま、この号外によって惹起《じゃっき》された、次のような情景を覗いてみることもむだではなかろうと思う。

号外のまきちらした興奮がまだ巷《ちまた》のすみずみから消えやらぬ燈《ひ》ともしごろ、牛込から四谷塩町に向けて疾走している一台の自動車があった。パッカードの素晴らしい自家用である。

乗っているのは四十前後の、狐《きつね》のような感じのする一紳士。背が高く、やせぎすの体を、身に合った黒ずくめの洋服でピッタリと包んでいるから、いっそうひょろ高く見えるのである。顔は鉋《かんな》でそったように、細く、鋭く、骨ばっていて、鼻がまた気味悪いほど高い。おまけに眼が釣り上がり気味なので、だれが見てもまず第一に連想するのは狐という感じである。

この自動車の内部には、医学博士、鴨打俊輝《かもうちとしてる》と、ごていねいに肩書まで入れた名札が掲げてあるが、この狐面の紳士がその鴨打医学博士なのである。

ところでこの鴨打俊輝という名だが、どこかで聞いたことがあると思ったのも道理、先に述べた諸井慎介の事件の際、証人としてしばしば法廷にも呼び出され、新聞にも引き合いに出されたのがこの人である。新聞の報道にして誤りがなければ、この人は諸井慎介の従兄《いとこ》に当たるはずである。

それにしてはこの人の今の態度は不可解である。従兄が死刑と決定したというのに、少しも悲しそうな色は見えない。いやむしろ得意そうな色さえ見える。ひょっとするとこの人は、まだあの号外を見ていないのではなかろうか。

いやいやそんなはずはない。さっきから彼が、膝《ひざ》の上にひろげたり畳んだりしているのは、確かにあの号外だ。自動車に乗った時から彼は、繰り返し繰り返しそれを読んでいる。

しかもその読み方というのが尋常ではない。たとえば文学青年がはじめて自分の名が、活字となったのを発見したときのような、あるいはまた、味わっても味わっても味わいきれぬ美味に舌鼓を打つときのような、なんとも形容できぬほどの愉悦《よろこび》に面を輝かせながら、繰り返し、繰り返し読み返しているのだ。この人はよっぽど変わった人に違いない。従兄が死刑と決まったのがこれほどうれしいとは、この人はよっぽど変わった人に違いない。

しかし自動車が塩町に近くなるに従って、博士の表情は次第にあらたまってきた。自動車は間もなく、塩町のとある閑静な横町の、小ぢんまりとした邸宅の前でとまった。博士は自らドアをひらいて自動車からおりた。

そしてみごとな檜《ひのき》の一枚板でできた門をくぐり、上品な植え込みを左右ににらみながら、掃除の行きとどいた石甃《いしだたみ》をふみ、みがきのかかった細目格子《ほそめごうし》の玄関にたって呼鈴を押すころまでには鴨打博士の面からは、あの燃えあがるような愉悦のいろはきれいにぬぐい去られて、その後を占領しているのは、いかにもしかつめらしい憂愁の表情。

この人は役者のように巧みに表情を変える術を知っていると見える。

博士は玄関のわきにかかっている表札の面を斜めににらみながら、二度三度、重ねて呼鈴を押した。その表札には、

六条月代《ろくじょうつきよ》

と艶《なま》めかしい女名前。

狐と美女

鴨打博士が玄関の呼鈴を押す少し前ごろから、この邸宅の奥まった一室では、若い女がひとりよよとばかりに泣きくずれていた。

十二畳じきの京都風な日本座敷。床の間が思いきって大きく、書院窓があって庇《ひさし》が深く、その庇のすぐ外に楓《かえで》の若葉が鬱陶《うっとう》しいほど茂っているから、まだ燈をともさぬ座敷のなかは陰気なほどうす暗い。この寒々とした空気のなかに、女の泣き声がいつまでもいつまでも続いている。その女のすぐそばにあるのは例の号外である。してみるとこの女もやはり、あの死刑囚、諸井慎介と関係があるとみえる。

女の泣き声はおよそ小半時も続いたろう。泣くだけ泣くといくらか気が軽くなったとみえて、間もなく彼女は泣きぬれた面をあげたが、その顔を見るとちょっとびっくりするほどの美人である。

年齢は二十三か四というところだろう。同じ美人といっても古い型のなよなよとした美しさではなくて、この人は、実に堂々とした美しさだ。体なども日本人には珍しいほど豊かで、その肉づきの艶《なまめ》かしさ。大きい、くっきりとした眼鼻立ちの艶《あで》やかさ、そして変化にとんだ双眸《そうぼう》にやどした情の深さ。もしこの女が現在のように憂いに沈んでいるのでなかったら、その美しさはさらに百倍したであろう。

これが有名な女流声楽家の六条月代。そして月代もまた、あの日本橋の大老舗べに屋の親戚《しんせき》筋にあたるのである。

月代はもう泣いていなかった。彼女は机のそばに膝行《いざ》りよるとそこに立てかけてあった、額入りの写真を手にとりあげた。写真の主はいうまでもなく死刑囚諸井慎介である。その美しい面をしげしげとうち見やっているうちに、月代の顔にはちょっと人を驚かせるほどの、激しい決心の表情がうかんできた。

「慎介さん、まだまだ絶望しちゃいけません。あたしがきっと、きっと救ってみせます」

彼女は低声にそうつぶやいたが、すぐ事の困難さに気がついたのか、パッタリと音をさせてその写真を伏せると、ふたたびよよとばかりにそこに泣き伏した。

まったく月代が絶望するのも無理ではなかった。法律によってすでに死刑と確定した者を、どうして彼女のような繊弱《かよわ》い女の力で救い出すことができよう。もし月代が真実、慎介を救おうと思っているとしたらそれこそ、正気の沙汰《さた》とは思えない。

小間使が鴨打博士の来訪を通じたのはちょうどこの時であった。

「お嬢さま、鴨打先生がお見えになりました」

月代はこの家の女主人だけれど、未婚だからお嬢さまといわれるのになんの不思議もないのである。鴨打ときくと、今まで泣き伏していた月代は、まるで毛虫にでも刺されたようにピクリと体を起こした。

「まあいやな、選《よ》りに選ってこんな時に――」

と、いかにも嫌悪《けんお》にたえぬというふうに眉《まゆ》をひそめ思わずそう口走ったが、じき思い直したように、

「そう、しかたがないわ。応接間へ通しておいてちょうだいな」

とため息まじりにいった。

鴨打博士も月代の遠縁にあたっていた。しかしどういうものか月代はこの人を虫が好かぬのだ。相手は神楽坂辺に堂々たる病院を経営しており、博士という肩書まで持ったりっぱな紳士である。数多い親戚のなかでも、この人ほど世間から尊敬を受けている人は少ない。それにもかかわらず月代は、この独身の医学博士がなんとなく底気味が悪いのだった。

しばらく応接間に待たされた鴨打博士は、やがて現われた月代の姿を見ると、あま

りの美しさに思わず眼をそばだてた。さぞや悲しみに沈んでいるだろうと思ったのに、案外そうでもなさそうにみえる。それだけでも博士の気に入ったのに、黒地に金と銀で舞扇《まいおうぎ》と鼓をえがいた、大胆なお召の衣装が、柄の大きな容貌《ようぼう》によく似合って、いつも洋装ばかり見慣れている博士の眼には、ひとしおの美しさ、ただもうゾクゾクするばかりの好もしさなのだ。

「よくいらっしゃいました。どうぞお掛けあそばせ」

「いや、今日はあまりよくは来ないのです。さきほどの号外を見ましたか」

「はい、見ました」

「なんともお気の毒でした」

「いたしかたございませんわ。それもこれも犯した罪の報いなんですもの」

「どうか私を怠けていたなどと思わないでくださいよ、これでもずいぶん骨を折って奔走したのです。あなたにいわれるまでもなく、慎介君はぼくにとっても親戚にあたるのですからね。金でできることならほとんどすべてのことをしました。あらゆるつてを求めて運動もしました。だから結局だめであったからといって、私を怠慢であったなどとおっしゃられると困りますよ」

「よくわかっております。あなたはずいぶんお骨折りくださいました」

月代はつぶやくようにそういったが、その調子にはことばの意味とはまったく違っ

た皮肉な響きがこもっていた。しかし鴨打博士はさすがにそこまで気がつかず、

「いや、あなたにそうおっしゃっていただけば私もこれで骨折りがいがあったというものです。それに、今日はさぞ落胆していられるだろうと思ったのに、そうでもなさそうなのでたいへん安心しましたよ」

ああ、この男にどうして、自分のこのたとえようもない悲しみがわかるものか！　月代は一言、相手を思い知らせるようなことばを吐いてやりたかったが、すぐ思い返したように、

「いいえ、もうとっくから覚悟していたものですから。——それにあなたが御覧になるよりは、内心悲しんでいるのかもしれませんよ。ほほほほほほほほ、なんですか、さっきから頭がチクチクしてたまりませんの」

これは体のいい撃退のことばである。

鴨打博士はそれをさとるとじき立ち上がった。何も急ぐことはないのだ、恋敵《こいがたき》の諸井慎介が死刑になってしまえば、後はゆるゆるといくらでも方法がある。

「それじゃ今日はこれで失礼しましょう。取りあえず御報告かたがたお見舞いにあがったのですから、後のことはいずれまたゆっくり、御相談することにしましょう」

「はい、なにぶんよろしくお願いいたします」

鴨打博士が気味悪い北叟笑《ほくそえ》みをうかべながら帰ったあと、月代はもう一度ひた泣き

に泣いた。涙も涸《か》れんばかりに泣いた。こういう際には泣くに限る。なまなか耐えているとますます苦痛がつのるばかりである。

月代は泣くだけ泣くと気が軽くなった。時計を見るとすでに七時を過ぎている。そこで思い出したように彼女は女中を呼んだ。

「あたし今夜は御飯いただきませんから」

それからその後へもう一言付け加えた。

「明日の朝まであたしひとりでいたいの。だれが来ても留守だといって。寝室のドアは内部から鍵《かぎ》をかけておくから邪魔をしないでね。何も心配するようなことはけっしてないのよ」

主人の悲嘆を知っている女中が委細かしこまってさがると、月代は寝室と化粧室の二間つづきになった洋風の部屋へさがって、内部からピンと錠をおろしてしまった。

一時間ほどたった。

と突然、庭に面した寝室の窓がスルスルと内部からひらいて、そこからソッと忍び出したのは、たった今、あしたの朝までひとりで居たいといったあの月代ではないか。さっきとは違って地味な洋装に外套《がいとう》の襟《えり》を立て、ロシア女のように黒い肩掛を頭からかぶり、おまけにロイド眼鏡までかけている。

そういう姿で彼女は、闇《やみ》にまぎれてこっそりと裏木戸から外へ忍び出たのである。

深夜の尾行

裏路づたいに入り口をさけて、自宅からはるか離れた電車通りへ、月代の姿が現われたのはそれから間もなくのことだった。

通りすがりの円タクを呼びとめて銀座まで走らせたが、何を思ったのかそこでまた別の自動車を拾うと、こんどは浅草まで。――いったいこれはどういうわけだろう。浅草へ行くのなら最初からそうすればいいのに、ずいぶんむだなことをするものだと思っていると、彼女はさらに浅草で別の自動車を拾って牛込まで。

どうやら行く先をくらまそうというのが彼女の肚《はら》らしいが、このように用心を重ねていったいどこへゆくつもりだろう。自動車は間もなく牛込へついた。若松町付近の寂しい横町で自動車をとめると、彼女はすばやく路上に飛びおりた。

時刻は九時すぎ。この辺の九時といえば真夜中も同然だから、どの家も表を閉じて寝静まっている。真っ暗な夜道を時々生ぬるい風がなで下ろす。明日は雨になるかもしれぬ。

月代はしばらく小刻みに足を急がせていたが、そのうちに何に気づいたのか、ハッとしたように歩調を緩めた。

だれか尾行して来るものがある。

まさか——と一度は強く打ち消したがやはりそうらしい。こちらが足を早めれば後の足音も早くなる。こちらが歩調を緩めると、うしろの足音もゆっくりと遠のいて行く——

この夜更けにいったいだれだろう。女と見ての悪戯《いたずら》だろうか。それならいいのだが、もし自分の目的を知っていての尾行だとしたら！

月代はゾッとしたように肩をすぼめた。

いまさら逃げ出すわけにもゆかぬ。そんなことをすればいよいよ動きがとれなくなるばかりだ。いっそ後もどりして相手の正体を見極めてやろうか。だが、その勇気も出ない。

とつおいつ思案しているおりから、道はしだいに下り坂となって、行く手に黒いお社《やしろ》の杜《もり》が現われた。坂道はそこでくの字なりに曲がっているので、だれでもそこまで来ると、お社の境内を斜めに突っ切って近道をする。月代はこのお社のそばまで来たとき急に決心が定まった。彼女はいきなり境内へとび込むと、拝殿のうしろにある崖《がけ》を、ひと息で駆けのぼり、真っ暗な木立のなかに身を隠したのだ。と、間髪を入れず尾行者の影が現われた。洋服を着た背の高い男だ。急ぎ足で境内を斜めに突っ切り坂下のほうへ姿を消したが、じきに、うろうろと辺《あた》りを見回しながら引き返して来た。

この時彼は非常なへまを演じたのである。ついうっかりと常夜燈の下を通りすぎたものだから、今まで闇に包まれていた容貌が、あからさまに、その光の中に浮きあがったのだ。月代はその顔を見た刹那《せつな》、ジーンと体じゅうの血が一時に凍ってしまうほどの大きな驚きにうたれた。尾行者は鴨打博士だったのだ！

前にもいったとおり月代はこの人がきらいだった。しかしそれには別にこれという理由もなく、ただなんとなく虫が好かぬという程度にすぎなかったが、今こそ彼女は、この博士の憎むべき、非常に大きな理由を発見したのだ。

人間というやつはときどき思いがけない所で、心中の秘密を暴露するものだが、この時の鴨打博士がそれだった。ああ、常夜燈の光に照らし出された博士の顔の、なんという陰険で腹黒かったことか！

おそらく彼は四谷からズッと月代の後を尾行して来たのだろうが、してみると月代があれほど用心に用心を重ねた行動も、狐のような狡猾《こうかつ》な博士を欺くことはできなかったとみえる。

博士はしばらく未練らしく、その辺をうろうろしていたが、とうとう思いきったように舌打ちをすると立ち去って行った。

月代はじっとその足音に耳を澄ましていたが、なかなか隠れ場所から這《は》い出そうとする模様はなかった。およそ一時間ぐらいも、彼女はそこでじっと辛抱していたろうか、あの狡猾な博士のことだから、立ち去ったと見せて、その実まだその辺に隠れていないものでもない。

しかしそういう様子もない。博士はほんとうにあきらめて帰ったらしい、月代はやっと安心して隠れ場所から這い出した。

それから間もなく彼女が姿を現わしたのは、刑務所の塀外《へいそと》だった。いったい彼女はどこへ行くつもりだろう。この刑務所のなかには現在彼女の恋人が、囚《とら》われの身となっているのだが、まさかそれに会いに行くわけでもあるまいに——。

果たして彼女はその黒い塀の下を通りすぎた。と行く手に現われたのは空き地と窪《くぼ》地《ち》の中間に、一軒ポツンと離れて建っている二階建て。

門をくぐるとお粗末な格子のはまった玄関、月代はその格子戸を軽くたたきながら、

「開けて——開けて。——」

とおびえたような声で訪《おとの》うた。

報酬五万円

「どうしたのです。尾行でもされたのですか」

転げ込むようにして入って来た月代を見ると、玄関を開いた男はびっくりしたよう

に眼をみはった。薄ぎたない、人相のよくない男だ。

「ええ、悪いやつに尾《つ》けられて。――うまく撒《ま》いたつもりだけど、石黒さんいて？」

「いますよ。まあ奥へお通りなさい」

男は用心深く表を見回してから玄関をしめ、さきに立って奥の唐紙《からかみ》をひらいた。それはどの借家にでもあるような普通の八畳座敷。床には夜店ものらしい掛軸がかかっていて、その前には竹筒の花活《はないけ》に白百合《しらゆり》が一輪。座敷の中央にはかりんの机、かたわらの瀬戸の火鉢《ひばち》には鉄瓶《てつびん》がシャンシャン湯気を立てている。見たところ、ごくありきたりの光景だったが、実はこの平凡なたたずまいの陰に、世にも驚くべき秘密がかくされていたのだ。

「石黒さんを呼びますか」

「ええ、呼んでちょうだい」

月代がそういうと、男は床の間のそばへ膝行《いざ》りよって、白百合の花をぬくと、竹筒の花活に口をあてて低い声でいった。

「石黒さん、六条さんがお見えになりました」

それから彼は座敷の中央にあった机と火鉢をかたづけると、その下の畳を無造作にまくりあげた。そうしておいて、彼は無言のまま表の部屋へ出ていった。

間もなく、どこからか低い足音がひびいてきた。と思うと、今めくりあげた畳の下からふいにむっくりと男の頭が持ちあがった。光線よけの青い眼鏡をかけた、三十五、六の、色の黒い、たくましい男である。ジロリと月代の姿に流眄《ながしめ》をくれると、

「やっぱりやって来ましたな」

と、にこりともせずに、太いブッキラ棒な調子でいいながら、畳の上へ這い出して来た。作業服についた砂がザラザラとこぼれる。船員あがりとも見える、粗野な、しかしその粗野の中に一種の頼もしさを包んだような男だ。

「ごめんなさい。あなたのほうから指図があるまでは絶対に来まいと思っていたのですけれど、あまり心配だったものだから――」

「いや、今夜あたり来るだろうと思ってましたよ。あんな号外が出た以上ね」

「あなたも御覧になって？」

「見ました、なんともお気の毒でしたね」

「いえ、あのことはもうしようがないわ。あきらめているわ。だけどあちらがああなった以上、なんとしてもこちらのほうで成功していただかなくちゃと思って――」

「大丈夫、私にまかせておきなさい。死刑を宣告されたからって、すぐ執行されるわけじゃありませんからね。相当時日がありますから、それまでにこちらのほうは十分間に合います」

「だけど、あとどのくらいあったらいいの」

「そうですね。ほんとうのところあと一週間もあれば十分ですが、あなたがまた気をもむといけないから十日といっておきましょう」

「十日？　間違いはなくって？」

「大丈夫です。十日ののちには慎介君はあなたの胸に抱かれていますよ」

「まあ」

月代は心もとなさそうに、泣き笑いに似た微笑をうかべた。それからおずおずと相手の気をかねるように、

「ねえ、あたしあなたを疑うわけじゃないけれど、一度その工事の進行状態というのを見たいのよ。いけません？」

「そうですか。お安い御用です。しかし相当勇気が要りますよ」

「ええ、たいていのことなら大丈夫よ、あの冷たい監獄のなかで、死よりほかに考えることのないあの人のことを思えば――」

「そうですか」

石黒は苦笑をうかべながら、

「よろしい、それじゃ御案内しましょう」

「ああ、ちょっと待って」

月代は手にしていた鞄《かばん》をひらくと、それを石黒のほうへ押しやって、

「ここに約束の五万円があります。これは成功した時にお渡しする約束でしたけれど、ごたごたするといけませんから、今お渡ししておきます」

「そうですか。そのほうが私も好都合です。これが成功するとわれわれはその夜のうちに、外国へ逃げるつもりですから、遠慮なくいただいておきます」

「皆さん、外国へいらっしゃいますの」

「どうせついでです。皆つれて行きましょう。私がにらんでいる間はいいが、眼を離すとどんなことでまたあなたに御迷惑をかけるかもしれないような連中ばかりですからね」

「ほんとうにこんな恐ろしい仕事をさせて、なんといってお詫《わ》びしていいかわかりませんわ」

「そんなことはないのです。男というやつはね、美しい女の喜ぶことなら、どんなことでもしたくなるのですよ。それに五万円なんて金は、そう容易《たやす》くわれわれの手に入る金ではありませんからね」

石黒はものすごい微笑をうかべながら、無造作に紙幣《さつ》束をポケットにねじこむと、

「さあ、御案内しましょう」

と、懐中電燈を手にとりなおした。

笑う地下道

月代が見たいといい、石黒が案内しようというのは、さっきの男が這いだして来た、あの畳の下であるらしかった。

　のぞいてみると、なんということだ、そこには直径六尺ばかりの深い縦孔《たてあな》がうがたれているではないか。そしてその暗黒の底からは、生ぬるい風が吹きあげてきて、そこにかかっている縄梯子《なわばしご》をかすかにゆすぶっている。

「さあ、気をつけていらっしゃいよ。ずいぶんでこぼこの道ですからね。銀座の舗道を散歩するようなわけにはいきませんよ」

　石黒は冗談まじりにそんなことをいいながら、自ら先に立ってその孔の中に潜りこんだ。

「ええ」

　月代は肩をすぼめてかすかに身震いをしたが、すぐ思い直したように男の後に続く。危ない、グラグラとする縄梯子だった。それを五、六間もおりたかと思うと、月代の足はようやく柔らかい泥《どろ》の上にふれた。

「さあ、これからが横孔だが、狭いから気をつけて。――うっかりすると頭をうちますよ」

その注意が終わるか終わらぬうちに、月代はゴツンと頭を固い天井にぶっつけて、いまにも泣きだしそうな悲鳴をあげた。

「ほら、ごらんなさい。立ってちゃ無理だ。格好が悪くてもしかたがない。我慢して四つん這いになるんですな。だれも見てやしないから大丈夫です」

実際、後から考えて、よくあんなまねができたと思うほどだが、彼女はその時躊躇《ちゅうちょ》なく、まっくらな地下道で四つん這いになった。

「いいですか。それじゃ私が行くとおりついて来るんですよ。何も危険なことはないのだから大丈夫です」

それから後しばらく、二人は黙々としてこの奈落《ならく》のような舗道の闇《やみ》のなかを突き進んでいった。

後に事件が公けになって、その筋の人々によってこの舗道が検分されたことがあったが、その時、一人として、舌を巻いて驚嘆せぬ者はなかったという話だ。むろんこの舗道はけっして完全なものとはいえない。今にも地層が陥落しそうだったり、あちこちに土崩れがあったりして、ずいぶん危なっかしいものには違いなかったが、それでも絶対秘密のうちにこれだけの工事が進められたというのは、実に驚くべき事実だったのである。しかしそれは後のお話。

「あっ！」

と、ふいにくらやみの底から月代が低い叫び声をあげた。

「どうかしましたか」

「なんだか冷たいものが背中へ落ちて――」

といかにも気味の悪そうな声だ。

「なんだ。水ですよ。この上はちょうど泥溝《どろみぞ》になっているんですからな。はははははは！」

石黒はおもしろそうに声をだして笑ったが、するとその笑い声が終わるか終わらないうちに、あちらからもこちらからも、はははははと気の抜けた笑い声がおこった。

その声の気味悪さ。月代は思わず前にいる石黒にしがみついた。

「まあ！　あれは何？」

「え？　なんですか？」

「今向こうのほうでだれか笑ったのじゃない？」

「ああ、あれですか。あれは反響ですよ。ほら、ほら、もう一度笑ってみましょうか。はははは！」

石黒がわざと声を出して笑うと、くらやみの中から、ふたたび無気味な笑い声が、あちらこちらから合唱した。

「まあずいぶん気味が悪いのね」

「これは舗道の角度と空気の加減で起こるのでしょうね。反響は六ヵ所で起こるのですよ。ほら、聴いてごらんなさい。月代さん！」

と最後の一句に力を入れていうと、あちらの隅《すみ》、こちらの角から、

月代さん！

月代さん！

月代さん！

月代さん！

月代さん！

月代さん！

とたしかに六遍、どんよりとした空気の中に旋回しながら、しだいに遠くなって行ったかと思うとやがて陰々として、底知れぬ闇のなかへ消えていった。

「よして！　よして！」

月代はあまりの恐ろしさ、気味悪さに思わず両手で耳を押さえながら、

「なんてまあ気味の悪い！」

とつぶやいた。

まったくこれが恋しい人のためでさえなかったら、彼女はそのまま逃げ出したかも

しれないのだ。

しかし、それから後には別に変わったこともなかった。ふたたび黙々として闇のなかを這い進んでゆくと、やがて向こうのほうからボッと白い虹《にじ》のような光がさしてきた。その光を目標に最後のカーブを曲がると、突然そこには一種異様な光景が現われたのである。

数本の円筒がまるで火箭《ひづつ》のように、強烈な白光を吐きだしている。その光によって、この恐ろしい洞窟《どうくつ》内は、昼よりももっともっと明るいのだ。そしてそれらの光の中に、屈強の男が三人、青眼鏡をかけて、黙々として土を突き崩している。それが石黒の部下なのだ。彼らは石黒の後について入って来た月代の姿を見ると、驚いたように手を止めてこちらを振りかえった。

「おい、だれかこの方に眼鏡を貸してあげろ」

石黒が命令するといちばん近くにいた男が即座に青い眼鏡を外した。

「さあ、これをお掛けなさい。この光はとても眼に悪いのですからね」

月代はその眼鏡をかけると、はじめておびえたような眼であたりを見回しながら、

「ねえ、これはもうどの辺になりますの。刑務所の下あたりになりますの」

「そうですね。そこに刑務所の見取図がありますが、その上に、印しがついているでしょう。それがいまわれわれのいる地点です。そして慎介君のいる独房というのはこ

こですから、ほら、あとごくわずかの距離しかないでしょう」

「まあ、そうすると私たちとあの人との間には、いま数間《すうけん》の距離しかありませんのね」

月代は深い感動にゆすぶられたようにそういうと、しばらく無言のままたたずんでいたが、やがて熱い涙がとめどなく、あの青眼鏡の下から流れおちてきた。そして世にも悲しげな歔欷《すすりなき》の声が、しずかに洞窟のなかにひろがって行ったのである。

ああ、この時もし彼女が、この無鉄砲な、気違いじみた計画が、どんなに思いがけない、さらにまた、この物語の表題にしめされた白蠟変化《びゃくろうへんげ》というのが、どのように恐ろしい怪物であるかを知っていたら！

べに屋一族

さて、ここで一応、諸井慎介の細君殺害事件の顚末なるものを、紹介しておく必要があるようだ。

日本橋通三丁目にあるべに屋小間物店というのは、江戸時代からの連綿たる暖簾《のれん》を誇る古い老舗である。やり方が地味なので世間的には目立たないが、なんと言っても近ごろできの新店と違って、屋台骨がしっかりしているので、営業成績などにもかかえって侮りがたいものがあり、財政的にも危なっけがない。第一、日本橋や京橋などの目抜きの場所にもっている地所だけでも相当なもので、どんなに少なく見積もっても、五、六百万円はあるだろうとの人のうわさ。

慎介はこのべに屋の婿養子だった。

先代のべに屋の主人には子供が二人あって、上が男で下が女。この男のほうが生きていれば問題はなかったが、この事件の起こる二、三年前に病死したものだから、当然、娘の梨枝《りえ》に婿養子をしなければならなくなった。ところが、このべに屋には昔からむずかしい家憲があって、婿養子をする場合には、絶対に、べに屋一族の血統を引いた者を選ばなければならぬという、厳しい鉄則がある。そこで親類じゅう協議のすえ、白羽の矢を立てられたのが慎介である。

慎介はむろん辞退した。芸術家肌の彼は、とうてい、そういうしちめんどうな老舗の主人などに、なれる柄ではなかったからである。しかし、この時彼が固辞してうけなかったのには、それよりもっと大きな理由があったのである。同じくべに屋の血縁にあたる六条月代との恋愛がそれだ。この二人の仲は当時親類じゅうでも承認された形で、彼らが遠からず結婚するということは、一同承知のうえだった。

ところが今や事態は変わってきたのだ。神聖なる御本家に相続者がなくて、危急存亡に陥っている秋《とき》に、わがままな恋愛沙汰などはもってのほか、この由緒正しいべに屋の血統を守るためには、すべからく些々《ささ》たる恋愛などあきらめたほうがよろしいという意見が、にわかに親戚の中から台頭してきた。この意見の急先鋒《きゅうせんぽう》というのが、例の鴨打博士だったのである。

この時、慎介と月代との間にどういう話があったか筆者も知らない。知られているのはそれから間もなく、月代が突然、声楽修業を名として欧州へ旅立ったことと、その後で慎介と梨枝との結婚式が挙げられたこととである。

血統の犠《いけにえ》――現代のような世の中にも、こういう悲劇はあるとみえる。しかし、こういうふうにして結ばれた夫婦の間がうまく行くはずはなかった。

慎介は本家に入るとすぐ、北鎌倉に別荘風な洋館を建築して、そこで細君と二人、できるだけ平静な、煩いのない生活を送ろうと試みたが、後になって考えるとかえってこれがいけなかったのである。

むしろ日本橋のような人の出入りの多いところに住んでいれば、なにかと気が紛れてそれほど気まずくならずにすんだかもしれない。それが鎌倉山のような閑静なところで、四六時中差し向かいで暮らしているのだから、お互いの欠点がいっそう拡大されてみえるのはやむを得ないのである。

そこが趣味を同じくしない夫婦の悲しさ、ぼんやりと差し向かいになっているような場合に、ちょっとその場の空気を救ってくれるような、共通した話題が夫婦の間にはない。いきおい黙りこんでしまう。これでは気づまりだから、慎介はなるべく書斎に閉じこもって、自分ひとりの時間を持とうとする。

梨枝にはそれが気に入らないのである。

彼女はその時二十四だった。細面《ほそおもて》の、鼻の高い、眼に険のある、血というものは争われないもので、どことなくあの鴨打博士に似た女だった。性質などにも共通したところがあったかもしれない。妙にネチネチとしてハッキリしたところがない。物をいうにも一々持って回った言いかたをする。そういう調子でチクチクと月代とのことを嫉《や》くのだから、嫉かれるほうではやりきれないのである。

こうして結婚後半年とたち、一年とたったが、二人の仲は少しでも温かくなることか、ますます尖鋭化されてゆくばかり。そしてとうとう、あの恐ろしい事件が起こったのである。

証拠の片腕

春のはじめころ、慎介はそれまでいた二人の女中にふいに暇を出した。するとそれから二、三日たって京都にいる爺《じい》やの姪《めい》から、急病だという電報があって、どうしても爺やはそのほうへ行かなければならなかった。ところがこの電報というのが贋《にせ》電報だとわかって、爺やはすぐに帰って来たが、その間の三日間というものを、北鎌倉の別荘には、仲の悪い夫婦が、二人きりで取り残されたことになるのである。

爺やが帰ったとき、梨枝の姿は見えなくて、慎介が一人、書斎でパンをかじっていた。

「奥さまは?」と、きくと、

「さあ、二、三日前から帰らないのだが、たぶん日本橋のほうへでも行っているのだろう」

と例によって細君のことになると、あの人の好い慎介が打って変わった冷淡さ。

「旦那をひとり残して?」

「なにそのほうがいいのさ」慎介は乾いたような笑い声をあげた。

ところがそれから二、三日たって、爺やがふと地下室へおりて行く用事があった。この建物は慎介の設計になるもので、地下室より各室へスチームを送る仕掛けになっている。しかし今は春のことだから、この地下室にはほとんど用事はなかった。ところが今、爺やが何気なくおりていってみると、赤々と石炭をたいた竈《かまど》の前に慎介がうずくまっている。

爺やがびっくりして、

「旦那《だんな》さま」

とうしろから声をかけると、ぎょっとして振り返った慎介、ふいのことで取り繕うひまがなかったのだろう。切り口のブスブスとくすぶって、なんともいえぬいやなにおいを発している人間の片腕をブラ下げているのだった。

それから後のことはいまさら、ここにくだくだしく繰り返すまでもあるまい。

あらゆる証人たちによってその片腕が梨枝のものであることが証明された。それは梨枝の左手で、非常に特徴のある痣《あざ》があったので、べに屋の奉公人たちは、だれでも知っているのである。むろん竈の中は厳重に精査された。そしてその中から明らかに人間一人分の灰と、骨や燃えのこりの歯などが発見された。

つまり慎介は細君を殺して、屍体を寸断したうえ、竈の中で焼却しようとしたが、最後の左腕が残ったところを爺やに発見されたのだ。

慎介はむろん、極力無罪を主張した。彼の言葉によるとこうである。――

その日慎介は散歩からの帰途、ふと自分の家の煙突から煙が出ているのを見つけた。はてな、だれが今ごろ竈をたいているのだろうと、不審に思って地下室へ調べにおりた、そこを爺やに発見されたというのである。

ところがちょうどその時分、彼にとって非常に不利な事実が発見されたのである。事件の起こる一週間ほど前のこと、慎介は何を思ったのか、日ごろあまり往来もしていない神楽坂の鴨打病院へ遊びに来た。そしてとりとめもない雑談をしたあげく、しまいには、馴《な》れ馴れしく薬局へ入り込んで、薬剤師をつかまえて、いろいろ毒薬に関してききただしていた。

ところがそんな話をしているうちに、用事があって、しばらく薬剤師がその席を離れねばならぬことがあった。そして間もなく引き返してみると、慎介の姿はすでになく、しかも鍵をかけわすれた毒薬棚《だな》に、だれか手を触れたような形跡があったというのである。

官憲からこのことを突っ込まれたとき、慎介は狼狽《ろうばい》の色をかくしきれなかった。そして彼が意を決して告白したところによるとこうである。

――毒薬棚から毒薬を奪ったのはたしかに自分である。そしてその目的が妻を殺害するにあったことも否定しない。しかしその後ですぐ後悔した。いや後悔したというよりは恐ろしくなった。それで帰り道、下水の中へその毒薬は捨ててしまったというのである。

これが慎介の告白のすべてであった。しかしそれでもう十分なのだ。すでにして彼は殺意のあったことを認めている。毒薬を盗んだことも否定しない。しかも彼は、屍体の一部分を焼却しようとした現場を発見されたのだ。

公判の結果はすでに述べたとおりである。

月代はこの報告をフランスにいてきいた。

彼女は慎介のこの恐ろしい犯行の原因が、すべて自分にあったことをさとると、急《きゅう》遽《きょ》パリから帰って来た。

そしてあらゆる運動、あらゆる弁護、あらゆる請願が、ことごとく無効であるとみるや、かつてパリにいる時分、いくらか役に立ち、助けてやったことのある石黒というマドロス上がりの男に相談して、ここに大胆不敵な、おそらく前代未聞というべき、大仕掛けな刑務所破りの計画となったのである。

嵐《あらし》を衝《つ》いて

ひどい風だった。

家も木も人もふっとんでしまいそうな大暴風雨だった。雨は棒ほどもある太さの竪《たて》縞《じま》となって地上にたたきつけた。風はものすごい唸《うな》りをあげながら、行く手をはばむものをことごとく打ち砕くのである。街頭はたちまち氾濫《はんらん》して泥海と化した。

日が暮れてから暴風雨はますます激しくなった。あらゆるところで土崩れが起こったり、塀《へい》がとんだり、街路樹が倒れたりした。

こういう大暴風雨の、しかもその真夜中ごろのことである。牛込から九段下へ向けて疾走している一台の自動車があった。自動車は泥海の中を、すさまじい沫《しぶき》をあげながら走っている。ときどきどっと押し寄せてくる嵐《あらし》に、今にも押し倒されそうになったりした。

ふいに車台がギョクンと揺れて停止した。路上に倒れた塀の上に乗りあげたのである。

「畜生！」

運転手が低いつぶやきを漏らしながらひょいと顔をあげた。その顔を見ると余人でもない。マドロス上がりの石黒なのである。いったいこの男は、この深夜に、この嵐を衝《つ》いてどこへ行こうとするのだろう。

ああ、そういえば今夜はちょうど、あの夜から数えて一週間目にあたっている。ひょっとすると、この嵐にまぎれて、いよいよあの、刑務所破りの大計画を実行したのではなかろうか。とすれば、この客席に顔を隠してうずくまっている男は――？

幸い自動車に故障はなかった。ふたたび、闇の中にヘッドライトを流しながら逃走しはじめた。

自動車はまもなく銀座を横切ると、しだいに隅田川のほうへ出てきた。嵐はいよいよ激しく、まっくらな川の面が噴火口の熔岩《ようがん》のように、猛《たけ》りくるっているのが見える。

自動車は永代橋を渡ると、そこから右折して、ゴタゴタした街の中をしだいに川下に向けて疾走する。瓦《かわら》の飛ぶ音、トタン屋根の吹きまくられる音、木の裂ける音、地響き、鯨波《とき》の声、それらの中に間断なく聞こえるのは、自然が打ち振る、巨大な鞭《むち》のうなりなのである。自動車はやがて越中島から佃島へ入った。

岩壁に大きな汽船が着いて、その陰にだるま船が一艘、木の葉のように揺れている。石黒はそれを見るとすばやく自動車を止めて飛びおりた。

「いるかい？」

「いるわよ」だるま船の中から答えたのは、意外にも女の声だった。

「よし！」石黒は自動車のほうへとって返すと、

「諸井君、早く早く、いい人が待ってるぜ」

せきたてられて客席からおりた男は、依然として外套《がいとう》の襟《えり》の中に深く顔を埋めている。

「大丈夫？　手配はできてますか」

「ええ、大丈夫。もう少ししたら船頭さんが帰って来るわ」

女はいうまでもなく月代だった。

「そう、それじゃ確かに諸井君はお渡ししましたよ」

「ありがとう」

「もうこれきり日本ではお眼にかかりません。お二人ともごきげんよくさようならら！」

「ああ、ちょっと待って！」

月代は何かいおうとしたが、その時すでに石黒は自動車のハンドルを握っていた。そしてふたたび嵐を衝いてまっしぐらに——

月代はしばらくその後を見送っていたが、すぐ気がついたように、男の手を引いてだるま船の中へもぐり込んだ。

狭い穴蔵のような胴の間だった。すすけた釣りランプが時計の振子のようにゆれている。赤茶けた畳、鍋《なべ》、釜《かま》、七厘、綿のはみ出た夜具布団、ひととおり世帯道具はそろっている。水上の漂流者、だるま船の主人にとっては、これでも、狭いながらも楽しいわが家なのである。

男はよろよろとした歩調で入って来ると、そのまま畳のうえに顔を伏せてしまった。泣いているのか肩が小刻みに震えている。

月代はそれを見ると急に眼の中が熱くなった。彼女はいきなり男の肩を抱きしめると、

「慎介さん、もう大丈夫よ。何もいわずにいっさい私にまかせてちょうだいね。この船はね、夜が明けるころまでには、品川沖に停泊している中国通いの貨物船まであなたを連れて行ってくれます。そこの船長はまた上海《シャンハイ》から、外国通いの船へ、人知れず

あなたを乗せてくれるでしょう。それであなたはマルセイユまで行ってちょうだい。何も心配することはありません。万事はこれからあなたが行こうとする貨物船の船長が計らってくれます。あたしもいっしょに行きたいんだけれど、それじゃ疑われる恐れがあるから、余温《ほとぼり》の冷めるのを待って後からゆきます。そしてどこか人眼のないところで、二人楽しく暮らしましょう」

月代はそういいかけながら、物狂おしく男の肩を抱きしめてかきくどく。それでも男は顔をあげようとしないのである。小刻みに震える肩の動きが、波のように月代の胸に、伝わってくるだけだ。

「慎介さん、どうしたの、何かいって、ねえ、あたしに顔を見せて――」

だがそういいながら、月代はふいにぎょっとしたように身を引いた。

今まで抱きしめていた男の体の感触に、なんともいえない妙なものを感じたからである。

男は依然として畳の上に顔を伏せている。相変わらず小刻みに肩を震わせている。だが、これはなんということだ！　男は泣いているのではなかった。笑っているのだった。

「クククククク、クククククク」

と世にもおかしそうに、耐えがたいばかりの笑いを、この男は今までこうして噛《か》み殺していたのだ。月代はゾーッと、おびえたような眼をみはって男の様子を見守っていた。

「慎介さん、何がそんなにおかしい――」

といいかけて、月代はそのまま声をのんでしまった。その時、はじめて男がむっくりと顔をあげたからである。

ああ、なんたることぞ！

すすけたこのだるま船のランプの光に照らしだされたその顔は、白蠟《びゃくろう》のように真っ白な、世にも気味の悪い邪悪な顔、――むろん、それは慎介とは似ても似つかぬ別の男だった！

白蠟怪

「まあ」月代は思わず悲鳴をあげた。

「あなたは――あなたはいったいだれです」

男は答えないで笑っている。ケラケラと、白蠟のように笑っている。

顔は前にもいったように白蠟のように真っ白で、それがこのうす暗いだるま船のランプの光線をうけて、妙にでこぼこした陰影を作っている。変なたとえだが、芝居に出て来る変化《へんげ》の隈取《くまど》り、ああいう感じの白いというよりは、蒼味《あおみ》をおびた一種凄惨《せいさん》な顔付きなのだ。

二つの眼がまるで蛍火《ほたるび》のように光っている。それはちょっと、獲物をねらう豹属《ひょうぞく》の眼を連想させる。眉毛は極端にうすく、鼻はずいぶんいい格好をしているが、唇《くちびる》ときたら非常に薄くて、そのうえたった今血を吸ったというふうに、真っ赤な色をしている。笑うたびに血が垂れやしないかと思われるばかりだ。年齢はそう、三十五、六だろうか、相当の大男なのである。

むしろ月代はこのように一々ていねいに観察したわけではない。とっさの間にこれだけの印象が、さっと脳裏をかすめたのだが、すると彼女はふと、どこかでこういう容貌《ようぼう》を見たことがあるような気がした。

「あなたは――あなたはいったいだれです。どうしてここへ来たのです」

月代はしだいに隅《すみ》のほうへさがりながら、もう一度おびえたような声音《こわね》で尋ねた。

「これは異《い》なことをおっしゃる、お嬢さん」

と男ははじめて口を開いた。妙に優しい、赤ん坊をあやすような声だった。

「あなたのほうで勝手に、私をここへ連れて来たのじゃありませんか」

「違います、違います、私が連れて来ようとした人はあなたではありません」

「お気の毒でしたな。今日お昼過ぎにね、刑務所の中で、監房の入れかえがあったのですよ。それをあなたの友人は御存じなかったとみえる。なんでも私の入れられた独房には、それまで女房殺しの死刑囚が入っていたという話だが、あなたの救い出そうとしたのは、その死刑囚だったのじゃありませんか」

間違ったのである！

なんという不運だったろう。十中八、九まで成功しながら、最後の瞬間に、監房の入れかえがあろうなどとは。――

月代は泣いても、泣ききれぬような気持ちだ。しかし、今はその不運を嘆いてばかりいるわけにはゆかない。彼女の前には、もっともっと恐ろしい現実の苦難がのしかかっているのだ。

「わかりました。私たちは人違いをしたのです」

月代はできるだけ落ち着いた声で、

「しかし、あなたはいったいどういう人ですか」

「私ですか。私の名はお嬢さん、あなたもたぶん御存じでしょうよ。自慢じゃないがこれで私も、少しは世間に知られた人間ですからね。ほら、私のこの左手を御覧なさい」

男はそういって左手を差し出した。見るとろうそくをそろえたような五本の指のうち、人差指が中ほどから食い切られたようになっているのだ。

「この指はね、やはりあなたのように美しい女に食い切られたのです。何ね、ちょっと悪ふざけが過ぎたのですね。こちらはほんの冗談のつもりだったのですが、その女はとても真剣になりすぎたのですよ」

聴いているうちに月代はジーンと体じゅうがしびれてくるような気がした。彼女はおびえたようなまなざしを、相手の顔に釘《くぎ》付けにしながら、

「白蠟三郎！」

とあえぐようにつぶやいた。

「はははははは！　ようやく気がつきましたな。あなたのような美しい女に名前を知られているなんて、私も相当果報者ですね」

男はさもうれしそうにゲラゲラ笑うのだ。

ああ、白蠟三郎！

選《え》りに選って、なんという恐ろしいやつを救い出したことだろう。

だれ一人この男のほんとうの名を知っている者はない。皮膚が白蠟のように白いところから、白蠟三郎と呼ばれているこの男が、十年の刑に処せられたのは、つい数か月前のことだった。詐欺、恐喝《きょうかつ》強盗、誘拐《ゆうかい》、凌辱《りょうじょく》、等々ありとあらゆる忌まわしい罪名がこの男には負わされている。実際、世の中の悪事という悪事で、この男が手を染めないことはないだろうといわれているほどである。

しかしそれだけでは、この男ほど有名になることはできなかったであろう。彼が捕らえられ、公判に付された時、法廷が前代未聞の混乱を示したといわれるほど、素晴らしいセンセーションを巻き起こしたのは、この男が女に対して、世にも不思議な魔力を持っているとうわさされたからである。

あの猫《ねこ》のような瞳《ひとみ》で、一度、じいっと凝視《みつ》められたが最後、どんな女でもそれに抵抗することはできないといわれている。

「そうですね。この女をと思い込んだが最後、それを逃したことは、おそらく、一度だってありますまいね」

法廷においても、彼はそういって傲然《ごうぜん》とうそぶいたという話である。

実際、彼のために身をあやまった女は、表面に出ているだけでも十人は下るまい。もしそれが、世間に知られず、秘密のうちに彼の妖《あや》しい魔手に操られ、生血を絞られている婦人を数えたら、おびただしい数にのぼるだろうといわれている。

女蕩《たら》し――？

いやいやそんな生やさしいことばでは、とうていこの男を説明することはできない。どんな悪魔より巧妙に女の心を惑わし、どんな鬼畜よりも冷酷に女を蹂躙《じゅうりん》するのがこの男だ。

月代はあまりの恐ろしさに、ゾーッと総身の血が凍るような気がした。なるべくこの恐ろしい男の顔を見ないように努めるが、そう努めれば努めるほど、彼女の眼は、磁石に吸いよせられる鉄のように、この気味の悪い、公家《くげ》荒《あれ》の隈《くま》のような顔をした男のほうへひきよせられていく。

男の眼はわらっている。微笑《わら》いながらその中には、恐ろしい邪淫《じゃいん》が炎のようにもえあがっているのだ。

ああ、あの眼だ！

うわさにきいたあの恐ろしい眼だ。月代は抵抗をしようともがくのであるが、体は金縛《かなしば》りにあったように動かない。何かしら、甘い、夢のような幻がいやらしく耳もとにささやきかける。

白蠟三郎はニヤリと北叟笑《ほくそえ》むと、ジリジリとにじり寄って、月代の膝《ひざ》に手をかけた。ましろな四本半の指が、気味悪い昆虫《こんちゅう》でもあるかのように、膝から胸のほうへ這い上がる。

月代はぐったりとして、男のなすがままに任せている。

今にも唇が触れそうになった。

「よそう！」

その瞬間、ふいに男はそういうと、つと月代のそばから離れた。そのとたん、催眠術がとけたように、月代がバッタリと畳の上にうつ伏せになると、そのまま、よよとばかりに泣きだしたのである。白蠟三郎はその様子を、じっとながめていたが、やがてこんなことをいい出した。

「どんな女でも、一度この白蠟三郎の手から、恋の美酒を注ぎこまれたら、生涯《しょうがい》を悲嘆のうちに送らねばならないのですよ。身を焼くような恋情、飽くことを知らぬ願望のために、いつか身を滅ぼしてしまう、――それがあらゆる女の陥ってゆく道なのです。むろん私は、今まで一度だってそんなことを気にしたことはないが、今夜はいけない。どういうわけかいけない。とにかくあなたは私を牢獄から救い出してくれた恩人だ。恩人をそういう羽目に陥れるのはよろしくないに決まっている。ねえ、白蠟三郎だってまんざら人情を弁《わきま》えないことはないでしょう。おや、この黒い鞄はなんだ」

そばにあった鞄を引きよせて、何気なく開いてみた。開いてみて驚いたのである。

「おやおや、ずいぶんたいへんな金だな。なるほどこの金を持たせて、恋人を外国へ逃《ず》らからせようという寸法だったのですな。ちょうど幸いだ、これは私がもらってゆこう」

月代は畳の上に泣き伏したまま、顔をあげないのである。わびしいランプの燈の中でしなやかな肩が小刻みにふるえているのを、ジロリと尻目《しりめ》に見ながら、ツツツッと三郎は猫のような歩調で、胴の間から外へ這い出した。

風も雨もさきほどよりはいっそう激しくなっていた。まっくらな運河の表面には、無数の水蛇《みずへび》がものすごい鎌首《かまくび》をもたげてのたうち回っている。

暗澹《あんたん》たる天地が今にも真っ二つに裂けて飛びそうな大暴風雨だった。

「さようなら、お嬢さん。こんどお眼にかかった時にはきっとこの埋め合わせをしますよ」

だるま船からひらりと河岸へとび移った白蠟三郎、おりからの嵐の中を、木の葉のようにもまれながら、いずこともなく姿を消したのである。

恐怖の影絵

白蠟三郎の脱獄ほど、大きなセンセーションをまき起こした事件は、近ごろ珍しかったのであろう。希代の悪党、蛇のような冷血を持った男吸血鬼、それが手段もあろうに大仕掛けな地下道をうがって脱獄したというのだから、これほど衝動的なニュースはなかったのである。

市民は極度の恐怖に襲われた。ことに若い女の恐怖というものは想像に絶したものであった。まるでサーカスから豹が逃げだしたようなものだ。いや、相手は豹よりもさらに始末の悪い人間豹なのだ。

警察でも躍起となって捜索していたが、杳《よう》としてその消息はわからない。本人の白蠟三郎はいうまでもなく、外部からあの大仕掛けな地下道をうがった彼の共犯者（警察ではそういうふうに誤解したのである、そしてこれがあらゆる失敗の原因だった）についても、なんらの証拠をつかむことはできなかった。むろんあれだけの隧道《ずいどう》をうがつには、一人や二人の仕事ではなく、少なくとも五、六人の人間が働いたに違いないと思われるのに、その中の一人をも検挙することはできなかった。

しかしこれは無理ではなかったのだ。その時分にはすでに、石黒をはじめ、仲間の連中はみんな外国通いの汽船に潜りこんでいたし、それに捜索の手が主として、白蠟三郎を中心としてひろげられたものだから、彼とは全然無関係な石黒たちが、無事に日本の領海を離れることができたのは、少しも不思議ではなかったのである。

こうして五日とたち一週間と過ぎた。新聞はごうごうとして騒ぎ立てる。市民の不安はますます募って来る。だれも彼も戦々兢々とおびえ切っている中に、しかし、花《はな》園《ぞの》千《ち》夜《よ》子《こ》ほど恐れ戦《おのの》いている人間も珍しかったであろう。

花園千夜子というのは当時帝都劇場のレビューに出ていた、素晴らしく人気のある踊り子である。

花園千夜子。——だれでもこの名をきくときっと唇のはしに、変な薄ら笑いをうかべるから妙だ。

それから、

「花園千夜子が、いやはや、どうもね」

と首をすくめて、自分の額をたたいてみせる剽軽者《ひょうきんもの》もある。

なかにはまた、

「ありゃいったいどういう女だね。一種の白痴じゃないかね、少なくとも道徳的不感症というやつだろうね」

などと失敬な臆測《おくそく》を下す者もある。

そうかと思うと、

「よくまあ、ああいうけしからん代物《しろもの》を、警察で許しておくね」

と慨嘆する硬骨漢もあるという寸法、これでだいたい、花園千夜子なる女性が、いかなる代物であるか想像がつくであろう。

この千夜子がなにゆえにまた、白蠟三郎の脱獄を人一倍恐れているかというと、彼女もかつては、この男吸血鬼の餌食《えじき》になっていた一人だからである。

いや、それだけなら彼女のように貞操的に白痴も同様な女のことだ。あえて恐れるところではなかったかもしれないが、もっと悪いことは、この女に限って白蠟三郎のほうからかなり打ち込んでいたのである。蓼《たで》食う虫ということばがあるが、白蠟三郎にとってこの女は蓼だったのかも知れない。

ところが妙なもので、男のほうから打ち込んで来ると、こんどは女のほうで鼻について来るのである。千夜子はしばらく相手の素性を承知のうえで同棲《どうせい》していたが、やがて飽きが来ると、ええい、めんどう臭いわとばかりに、警察へ密告してしまったのだ。それまではついぞしっぽを押さえられたことのない白蠟三郎が、十年の刑に処せられるに至ったのは、つまりはこの女のためだった。

むろん白蠟三郎がそれを知らぬはずはない。そして彼が自由になった瞬間、第一番に考えるであろうことは、千夜子に対する復讐《ふくしゅう》ということに違いなかった。千夜子はそれが怖いのだ。こういう女に限って、生命の恐怖は人一倍はげしいのである。脱獄事件を新聞で読んで以来、彼女は劇場のほうも休み、毎日毎夜酒ばかり飲んでいる。素面《しらふ》でいると今にも白蠟三郎の、四本指の手がぎゅっと咽喉《のど》をしめに来そうで、恐ろしくてたまらないのだ。

しかし理由もないのに、そういつまでも休んでいるわけにもいかなかった。なにしろ帝都劇場にとっては唯一の人気女優である。彼女が出演するとしないとでは、大いに入りが違うのだから、やいやいといって出演を迫って来る。しかたなしに彼女は、十日目になってやっと一幕だけ出演することを承諾した。

彼女の舞台は「蛇の踊り」というのである。最初、体じゅうに薄い布を巻きつけているのを、踊りながら一枚ずつ脱いで行って、しまいには生れたままの姿になるという、西洋の低級な寄席《よせ》などで演じられる、たあいのない代物だが、それが彼女の売りものだった。

さて、舞台はいよいよ「蛇の踊り」である。久しぶりに花園千夜子が出演するというので、帝都劇場は満員の盛況だ。それだから、興行者がやいやいと騒ぐのも無理ではないのである。

踊りはしだいに佳境に入ってきた。いつものように一枚ずつ布をはがれた千夜子は、間もなく美しい桃色の肉襦袢《にくじゅばん》一枚になった。

と、この時場内の電燈が、一せいに消えて、その代わり一筋の円光がさっと彼女の上に投げかけられた。この円光は三階の後方にある、照明室から投げられる仕掛けになっているのだ。

一瞬、場内はシーンと水を打ったような静けさとなった。ゆるやかなオーケストラの音だけが、ほのかな、桃色の情感をそそるように続いている。

と、この時ふいにまっくらな場内の一隅《いちぐう》から、

「ククククク、クククククク!」

と、低い忍び笑いの声が聞こえてきた。そのとたん、千夜子はハッとしたように思わず踊りのテンポを擾《みだ》したが、気味の悪い忍び笑いの声は、それきりスーッと闇のなかに消えてしまった。

「なんでもない、なんでもないのだわ」

千夜子は強《し》いて元気づけるように、自分で自分にそういいきかせながら、なおも踊りつづけているが腋《わき》の下にはビッショリと汗をかいていた。

するとその時、また妙なことが起こったのである。いつもなら千夜子の踊りにしたがって、常に彼女の体から離れないように移動する光の輪が、どういうものか、今日はピッタリと舞台の中央に静止したまま動かないのである。

おや――？ と思っているうちに、千夜子の体は光の圏外へはみ出してしまった。後には背景となっている黒いカーテンの上に、黄色い円光だけが、妙に空虚な感じで取り残された。――と、その時である。ふいにその光の中に、ニューッと巨きな握り拳《こぶし》が現われたのである。場末の映画館などによくある悪戯で、照明室の前に立っているだれかが、自分の存在をハッキリ人に示すために、拳骨を突き出したのであろう。

「叱《し》ッ、叱《し》ッ！」

まっくらな観客席のあちこちから鋭い罵声《ばせい》が起こって、ちょっとの間場面は、ひそやかな混乱に支配された。しかしこの悪戯の主は、よっぽど心臓が丈夫にできているとみえて、観客の罵声にもいっこう辟易《へきえき》せず、平然として拳骨を引っ込めない。いや、引っ込めないばかりか、まるで、見せびらかすようにくねくねと手首を動かしていたが、ふいにパッと勢いよく五本の指をひらいた。

一本一本がまるで太い円柱ほどもあろうという、巨大な指の影法師である。人々はそれを見たとたん、なんともいえないほど妙な感じに打たれた。というのは、その気味の悪い影法師には、四本しか指がなかったからである。つまり人差指の中ほどから、千切れてなくなっている左手なのだ。

千夜子はゾーッと身ぶるいをすると、とたんにくらくらと眩暈《めまい》がした。あたりが急にシーンとなって、真っ白な渦がはげしく眼の前で旋回するような気がした。

「白蠟三郎！」

あえぐようにそうつぶやくと、よろよろと二、三歩彼女はよろめいた。それから鈍い音を立ててパッタリと舞台の上に倒れてしまった。

と、その時またもや、場内の一郭から、

「クククククク、クククククク」

と、あの気味の悪い忍び笑いの声が聞こえてきたかと思うと、しだいにその声は高くなり、やがて威嚇《いかく》するように闇の中に響きわたったのである。

三面鏡

下谷区、谷中初音町。――

上野の杜を間近に望む、ちょっと渓底《たにそこ》のような感じのする一郭で、どうかすると電車のきしる音にまじって、動物園の猛獣どもの咆哮《ほうこう》がものすごくひびいてこようという、閑静な街の袋小路の中の突き当たり。

御大家の妾宅《しょうたく》とでもいいたげな、粋な構えの一軒建ちがあって、建坪はそれほどでもないのだが庭がごうせいにひろく、鬱蒼《うっそう》と茂った庭木のあいだから一棟《むね》の土蔵の白壁が、お天気のいい日中にはギラギラと強い陽の光を、照り返しているのがまぶしいくらいなのである。こういう屋敷に住んでいる人は、さぞや品のいい白髪の御後室さまか、それとも襟足の抜けるように白い、粋な姿の姐《ねえ》さんかと想像していると、これが聴くと見るとは大違いなので。

ときおり、家の中から漏れるレコードの音をきくと、これが騒々しいジャズ音楽なのはまだしも、出入りをする人物のことごとくが、白面蓬髪《ほうはつ》の、いわゆる芸術家タイプの青年か、しからずんば芳眉《ほうび》のモダンガールといった塩梅《あんばい》で、善良な御近所の住民どもに顰蹙《ひんしゅく》されることおびただしいのである。

これがあの有名なエロ女優、花園千夜子の住居というのだから、この取り合わせははじめから無理である。それにしても千夜子のやつ、これだけごうせいな邸宅を構えているには、よっぽど金放れのいい旦那をつかまえていなければならぬはずであるが、よっぽど用心しているとみえて、その旦那の正体なるものを、まだだれにも気取られていないのだから、お妾《めかけ》しょうばいも並みたいていではない。

それはさておき、千夜子はこのあいだ帝都劇場の舞台で、白蠟三郎のあの薄気味の悪い笑い声と、四本半の指にこっぴどく脅かされてからというもの、まるで半病人のような状態で、この屋敷の奥深く閉じこもったまま、だれにも面会しようとはしない。広すぎる邸内には千夜子のほかに少し耳の遠い老婆が一人いるきり、放恣《ほうし》な生活を送っている彼女には、そのほうが好都合だったのだろうが、さて、現在のように生命の危険にさらされたとなると、心細いこと限りがない。

千夜子はそれでも剛毅《ごうき》である。だれにも打ち開けずにたった一人で、白蠟三郎のあの眼に見えぬ迫害の手と闘っていくつもりなのである。

重たげなる緋色《ひいろ》のカーテンで、四壁をつつんだ心臓色の寝室。

——そこは千夜子が夜ごと妖しい夢、不可思議なる幻を描きだした、情痴と淫楽《いんらく》の殿堂であったが、今やこの快楽の宮殿は、彼女の身を守る唯一の要塞《ようさい》と早変わりしていた。

寝台のそばの小さいテーブルの上には、愛する薔薇《ばら》の一輪ざしとともに、いざという時には、いつでも役に立つように弾丸をこめた小型のピストルが、銀色に光っているのである。そしてこの薔薇とピストルの中間にあるのは、琥珀《こはく》色の液体をたたえた酒瓶《さけびん》とリキュール・グラス。千夜子は今や、悪魔と天使のあいだにあって、ほろ苦い歓楽の饗宴《きようえん》のなかに、われとわが意識を酔いしびらせようと試みているかのようである。

わずかのあいだに彼女はゲッソリと肉が落ちてしまった。眼がくぼんで黝《くろず》んだ枠《わく》ができ、ザラザラとケバ立った。皮膚には、無数の縮緬皺《ちりめんじわ》がよって、舞台の上から観客を悩殺するあの艶冶《えんや》たる容姿はどこにも見いだされない。

千夜子はふいにギョッとしたように、リキュール・グラスをおいて卓上のピストルを取りあげた。それからトロンとアルコールで麻痺《まひ》した瞳をすえて、しばらく、心臓色のカーテンの外なる闇に向かって、じっと聞き耳を立てていたが、急にゲラゲラと笑い出したが、その笑いも束の間、しだいに涙っぽいすすり泣きに変わってきたかと思うと、かき口説くようにブツブツとひとり言をいいはじめた。

「ほんとに、あたしをいったいどうするというのさ、殺すならさっさとひと思いに殺しておくれよ。ふふふふ、おまえさんの四本半の指で咽喉を絞められたら、さぞやいい気持ちだろうよ。だけど、おまえさんにその勇気があるかしら？　あたしのこの美しい咽喉を絞める勇気があって？　ふふふふ、その前にあたしのこの眼で、反対に殺されなきゃ仕合わせだね。あたしはね、昔とはちっとも変わってないんだよ。いやいや、おまえさんが首ったけになっていたころからみると、ひとしお美しくなったさ。手練手管《てれんてくだ》もいくらか上達したしね。ああ、じれったい！　さっさと姿を現わしたらいいじゃないか。おまえさんに絞め殺されるか、わたしの眼でおまえさんを殺すか、食うか食われるかだ、チョッ！　白蠟三郎にも似合わない、なんて煮え切らないんだろ」

千夜子はとりとめもなく、そんなことをつぶやきながら、何を思ったのか、紅に銀の縁とりをしたスリッパを引っかけて、よろよろと寝台から立ち上がった。

草色のパジャマを着た豊麗な体の線に沿って、ピンク色の薄いガウンが、飴《あめ》のようにヒラヒラと粘着している。なるほど、自らいうだけあって、その肉体の美しさには相当のものがあった。千夜子はフラフラする足を踏みしめながら、部屋のすみにある三面鏡の前に腰をおろすと、鏡の前にブラ下がっている豆電燈のスイッチをかちっとひねった。

そのとたん、彼女はピアノの低音部をやけに引っかき回すような声を立てて、まるで、しっぽを逆さになでられた猫のように、背中を丸くしながらフーッと鏡の中をのぞきこんだのである。

無理もない。

鏡の上には、まるでスタンプでもおしたように、気味の悪い四本指の手のひらのあとが、べったりと、真紅《しんく》におしつけてあるのだ。

千夜子は思わず、くらくらと眩暈《めまい》がするような気がした。三つの鏡のなかで、三つの自分の顔が、妖婆《ようば》のように醜く収縮するのが見えた。千夜子はあわててベッドへとびこむと、頭からスッポリと毛布をかぶってしまったのである。

美少年獄

千夜子はおよそ小半時も、そうして息苦しい毛布の中で、じっと身を縮めていたろうか。いまにも恐ろしい手が毛布の上からのしかかって来そうで、心臓がドキドキするのである。

だが、そういう気配もみえない。時間は静かに流れてゆく。心臓色の部屋のなかは、相変わらず正確な鼓動を続けている。

千夜子はしばらくすると、ベッドから頭をもたげた。それから静かに毛布をはねのけると、あわててアブサンを一杯ひっかけた。つづいて、二杯、三杯、四杯、五杯――と立てつづけに呷《あお》っているうちに、彼女の脳髄はしだいに熱い旋風のなかに巻き込まれてゆくのである。

ふいに千夜子はゲラゲラと笑いだした。一種異様な、血に飢えたような凶暴な笑いだった。アルコールがすっかり、彼女の恐怖を麻痺させてしまったのであろう。千夜子はもはや何人《なんぴと》をも恐れないのである。

白蠟三郎だって――？　ふふんだ、何が怖いもんか、あんなやつ！

彼女はふいにスックと立ち上がると、壁の上から大きな革の鞭《むち》を取りあげた。それから、枕《まくら》の下から環《わ》になった鍵束《かぎたば》を探りだすと、何を思ったのか、ふらふらと部屋を出て、廊下伝いに白壁の土蔵のほうへ歩いて行く。

危ない、フラフラとする歩調ではあるがその顔にはいかにも楽しそうな微笑がうかんでいる。ちょうど、鼠《ねずみ》をもてあそぶ猫のような、残忍なゾッとするような微笑である。

土蔵の周囲には、雨をさそうような湿っぽい闇が、底知れぬ暗さとなってひろがっているのである。

じゃらじゃらと鍵を鳴らして土蔵の扉《とびら》をひらくと、闇のなかから、何やら野獣のような異様なにおいがプーンと鼻をつく。しかし、千夜子は少しも恐れないのである。さっきまであんなにおどおどとおびえきっていた様子から考えると、まるで人間が変わったようだ。

革の鞭を引きずったまま、手探りで土蔵の中へ入る、とカチッと音をさせて電気をつけた。と、ああなんという奇怪なことだろう。そこにはまるでこの世のものとは思えないほどの、一種異様な光景が浮かびだしたのである。

土蔵の中にはさらに厳重な鉄格子のはまった、大きな檻《おり》がおいてあった。檻の広さはちょうど四畳半ぐらいもあったろうか。そしてその檻の中にうつ伏せに寝ているのは、猛獣でもなんでもない。実に一個の少年なのだ。

少年は電気のついたのも知らぬげに昏々《こんこん》と眠っている。小柄で、痩《や》せぎすな体を、黒っぽい洋服に包んでいる。細い項《うなじ》や手の色が、抜けるように白いのである。

千夜子は凶暴な眼を光らせながら、フラフラする体を鉄格子で支えると、猛獣でも扱うように鞭の先で少年の体をつつきながら、

「ちょいと、起きなさいよ。狸《たぬき》寝入りなんかしてもだめよ。起きて、しばらくわたしのお相手をつとめてちょうだいな」

千夜子の声に、少年はごそごそと身動きをすると、物憂そうに頭をもたげた。

年齢は二十か二十一、二であろう。白い、艶《つや》のない頰《ほお》だ。ドンヨリと濁った眼の色、深い苦悩にやつれはてた顔には、長い髪の毛がバサバサともつれかかって、その全身からはなんとも名状しがたいような鬼気が、ゆらゆらと立ちまどっているのである。

「どうしたの？　いやにぼんやりしてるじゃないの。なんとかおっしゃいよ、恨めしいとか、憎らしいとかそれとも先のように暴れ回ったらどうなの。なんとか反抗を示してちょうだいよ。でなければ張り合いがなくてしようがないじゃないの」

少年は濁った眼で、じっと千夜子の顔を見つめていたが、その顔には、少しも激した表情は見えないのである。無表情というよりは、むしろ無感動なのだ。長い間の不

自然な桎梏《しっこく》のために、この少年は白痴同様にされてしまったのであろうか。

「まあ、張り合いがないのね、よしよし、今にうんと張り合いがあるようにしてあげるから待っていらっしゃいよ」

千夜子はかなり巧みな手ぎわで、ビュービューと鞭を鳴らしはじめた。その音をきくと、冷えきっていた感情が急に奔騰したように、少年は一瞬、名状しがたい恐怖の色をうかべて、檻のすみに身をちぢめたが、すぐ次ぎの瞬間にはあきらめきったように、ぐったりと首をうなだれたまま身動きもしない。

「この鞭が怖くはないの。わたしゃこけ脅《おど》しにこんな物を振り回しているんじゃないのよ。今にこれがおまえさんの体を所きらわず接吻《せっぷん》する。ねえ、それでもおまえさん怖くはないの」

少年は相変わらず黙っている。身動きもしない。張り合いのないことおびただしいのである。千夜子はそのじれったさに歯ぎしりをした。

「あたし、今日は少しくさくさしていることがあるのよ。何かしら腹ん中がムシャクシャしてたまらないのさ。だから鞭の利き目もいつもとは違って少し辛辣《しんらつ》かもしれないよ。よくって？　ああ、まだ黙っているのね。なんてまあ、ごうつくばりだろう！」

ピシリ！

檻のあいだから鞭がのびた。その強靭《きょうじん》な先端が蛇のように体に巻きついた刹那、少年の顔は苦痛のために真っ赤になった。しかしそれも一瞬の間、次ぎの瞬間さっと血の気が引いたと思うと、以前よりさらに蒼白《そうはく》な面持ちとなった。

千夜子は、いくらか溜飲《りゅういん》が下りたのであろう、小気味よげにそれをながめながら、

「よく聴いてちょうだい。あたしはね、いつなんどき殺されるかもわからない体なのよ。白蠟三郎という男をおまえさん知っているかい。あの四本指の悪党が、この間脱獄して、わたしの生命をつけねらっているのよ。なぜって、それにはまあ、いろいろと理由のあることだけど、そんなことおまえさんに言ったってはじまらない。とにかくわたしゃ、いつ殺されるかわからない体なんだ。だから、ね、わたしがくさくさしているわけもわかるだろ。おまえさんには別になんの恨みもあるわけじゃないけれど、ここにこうしているのが不仕合わせというものさ。つらい、苦しいと思ったら、白蠟三郎のやつを恨んでちょうだい。さあ、もう一つごちそうをしようかね」

千夜子のさっと朱を刷《は》いた双頰《そうきょう》には、豹のように残忍な眼がまたたいているのである。

かたく嚙みしめた少年の唇からは、ときおり、苦しげなうめき声がもれていたが、しかしその眼のなかには、いままでとはちょっと違った、意味ふかい輝きがあった。少年は恐ろしい鞭の下で呻吟《しんぎん》しながらも急がしく、何ごとかを考えているのである。

酔いにまぎれて、前後の考えもなく千夜子の吐くことばを少年はじっと玩味《がんみ》しようとするらしい。

薄暗い、陰気な土蔵の中に鞭を振る妖女と、そしてその鞭の下にうめきながらも、一言も発しようとはしない美少年と、これらの対照には、草双紙風な一種異様なもののすごさがあった。

土蔵の外には、ホーホーと、陰気な梟《ふくろう》のなく声がしきりである。

それにしても、この恐ろしい檻の中につながれた不可解な美少年とはいったい何者であろう。そしてまた、どういうつながりを、この物語に持っているのであろうか。

狐《きつね》と妖女《ようじょ》

それから間もなく蔵の中から出てきた千夜子の顔にはさすがに悔恨の色がひしひしと現われている。たぎりたった感情が冷却するにつれて、さすがの妖女も自分の所業の恐ろしさに気がついたのであろう。もとの寝室にとって返すと、あわててベッドの中に潜りこもうとしていたが、そのとたん、はじかれたように起き直ったのである。

「だれ、そこにいるのは！」

「わたしだよ。千夜子、どうしたんだね」

千夜子はほっとしたように、

「まあ、あなただったの。あなた、もう先からここにいらしたの」

「ああ、だいぶ前から――千夜子、おまえも少し酔狂がすぎやしないか。あんまり手荒なまねはしないほうがいいぜ」

と、そういいながら、部屋のすみにある椅子《いす》から悠然《ゆうぜん》と立ち上がって、静かに千夜子のほうへ近づいて来たのは、意外にもこれは鴨打博士だった。あの百万長者の死刑囚、諸井慎介の従兄で、そしてまた慎介の恋人、六条月代に対する執拗《しつよう》な求婚者、鴨打俊輝という狐面の怪博士なのである。

それにしても、博士がどうしてこの家にいるのだろうか、それには多くをいう必要はあるまい。千夜子が秘密にしているパトロンというのは、実にこの狐のような顔をした博士だったのである。

「おどかすじゃないの。わたしずいぶんびっくりしたわ。またあいつかと思って――」

「あいつ――？　あいつってだれさ」

「ウウンだれでもないのさ。それはわたしだけの秘密」

「フフフフ、また新しいのができたのかね。なるほど、そいつがきみの思うとおりにならないというので、じれ切ったあげくが、蔵の中の一件へ八つ当たりというわけかい？」

「フン、そんな暢気《のんき》な沙汰じゃないわよ。生きるか死ぬかって瀬戸ぎわなのさ。だけど、これ、こちらだけの秘密よ。あなたの知ったことじゃないの」

「ほほう、とんだお見限りだね」

鴨打博士は狐のように釣りあがった例の眼つきで、疑わしげに、じっと千夜子の顔を見つめていたが、

「いったい、どうしたというのだね、ここんところ、劇場のほうも休んで、酒ばかり飲んでるっていうじゃないか。何かあったんだね」

「なんでもいいの。そう根掘り葉掘りきくもんじゃない。それよか、あなたのほうはどうなの。月代さんものになりそう？」

「ふん、どうやら、こうやらね」

「どうだか。――怪しいもんだわ。月代さんだって馬鹿じゃないでしょう。あなたのようなインチキ博士に引っかかるとは思えないわ」

「インチキ？　おれはそうインチキかね」

「インチキともさ、有閑マダムの恋愛遊戯の後始末、それがあなたの専門だというじゃないの。それに諸井慎介の事件だって――」

「叱《し》ッ」

鴨打博士はふいにさっと顔色をかえた。怒ると上唇《うわくちびる》がまくれあがって、まるで、嚙

みつきそうな表情になるのである。

「そのことはお互いにいわないという約束じゃないか」

「フフフ、さすがに顔色をかえたね。大丈夫よ、だれも聞いてる者なんかありゃしない」

千夜子は狡猾《こうかつ》そうな微笑をうかべながら、はぐらかすようにいったが、しかし、実際はその時、彼らの話を偸《ぬす》み聴いている者があったのである。

二人が夢中になって話し込んでいる時、三面鏡のかたわらのカーテンが、静かに割れたかと思うと、そこからヌッと出て来たのは、見覚えのある四本指——その手はまるで、昆虫の触角のように、静かに鏡台の上を這って、やがてそこに投げ出されてあった鍵束をつかむと、またもや、音もなくカーテンの陰へかくれてしまったのだ。

千夜子も鴨打博士も、そんなことにはまるで気がつかなかった。

「まあ、いいや、なんとでもいうがいい」

博士はせせら笑いながら、煙草《たばこ》に火をつけると、

「ところがね、インチキというやつは、ときどきインチキならざるよりも効果的な場合があるもんだ。おれゃとうとうあの女をうんと言わせるしっぽをつかんじゃった」

「フーン、どうだか」

「まあさ、まじめにきけよ。おまえ、白蠟三郎って悪党を知ってるだろう」

あまりだしぬけだったので、さすがの千夜子も、驚きをかくすことができなかったらしい。ぎょっとした拍子に、思わずグラスを落としそうになった。

「どうしたのだ。ひどく驚くじゃないか」

「なんでもないの」

千夜子はあわてて膝の上の酒をふきながら、

「むせちゃった。ところでその白蠟三郎がどうかしたというの」

「ウン、その白蠟三郎だがね」

博士は怪しむように千夜子の面を凝視しながら、

「あいつが脱獄したのは、どうやら月代のやつが手引きしたらしいんだぜ」

「え？」

こんどこそ千夜子は、あまりの意外さに思わずそう叫んでしまった。それはもう、どうにも取り繕う方法がないほどの、あからさまな驚愕《きょうがく》の告白なのである。

「おいおい、いやだぜ。おまえ白蠟三郎のやつを知ってるんだね」

「いいわ、そのことはいずれ後で話すわ。だけど月代さんが白蠟三郎を脱獄さしたなんて、それほんとうのことなの」

「ほんとうさ」

「だけど、あの人どうして白蠟三郎などを――」

「それがね、人違いらしいんだ。慎介を救い出すつもりのところが、間違ってあの怪物を檻から追い出したらしいんだよ」

そういって鴨打博士は、いつかの夜、月代の後を尾行して、I刑務所付近で見失ったことや、白蠟三郎の監房には、脱獄の日まで諸井慎介が入っていたことなどを話してきかせると、

「だから、おれのこの想像には、万に一つの間違いもあるまいと思うんだ。ここでもし、白蠟三郎のやつが人殺しの一つもしてみろ、月代は蒼《あお》くなって縮みあがる。そこへつけ込んで、この秘密をネタに、無理矢理に結婚してしまうという手はどうだね」

「まるで雲助ね」

「雲助でもなんでもいいさ。そうしてあいつの金が手に入ったら、おまえと二人で外国へ飛んでしまう」

「フン、うまくいってるよ」千夜子は浮かぬ顔でそういったが、

「まア、そういうことになればけっこうだね」

千夜子は立ち上がって、壁の上にかかっている三枚の写真の前へ立った。それは三枚ながら月代の写真なのである。

「あなた、この写真はいかが？」

「いやがらせかい」

「みたいなもんだわね。ほほほほ！」

千夜子はぐいと肩をそびやかして、けたたましく笑うと、持っていたグラスを床の上に投げつけ、猛獣のように博士の首っ玉に躍りかかっていった。

闇の触手

同じころ。

檻の中で虫けらのように寝ていた奇怪な少年は、ふと、おびえたような眼をあげると、暗闇《くらやみ》の中をじっと凝視していた。

蔵の扉をひらいて、だれかが入って来たのである。千夜子がまた引き返して来たのであろうか。あれほど残虐な暴力をふるいながら、彼女の腹はまだ癒《い》えないのだろうか。

少年は火のような痛みを発する、頬の傷をおさえながら、ぞっとして体を震わした。しかし、蔵の中へ入って来た足音にはいつもとは違った気配があった。いったい、だれだろう。千夜子以外に、こんなところへ入ってくる人間なんてあるはずがないのだが。――

足音は檻のすぐ前で止まった。まっくらな闇に塗りつぶされて、その姿は見る由もないが、息使いが間近に聞こえるのである。じっと、檻の中をのぞき込んでいるらしい。

少年はその気味悪さに、ぞっと悪寒《おかん》を感じながら檻のすみに身をちぢめたが、そのとたん、一道の白光がさっと闇をぬって、少年の上に浴びせられた。

懐中電燈なのである。その白い円光の中に、無言のまま恐怖の瞳を見張った少年の顔が、浮き彫りにされている。左の頰から顎《あご》へかけて、痛々しく黝《くろず》んだ蚯蚓《みみず》ばれの痕《あと》だ。

「フーム！」

闇の中に立っている人が、低いうめき声をもらした。それからなおも、しげしげと少年の様子を打ち見守っていたが、

「きみはいったいだれだね。どうしてこんなところに捕らえられているんだね」

と低い、気味の悪い声でいった。

姿こそ闇に包まれて見えないが、いうまでもなく、これは白蠟三郎なのである。

少年はなんとも答えない。真正面から投げつけられる懐中電燈のまぶしさに、思わず顔を反向《そむ》けたが、その拍子に頰の蚯蚓ばれが鮮やかに白光の中に浮きだした。

「フーム、ひどいことをしやがるな、さっき妙な音が聞こえていたと思ったら、きみを鞭でなぐっていたんだね。かわいそうに。あの女ときたら気違いだからな」

白蠟三郎はそういいながら、懐中電燈をもちかえると、ガチャガチャと、銀色の鍵を鳴らして檻の扉をひらいた。

「出なさい」

しかし少年はおびえたような眼をみはって、尻《しり》ごみをするのである。

「出なさい。何も怪しい者じゃない。きみを助けてやろうというのだよ」

怪しくないことはない。実際、これ以上、怪しい人物があろうはずはないのだ。少年はむろん、そこまでは知ろうはずもないが、本能的に身を固くして、だんだん闇のほうへ尻ごみをするばかり。三郎はじれったそうに舌打ちをしながら、

「チェッ！　ぐずぐずしている時じゃない。あの気違いめ、いつなんどき、引き返して来ないもんでもない。さあ、ぐずぐずせずにさっさと出てくるんだ」

といったがすぐ気がついたように、

「ああ、これはわたしが悪かった。出ろ出ろっても、長い間こんなところに閉じこめられていちゃ、体が自由にならないのも無理じゃない。よしよし、わたしが連れ出してあげよう」

三郎は自ら檻の中へ潜りこむと、懐中電燈と鍵束を床の上に置いて、少年のほうへ両手を差し出したが、そのとたん、少年の全身があたかも電気でもかけられたように、ビクリと動いた。闇の中から差し出された左手の指が、一本欠けていることに気がつ

いたからである。

しかし、少年はすぐその驚きの色をかき消すと、ぐったりと肩を落として闇の中を探るように凝視《みつ》めている。

「さあ、こちらへ来たまえ」

三郎の手が少年の肩に触れた。そしてぐっと体を抱きしめた。

その時である。

突然、妙なことが起こった。少年の体を抱きすくめた三郎が刹那《せつな》、何を感じたのかハッとひるんだのとほとんど同時だった。闇の中から、匕首一閃《あいくちいっせん》さっとひらめくよと見る間に、三郎の頬を左から右に、斜めにスーッと、灼《や》けつくような悪寒が走った。

「あッ!」

と、思わず頬へやった両手の下から、生ぬるい血がタラタラと床の上に這った。

「何をしやがる!」

と、とっさに伸ばした猿臂《えんぴ》の下を、さっと猫のように身軽にとびのいた怪少年の、いったいどこにそのような敏捷《びんしょう》さが隠されていたのだろう、床の上にあった鍵の一束を、やにわに左手につかむと、蛇のように音もなく、三郎の腕の下をくぐりぬけ、やがてガチャンとはげしい音を立てて、檻の扉がしまった時には、少年の姿はすでに檻の外に立っていた。

「畜生！」

怒髪天をつく。――とは、おそらくこんな時に使うことばであろう。白蠟三郎の、白蠟のような面にさっと血の色がみなぎった。彫りの深い凸凹の顔が、それこそ妖怪のように醜くゆがんで、バリバリと歯をかみ鳴らす音が、闇の中に霰《あられ》でも降るように響くのである。

少年はしかし、依然として無言である。無言でそしてまた無表情なのである。静かに檻の扉に鍵をおろすと、冷然として檻の中にいる白蠟三郎の顔を見下ろしていたが、やがて柳のように体を震わせながら、よろよろと、闇をぬって蔵の外へ出て行った。

浴場の殺人鬼

泊まってゆけというのを、無理にふりきって鴨打博士の帰って行ったあと、千夜子はぐったりと疲れた体を、浴槽《よくそう》の中に浸して甘酸っぱい追想にふけっていた。

深夜の入浴ほど人の魂をとろかすものはない。その瞬間、千夜子の脳裏には白蠟三郎のことも、そしてまた檻の中に幽閉されているはずの、あの、奇怪な美少年のことすらなかった。白いタイル張りのほの白い湯気のなかに、人魚のようにのびのびと張り切っている美しい肢態《したい》が、なんともいいようのないほどの満足を彼女にあたえるのである。

手をのばすと、千夜子はかたわらの壁の中の隠し戸棚をひらいて、細巻の煙草と銀のライターを取りだした。そして湯に浸ったままカチッと、器用にライターを鳴らして煙草に火をつけると、うんと四肢を伸ばして、浴槽の中にふんぞり返った。

薄白い湯気の中に交じって、紫色の煙がゆらゆらと立ちのぼる。千夜子はぼんやりとその煙の行方をながめていたが、その時突然、不思議なものが彼女の眼をとらえた。

真っ白な浴場の天井のちょうど真んなかごろに、例の四本指の手のひらのあとがたった一つ、まるでそれが唐草《からくさ》模様ででもあるかのように、色あざやかに浮きだしているのだ。

「フフフフ！」

千夜子は恐怖どころか、反対になんともいえないほど、こっけいな感じがするのだ。

「まあいやだ」彼女は思わず大きな声を出して、

「なんて、お芝居気タップリな男なんだろう。気障《きざ》なってありゃしない。あんなところへ手型を残しておいてどうするつもりだろう。チェッ、くだらない。そんなことでこのあたしがビクビクするとでも思ってるのかしら、男らしくない。来るならさっさと出て来るがいいじゃないの。思わせぶりは真っ平だ。おい、白蠟三郎！　どこに隠れているのかしらないけれど、会ってやるからさっさと出て来い」

だが、そういいかけて千夜子は突然、ぎょっとしたように息をのみこんだ。彼女のことばのまだ終わらないそのうちに、浴場と脱衣場とを隔てる境のカーテンが、かすかにゆらめいたかと思うと、そのすきから白い手がヌーと出てきたのだ。

白蠟三郎——？　たった今まで、あんなにいばっていた千夜子だったが、そのとたん、心臓が今にも咽喉から飛びだしそうな気がした。

彼女の前で、カーテンの割れ目がしだいにひろがっていったかと思うと、やがてその影から静かに姿を現わしたのは、白蠟三郎と思いきや、千夜子にとっては、三郎などより数倍も恐ろしい、あの檻の中の美少年なのだ。

その刹那千夜子は、体じゅうの血管がシーンと凝固して、気が遠くなるような恐怖を感じた。熱い湯の中に浸っているにもかかわらず、彼女の美しい肌《はだ》には、一時にサーッと鳥肌が立った。舌がひきつってガクガクとふるえた。

少年はカーテンのそばに立ったまま、じっと眼をすぼめて千夜子の顔を上から見下ろしている。宝石のように冷たい瞳がキラキラと光って、唇がぬれたように真っ赤なのである。頰の蚯蚓《みみず》ばれが不気味な暗紫色を呈して、そしてその右手にはいま血を吸ったばかりの鋭い刃物が光っている。

恐ろしい、気の遠くなるような一瞬だった。じっとからみあった二人の視線が、剣よりも鋭いきっさきを交えて闘っている。

突然少年の頰にニヤリと気味の悪い微笑がうかぶのと、千夜子がベソをかくような眼つきをしたのがほとんど同時だった。勝負はついたのだ！　真っ白なタイル張りの浴場の中に、少年の体がさっと黒い虹《にじ》を描いて、その下から猫をおしつぶしたような千夜子の悲鳴が、しずかな、深夜の屋敷じゅうにひびきわたった——。

白蠟三郎はその声を、檻の中で聞いたのである。悲鳴はそれきり絶えてしまって、後は気の重くなるような静けさだ。

静寂は時によるといかなる意味のことばよりも、人に恐怖をあたえることがある。鉄格子をつかんだ三郎の手のひらはビッショリ汗にぬれ、心臓が波のようにゆれていた。二分、——三分、——と、突如その静寂のそこから、かすかなベルの音が聞こえて来た。そしてそれに続いて聞こえるのは、電話をかけている声なのである。

「警視庁ですか。——警視庁の捜査課ですね。人殺しです。殺されたのは女優の花園千夜子、自宅の浴槽で殺されています。犯人はお尋ね者の白蠟三郎」

そこでそのことばの惹起《じやつき》する反応を探るかのようにしばらく黙っていたが、すぐことばをついで、

「大丈夫です。蔵の中に罐詰《かんづめ》にしてありますからすぐ来てください。谷中初音町です」

ことばの意味とはおよそかけ離れた、静かな落ち着きはらった声である。むろん千

夜子の声であるはずがないから、おそらくはあの怪少年であろう。

白蠟三郎はそれを聞いたとたん、背筋の冷たくなるほどの、なんともいえない嫌悪《けんお》と恐怖の情を感じたのであった。

匕首一閃

電話をかける声が、ぽつんと途切れたあとには、息づまるような沈黙が、どっとばかりに落ちこんできた。

それは一種名状しがたいほどの、身を切られるような、恐ろしい、切ない静寂だった。

白蠟三郎は檻の鉄柵《てっさく》を砕けよとばかりに握りしめている自分に、ふと気がつくと、ほっとしたように手を離して、額の汗をぬぐった。

――なんという恐ろしいやつだろう！

白蠟三郎自身が相当の怪物なのだけれど、相手はそれに、二重も三重も輪をかけたような、得体の知れぬ不思議な存在だった。

握りしめれば、ひとたまりもなく消えてしまいそうな、繊弱な、日陰の花のような弱々しい風情《ふぜい》を持っていながら、その底には、外貌《がいぼう》とは似ても似つかぬ、まっくらな凶暴さを押しつつんでいるのが、あの奇怪な美少年なのである。

いったい、あいつはどういう人間なのであろう。花園千夜子はまた、なんだってあいう怪物を、檻の中なんどで飼っていたんだろう。――わからない。何もかも漆《うるし》のようにまっくろな謎《なぞ》である。

しかし、白蠟三郎はいま、そんな考えに時間を浪費している時でないことに気がついた。

さっきの電話によって、間もなく警官たちがこの屋敷へ押しよせて来るであろうことは、火をみるよりも明らかだ。それまでに、なんとかして、厳重な檻を抜けださなければ！

しかし、抜けだすといって、このいまいましい檻を、どうして開くことができるだろう。扉には頑丈《がんじょう》な南京《ナンキン》錠が、ガッチリと下ろされている。鉄棒はひと握りほどもある太さで、どんな大力の男にだってそれをヘシ曲げるなんて力業は、思いもよらぬことである。しかも鉄棒と鉄棒の間隔は、辛うじて腕が出るくらい、これでは煙にでもならないかぎり、とうてい外へ出られるものではない。

恐怖と憤怒と絶望のために、まっさおになりながら、豹のように檻の中を駆けずり回る。はじめはゆるゆると、考えこみながら、しかししだいに急がしく、しまいには、気が狂ったように、鉄棒をゆすぶる、蹴《け》る、どなる、うめく、いや、もうたいへんな騒ぎ——。

　しかし、そうしている間にも、時間は容赦なく過ぎてゆくのだ。警官を乗っけた自動車は、しだいにこの屋敷へ近づいて来る時分だ。そして間もなく、さすがの大悪党も、ふたたび、あの恐ろしい刑務所へ逆戻りしなければならないのだろうか。

　しかし世の中はよくしたものである。災難ばかりは続きはしない。こういう悪党の上にも、時にはとんでもないありがたい偶然がはたらいてくれるものである。白蠟三郎の救いの手は、まったく思いもかけぬ方角からやって来たのである。

　花園千夜子との、魂もしびれるような悪ふざけからの帰途、鴨打博士はふと、団子坂下の薄暗い街路に足をとめた。

　真夜なか過ぎのことである。電車はもうとっくになくなっている。鴨打博士はタクシーを拾うつもりだったが、時間が時間だけにその自動車もなかなかやって来ない。そのうちにまっくらな空からはポツポツと生ぬるい雨が落ちて来た。

「チェッ！」

　博士はいまいましそうに舌を鳴らしながら、それでもしばらく待つ気でたたずんでいたが、どうにも自動車のやって来そうな気配はない。まさかこの夜更けに、神楽坂まで歩いて帰るわけにはいかない。

　と、なると博士の行くべき道はただ一筋である。すなわち、花園千夜子の屋敷へとってかえすよりほかに方法はないのである。

雨はいよいよ激しくなってきた。どうやら本降りになった模様で、これではなかなかやみそうな気配は見えない。このことが博士の心に最後の決断をあたえた。

博士は勢いよく回れ右をすると、今出て来たばかりの、細い露地へもう一度入っていった。この辺は東京じゅうでも有名なほど、ひっそりとした、古い屋敷街だ。狭い、くねくねとした道が、迷路のように、どこまでも続いていて、両側の家の中からはみだした新緑が、鬱蒼《うっそう》として道の上におおいかぶさっている。

街燈などもめったにないから、こういう雨もよいの晩には、どうかすると、鼻をつままれてもわからないような、まっくらな一郭がある。鴨打博士はいま、そういう隧道《ずいどう》のような、狭い露地へさしかかったその時である。突然、博士の胸に真正面から、ドスンと突き当たった者があった。

「あっ!」

と、博士は闇《やみ》の中で、思わずよろめいたが、相手のほうでも驚いたらしい。さっと暗闇のなかで身をひるがえすと、蝙蝠《こうもり》のようにかたわらの塀《へい》にピッタリと吸い着いて、じっとこちらの様子をうかがっているらしいのだ。

その様子がなんとなくおかしい。尋常とは思えないのである。それに時刻が時刻である。

——泥棒？

くらがりの中から、相手の激しい息使いが聞こえる。鴨打博士は、その息使いを頼りに、ジリジリとそのほうへよってゆく。

相手は猫のように背を丸くして、闇の中にじっと眼をすえているらしい。乱調子な心臓の鼓動が重くるしい闇の底を伝わって、こちらへ響いてくるような気さえする。

「畜生っ！」

突然博士がおどりかかった。が、それとほとんど同時に、あっと叫んで飛びのいたのは、相手のほうではなく、反対に鴨打博士のほうだったのである。

チクリ！

匕首一閃《あいくちいっせん》、鋭いひと突きが、博士の首すじをかすめたのだ。

「アッ、チ、チ、チ」

鴨打博士が、思わずそう叫んでとびのいた刹那、するりとそのそばをすり抜けた相手は、バタバタバタバタ、と、軽やかな足音を闇の中に残して、——向こうの角を曲がるとき、ちらりと黒い姿が街燈の下に浮きだしたが、博士はもう、その後を追っかける勇気もなかったのである。

屋上の守宮《やもり》

鴨打博士の胸には、その時、激しい不安がこみあげて来た。今、怪しの者がとびだして来た露地の奥というのが、花園千夜子の屋敷であることを思い出したからである。

博士はふと、今宵《こよい》、千夜子の話したことを思い出していた。

白蠟三郎！

そうだ、今の曲者《くせもの》があの白蠟三郎ではなかったろうか。

博士は急に激しい胸騒ぎを感じてくる。どちらにしても、曲者は凶器を持っているのだ。どんな恐ろしいことが起こっていないとも限らないのである。

博士は、ほとんどひと跳びの早さで、千夜子の宅までとんで行っていた。門のくぐりに手をかけると、造作《ぞうさ》なくひらいた家じゅうに電気がついたままになっている。

やっぱり何かがあったのだ！

不安な予感に胸を震わせながら、靴《くつ》を脱いで上へあがる。湿った畳が、薄い靴下の裏にミッシリと吸い着くのもなんとなく気味が悪いのである。

客間を通って、寝室へ入る。千夜子の姿は見えない。ベッドの上は、さっき博士がこの部屋を出て行ったときと同じに、くちゃくちゃに乱れている。しかし、別に変わったこともなさそうである。

「千夜子、千夜子――」二、三度低く呼ばわったが返事はない。

その時、博士はふと、蔵の中のことを思い出した。また、あそこへ入り込んでいるのではなかろうか。

博士はなんとなく、ためらいの色を見せながら、寝室を出たが、そのときふと、湯殿に燈《あかり》がついているのが見えた。なあんだ、湯に入っているのか。

「千夜子、千夜子――」

湯殿の前に立って、二、三度、声をかけたが返事はしない。はてな、湯を使うような音も聞こえないし、それにしても、燈がついているのはどういうわけだろう。

「千夜子、あけてもいいかい」

念のために、そう声をかけておいて、ガラス窓をひらいて、脱衣場のカーテンの間から、そっと浴槽の中をのぞきこんだ鴨打博士は、そのとたん、ぎょっとしたようにそこへ立ちすくんでしまったのである。

白いタイル張りの浴槽の縁に、ぐったりと頭をもたせかけた千夜子の、真っ白な体が人魚のようにそこに浮いていた。象牙《ぞうげ》のような艶《あで》やかな乳房の上に、ぽっちりと、赤い斑点があって、浴槽の湯が真っ赤に染まっているのである。

そばへよって見るまでもない。すでに絶息していることは、ひと眼でそれとわかるのだ。

博士は思わず、ぶるると激しく体を震わした。それから、しばらく、じっと虚空《こくう》に眼をすえていたが、突然、何を考えたのかぎょっとしたように、息をのみこむと、千夜子の屍体はそのままにしておいて、博士は大急ぎでもとの寝室へとってかえしたのである。

この時、鴨打博士のとった態度は、まことに奇妙なものであった。さっき、この部屋へ入ったとき、ベッドの上に、大きな鍵束が投げ出されてあったことを、博士はハッキリと見覚えていたのであろう。

その鍵束を手に取りあげると、少しの躊躇《ちゅうちょ》もなく、博士は寝室を出て、蔵の中へ入って行った。してみると、博士もまた、この蔵の中に何があるか、よく知っていたとみえるのだが、それにしても、そこにあるべきはずの者が、いつの間にやら入れかわっていることに気がつかなかったというのは、まことに是非ない次第であった。

白蠟三郎はその時、檻の中で石のように体を固くしていた。最初、彼はこの男を警官だと思っていたのである。しかし「千夜子、千夜子」と、ひそやかに呼ばわる声をきいて、それが警官でなくて、おそらく、千夜子の数多い情人のひとりであろうと推察した。

助かるなら、この機会をおいて他にない。白蠟三郎は声をあげて、助けを呼ぼうかと考えた。しかし、うかつなこともできないので、なおも用心深く、様子をうかがっているところへ、思いがけなくも、向こうのほうからやって来たのである。

鴨打博士は、そんなこととは知る由もない。なにしろ、まっくらな蔵の中のことだから、相手の人物が変わっていようなどとは、思いも及ばぬところなのだ。博士は急がしく鍵を鳴らして、南京錠をひらいた。

「出たまえ、早く、早く」

白蠟三郎にとって、こんなありがたい託宣はあるものではない。今にも警官が駆けつけて来るかもしれないということを、だれよりもよく知っている三郎のことだ。檻の扉がひらいた刹那、三郎は脱兎《だっと》のごとく外へ躍り出していた。

「や、や、きみは――」くらやみの中で鴨打博士が絶叫する。

「ありがとう、おかげで助かった」

「キ、きみはだれだ」

「白蠟三郎！」

「えッ」暗闇の中から、脳天を打ち砕かれたような声が聞こえた。

「そ、それじゃ千夜子をやっつけたのは――」

「この檻の中にいた怪物だよ。不思議な、美貌《びぼう》の少年だ。おそらくきみはその少年を知っているのだろう。だが叱《し》ッ、警官が来た！」

「あいつが電話をかけやがったのだ。ほら、向こうの道で自動車の止まる音がする！」

「え、警官！」

白蠟三郎は博士の体を引きずるようにして、蔵の中から、もとの寝室へ出て来た。そしてそこで、はじめてハッキリとお互いの顔を見合ったのである。

「覚えておきたまえ。これが白蠟三郎の面だ」

白蠟三郎は、低い声で気味悪く笑いながら、

「しかし――あっ、あれはなんだ」

見ると、壁にかけてあった三枚の写真が、ズタズタに、切られてぶら下がっている。その中の、一枚の顔が白蠟三郎の眼をとらえた。いうまでもなくそれは、六条月代の写真なのである。

「あっ！」

三郎は思わず跳びあがると、いきなり鴨打博士の体に躍りかかって、その首に両手をかけた。彼はその人をどこの何者とも知らなかったけれど、その美しい顔だけは、ハッキリと覚えていたのだ。

「あれはだれだ！」

「ええ？」

「あの写真の女はだれだ。言ってくれ、どうしてあの女の写真がここにあるのだ。そして、あんなにズタズタに切りさいなんだのはいったいだれだ。言ってくれ。うぬ、言わなければ――」

「ク、苦しい、言う」

「早く言え。あれはなんという女だ」

「六条、月代――」

「ああ、あの有名なソプラノの。――そしてだれが、あんなにズタズタに写真を切ったのだ」

「――」

「ウヌ、言わぬのか、言わなければ」

「ク、苦しい、手をゆるめてくれ――」

鴨打博士は額にいっぱい汗をうかべながら、

「千夜子を殺したやつがやったのだ！」

「ああ、あの美少年の畜生だな！　だが、いったいあいつは何者なのだ。月代さんにいったいどういう恨みがあるのだ」

博士は黙っている。知らないのではない。知っているのだが、そればかりは金輪際《こんりんざい》いうまいと決心しているらしいのだ。

「言わねえのか。よし、言わなければ——」

白蠟三郎の、青く隈取《くまど》りしたような凄惨《せいさん》な顔が、物の怪《け》のように燃えあがったかと思うと、博士の首をつかんだ指に、グイグイと恐ろしい力がこもる。額には太い血管がふくれ上がって、顔が真っ赤に充血した。それでも博士は頑固《がんこ》に黙りこんでいるのだ。

「畜生、ごうつくばりめ！」

だが、その時、静かな露地のほうから、突然あわただしい足音が近づいて来た。警官の一行が、やっとその時かけつけて来たのだ。

「あっ、しまった、畜生！」

博士の体をそこに投げ出した白蠟三郎、ほとんど、ひととびの早さで縁側へとび出すと、しばらく暗闇の中に佇んで、じっと様子をうかがっていたが、突如身を翻《ひるがえ》して庭へとび降りると、かたわらのポプラの大木に手をかけて、スルスルと蔵の屋根にはいあがる。

おりから騒然と、樹々の梢《こずえ》を鳴らして、まっくらな雨が落ちて来たが、白蠟三郎はそれを物ともせずしばらく守宮《やもり》のように瓦の上にペッタリと吸いついていた。

鮫島鱗三

それから三週間ほど後のことである。

梅雨あけの鵠沼《くげぬま》海岸には、久しぶりでまぶしいほどの陽の光が、さんさんと降り注いでいた。海水浴にはまだ早い。海の水は、遠い外海の嵐《あらし》を思わせるような、蒼《あお》い、大きなうねりを作りながら、白い砂浜に打ちよせている。

日はすでに西に傾きはじめた。海の上は金粉をまき散らしたように、真っ赤にけむっている。

この物憂いような静かな、鵠沼海岸の、とあるはずれにある大きな岩かげに、さっきから一人の青年が寝そべって、しきりに腕時計をながめながら、いかにもいらいらとしたように、小刻みに足で調子をとっている。

ぴったりと身に合った深緑の、ビロードの洋服に共布の鳥打帽を目深にかぶり、うす色の大きなロイド眼鏡をかけている。色の、抜けるほど白い、華奢《きやしや》な体格をした、二十二、三の青年というよりは、まだ少年と言ったほうが似つかわしそうな、ゾッとするほど美《よ》い男だ。――と、こういえば読者諸君は、ただちにこの男の正体を推察することができるだろう。

さよう。――諸君の推察は間違ってはいない。この男こそ、花園邸の蔵の中に、獣のように檻につながれていた、世にも不思議な美少年なのである。

それにしても今ごろ、この怪少年はこんなところで、何をしているのだろう。握りの太いステッキをかたわらに、左手をポケットに突っ込んだまま、軽く口笛を吹きながらさっきから、しきりに向こうの浜辺をうかがっている。どうやら、そこに何事かが起こるのを待ちうけているらしいのである。

と、その時、突然二丁ほどかなたの波打ちぎわに、ひとりの女の姿が現われた。金色に輝く夕日の栄光を真正面に浴びながら、軽やかな和服姿で、ひょいひょいとぬれた砂の上をとぶようにして、こちらへ歩いて来る。

その姿を見ると、岩かげの美少年は、黒い眼鏡の中で、ぎゅっと眼をそばだてた。美しいけれど、なんとなく険のある眼付きだ。どことなく獲物をねらう猛獣のような鋭さがあるのである。

そんなこととは知らない美人は、無心に戯れる波を巧みに避けながら、しだいにこちらへ近づいて来る。まもなく、半丁ほどのところまでやって来た。

その時である。

突然、傍らの岩影から、蛙《かえる》のような面をした醜怪な男が飛び出したかと思うと、いきなりどしんと美人の胸にぶつかった。そして二言、三言、何やら言っていたかと思うと、ふいに猿臂《えんぴ》を伸ばして、むんずとばかり、美人の胸をつかんだのだ。

女はそれを振りほどこうともがいているらしい。両の袂《たもと》が、蝶《ちょう》の翅《はね》のように虚空におどって、あれ！　というような悲鳴が、その朱唇《しゅしん》をついてほとばしった。

この時まで、岩影にあって、じっとその様子をうち見やっていた、さっきの美少年は、時分はよしとばかりに、ステッキ片手にとび出すと、バラバラとそのほうへかけて行った。

と、思うと、この勝負はあっけなく片がついたのである。まったく、あの頑丈な体をした、蛙のように醜い乱暴者が、この楚々《そそ》たる美少年の片手でさんざん、打ちすえられて、びっくり敗亡したというと、嘘《うそ》みたいな話だが、事実はそのような奇跡が行われたのである。

「覚えていろ」

ものすごい捨台詞《すてぜりふ》を残して、醜怪な蛙面の男が、砂をつかんで逃げだした後で、奇怪な美少年は心配そうに美人のそばに寄り添った。依然として左手をポケットに入れたままだ。

「どこもおけがはありませんか」

「ああ、ありがとうございます。おかげさまで――」

「それはけっこうでした。おや、あなたは六条月代さんではありませんか」

「ハイ、さようでございますけれど、あなた様は――」

「いや、ぼくはあなたの熱心なファンですよ。こういう者ですが、これを機会にお近付きを願えればこんなうれしいことはありません」

そういいながら取り出した名刺には、
鮫島鱗三《さめじまりんぞう》
と、ただそれだけ清楚《せいそ》な宋朝《そうちょう》活字で。

「まあ、わたくしこそ危ないところを助けていただいて、こんなうれしいことはありませんわ」

月代はそういいながら、相手の顔を見あげたが、すぐまぶしそうにその眼をそらした。

「ともかく、お宅までお送りいたしましょう。いつまた、ああいう悪者が現われないともかぎりませんからね。鵠沼にはいつごろから――」

「つい、十日ほど前に来たばかりですの」

「すると、ぼくと同じですね。ぼくは向こうの貸別荘にいるのですが、お暇のときには遊びに来てください」

「ありがとうございます」

月代はなんとなく、疲れたような顔をして、ことば少なに答えた。自分でもはっきりとはわからないのだけど、彼女はこの美しい少年のそばにいるのがなんとなく気詰まりなのだ。危ないところを救ってくれた恩人に対して、こんなことを考えるのはよくないと、自分で自分をたしなめながらも、この鱗三という少年と話していると、ちょうど、ミイラとでも差し向かいになっているような、一種異様な薄ら寒さを感ずるのだった。

「ああ、ありがとうございました。おかげさまで危ないところを助かりましたわ」

月代は立ち止まって、鱗三の白い頬をちらと見あげたが、すぐその眼をそらすと、

「あそこが、私の住まいでございますの。ちょっとお寄りになりません」

「いや、今日はこれで失礼いたします。いずれそのうちにお邪魔させていただくかもしれません」

「どうぞ。――」月代はほっとしたような表情をうかべて、

「それではごめんくださいまし」

小走りに、蔓薔薇《つるばら》のはっている形ばかりの門の中へかけこむ月代の後ろ姿を見送っておいて、鱗三は砂の上でくるりと回れ右をした。

それにしても、この奇怪な美少年は、月代に対していったい何をたくらんでいるのであろうか。――

幽霊別荘

それから半時間ほど後のことである。

月代と別れた美少年の鮫島鱗三は、もう一度海岸を通って自分の住まいのほうへ帰ろうとしていた。

太陽はちょうど、防風林の上にあって、砂丘には、さまざまな、陰影が長く地上を這《は》っている。鱗三はその砂丘の上まで来ると、ふと立ちどまって、両手を垂れたまま、じっと蒼い海の上に眼を落としていた。

その時、この美少年の面には、一種異様な、胸をかまれるような、不思議な、苦悩の影が現われたのである。彼は静かに帽子を取った。そしてうなだれがちに、じっと海鳴りの音に耳を傾けていたがその時、西陽に照らされた華奢な体からは、なんとも名状しがたいほどの、妖しくも、美しいため息が、陽炎《かげろう》のように黒々と立ち昇るかと見ゆるのである。

もし、この時、彼のそばにいて、子細にその表情を注視しているものがあったら、そこに現われたあまりに激しい、愛と悩みの争闘に、必ずや慄然《りつぜん》たらざるを得なかったであろう。

しかし、そういう混乱の状態は、ほとんど一分間とは続かなかった。やがて彼は、昂然《こうぜん》と頭をあげると、烈々たるまなざしを、例の黒眼鏡の奥ふかく包み隠しながら、静かに砂丘から足をふみ出した。――

――が、そのとたん、彼はぎょっとしたように眼をそばだてたのである。

砂丘から、向こうの砂浜へかけて、おりからの西陽のために、彼の影がまるで、巨大な蟒《うわばみ》ででもあるかのように長々と這っている。その影と並んで、もう一つの姿が、そこに横たわっているのだ。振り返ってみるまでもない。だれかが彼のあとからやって来るのだ。

自分の影が、秘密の尾行を裏切っているとも知らず、静かに注意ぶかくやって来る男。――だれだろう？

だがその疑問はただちに解けた。

そのとたん、うしろから来る男が不用意にも、左の手をあげたのである。と、同時に鱗三の前にある砂浜の上には、煙突のように巨大な指を持った、四本指の手がくっきりと描かれたのである。

鱗三はぎょっとして、思わずよろめきそうになった。

白蠟三郎なのだ！

鱗三の顔からは、一瞬間さっと血の気がなくなったが、すぐ、にんまりと微笑をうかべると、さりげない様子でそろそろと砂丘を下りはじめた。

彼が歩くに従って、うしろの影法師も、ゆっくりとこちらへ近づいて来るのである。こうして、この奇妙な尾行は、砂丘を下り、砂浜を横ぎって、はるかかなたの村はずれにある荒れ果てた、一軒の貸別荘へ来るまで続いた。

鵠沼では、この別荘のことを幽霊別荘と呼んでいる。数年前、この別荘に住んでいた男が、神経衰弱のあげく、自殺してからというものは、だれ一人、この別荘に近寄るものもなかった。

手入れをしない庭の中には、丈余の雑草がわがもの顔にはびこっていて、なるほど、幽霊別荘という名は、はなはだふさわしいものである。鱗三はそういううわさを知ってか知らないでか、近ごろここに住むようになったのだが、まったく彼のような化け物の住むには、格好の別荘ではないか。

鱗三は半ば傾いた切り戸を開いて、いま、この別荘の中へ入って行った。そして、わざと玄関のほうへは行かず、丈なす雑草をかきわけて、広い庭のほうへ回った。それから、しっくいが禿《は》げて、ぼろぼろになっている洋館のドアを開いて中へ入ると、ふいにピッタリと壁に吸いついて、ガラス窓のすきから外をうかがっている。

そういう彼の視線の前へ、間もなく尾行者の姿が現われた。つけ髯《ひげ》なんかしてごまかしているけれど、まぎれもなく白蠟三郎だ。三郎は二、三度、さりげない顔つきをして、垣根《かきね》の外を通りすぎたがすばやくあたりを見回しておいてから、栗鼠《りす》のように垣根を躍り越えて。――胸ぐらいまである雑草の中にもぐり込んだのである。

しかし、古朽ちた洋館の窓からのぞいている鱗三の眼には、三郎の行動が手に取るようにわかるのである。ザワザワと、雑草の穂が風もないのに揺れている。冷たい眼つきで、この草の波をじっと凝視《みつ》めていた鱗三の瞳《ひとみ》が、ふいにチカリと光った。と、同時に、

「あっ！」

という声が庭から起こったかと思うと、ギイと、雑草の中からはね釣瓶《つるべ》がはね上がって、つづいて、やった、やった、という声と共に、草の中からとび出したのは、さっき浜辺で、月代にけんかを吹っかけた、あの蛙面《かわずづら》をした醜怪な男である。それを見とどけておいてから、鱗三はゆっくりと窓のそばを離れて庭へ出ていった。

月下の水葬礼

「どうしましたか。寅蔵《とらぞう》さん」

「やっつけましたよ、とうとう。――このあいだから、うろうろとこの別荘の周囲をほっつき回っていた男でさア。御覧なさい、芋虫みたいにもがいてますぜ。いい気味

だ」

寅蔵は、ひきがえるのような面をしわだらけにして、雑草の中に隠された古井戸の中をのぞきこんでいる。どうも、その様子では、鱗三とその男はかねてから顔なじみの仲らしいのである。するとさっきの浜辺のできごとも、どうやら馴れ合いの狂言らしいのだが、それはともかくとして、鱗三がそばへよってみると、古井戸の中には大きな麻袋が宙にぶら下がって、それがちょうど、草の葉を渡っておちる芋虫のように、ピョコンと躍り狂っているのだ。わかった、わかった！　この古井戸は一種の罠《わな》だった。ここへ足を踏み入れた刹那、そこに口を開いて待っていた袋の中へ落ちこんで、その重みで、さっき、はね釣瓶の一方がギイとはね上がったのである。

「ウフフフフ！」少年はそれを見ると、思わず含み笑いをした。

「ちょっと、白蠟三郎どうしましたね」

「えっ？　それじゃこいつが、今うわさに高い白蠟三郎って、野郎ですかい？」

「そうですよ」

「あの、花園千夜子を殺したという。――」

「そうです」

「太《ふて》え野郎だ。ひと思いに殺《や》っつけちまいましょうか」

「まあ、お待ちなさい。ここで殺っちまっちゃ、足がつく心配があります。まあ、わたしに任せておきなさい」

井戸の中につるされた白蠟三郎は、麻袋の中で、ふと、これらの会話を耳にしたのであろう。今まで、ピョン、ピョンと芋虫が跳ねるようにあばれていたのが、ピッタリと静止して。——深い、底なし井戸から立ちのぼる妖気が、めらめらと、その麻袋をつつむのだった。

井戸ぎわにひざまずいて、動かぬ麻袋をじっと見守っていた鱗三は、冷たい、せせら笑うような調子で、

「どうしましたか。四本指の化け物さん」

三方白《さんぼうじろ》の眼が、露を帯びたようにキラキラと光って、唇がいま、血を吸ったばかりのように紅《あか》いのである。

「言わないこっちゃない。これだから、あまり要らぬおせっかいはするもんじゃありませんよ。わたしの手練は、この前の檻の中のできごとでよくわかっていそうなものじゃありませんか」

白蠟三郎は、その声をきくと、まっくらな麻袋の中で、恐怖と嫌悪のために、思わず激しい身震いをした。一種異様な、粘りをおびた、魂をくすぐるように甘い声なのだ。それはちょうど、毒を隠した蜜《みつ》のようなものである。その優しさにうかうか、引き寄せられると、とたんに鋭い白刃がひらめきそうな、そういう邪知ぶかい調子なの

である。

「それにしても、どうしてあの晩、檻の中から抜け出したんですか、さすがに白蠟三郎だと感心していますよ。わたしが、もっとそばにいれば、そんなことはさせなかったのだが、お巡りさんてやつは、とかくスローで困ったものですね。しかし、警察ではいま、躍起となって、きみの行方を探しているんですよ。花園千夜子殺害の犯人としてね」

奇怪な美少年は、そこでフフフフフと、低い含み笑いをもらした。笑うたびに、柳の鞭のようにしなやかなその全身から、まっくろな陽炎がたちのぼる感じである。

「なんとか言いませんか。白蠟三郎さん。ホホホホホ、魂がでんぐり返って、ことばが出ないのですか。まあ、いいです。晩までそうしておとなしくしていらっしゃい。救いを呼ぶのは勝手だが、そうすれば、自分の首に綱がかかるくらいのことはわかっているでしょうね」

鱗三はそこでゆっくり立ち上がると懶《ものう》げな瞳を、かたわらにいる寅蔵のほうへ向けた。

「あとは、日が暮れてからのことにしましょう。ここはこのままにしておきましょうよ」

冷たく、そういいはなつと、相変わらず左手をポケットに突っ込んだまま、鱗三はまるで鬼火のように、丈なす雑草をかきわけ、ゆらゆらと歩きだした。

その夜、晩《おそ》くのことである。

月代はふと、別荘風な日本間の中で、寝苦しい眼をひらいた。からだじゅうが蒸されるように熱くほてって、なんとも言えないほどの寝苦しさである。

彼女はいま、恋人の慎介が絞首台へのぼるところを夢に見ていたのだ。

「ああ、いやだ、なんだってあんな夢を見たんだろう?」

月代はソッと寝返りをうとうとした。そのとたん、彼女は、壁の上に映っている、恐ろしい影を認めて、ぎょっとして布団の上に起き直ったのだ。

薔薇色の砂壁に大きく映っているのは、首をくってぶら下がっている、なんともいいようのないほど気味の悪い姿なのだ。

さしたる風もないのに、その首つりの像が、ゆらゆらと壁の上でゆれている。

「あれ!」

月代は思わず両手で顔を覆おうとしたが、その時ふと眼についたのは、消し忘れて寝た電気スタンドの笠《かさ》から、ブラリと下がっている小さな人形。

なアんだ!

首つりの姿と思ったのはこの人形の影だったのか! それにしても、なんという気味の悪い偶然だろう。たった二寸ほどの人形の影が光の位置によっては、まるで普通の人間ほどの大きさに見えるのだ。

月代はあわててその人形を外すと、気味悪そうにブルルと肩を震わせた。だれがこんな悪戯《いたずら》をしたのか！　むろん月代には夢にも覚えのないことである。寝ている間に、だれかがこの座敷へ入って来たのだろうか。

月代は突然、皮膚の表面に熱湯がほとばしるような恐怖を感じた。彼女は思わず寝間着のまま、はね起きると、障子をひらいて、海に面した縁側へとびだしたのである。

外はいい月夜。

波のない、静かな海の上は、絖《ぬめ》のように銀色に光っていて、そのひとところに、月がギラギラと真珠色に砕けている。月代はしばらく、ガラス越しに、海の上をながめていたが、その時、ふと彼女の眼をとらえたのは、はるか沖合に舫《もや》った一艘《そう》の小舟だった。小舟の中では二つの人影が、今しも一つの大きな荷物を担ぎあげたところだった。その荷物というのが、どうやら、人の形に似ていると知って、月代は思わずハッと息をつめ、ガラス戸に額をこすりつけた。

ドブーン！

その時、波のない、静かな沖合に、鋭い波を立てて、麻袋が投げこまれた。袋には大きな錘《おもり》がついている。

ブクブクブク、ブクブクブク。――

竜宮城も見すかせるかと思われるほどのきれいな月明かりの海底から、真珠のような泡《あわ》が、あとから、あとからと湧《わ》きあがって来る。

そのたびに百尋《ひろ》千尋の海底に、海草が、女の黒髪のようにゆらゆらと揺れた。

ブクブクブク。ブクブクブク。――

舷《ふなべり》に手をかけて、じっとその泡をながめていた鱗三は、ふと真《ま》っ蒼《さお》な顔をあげて、うっすらと霧にけむった月を見た。それからゾーッとしたように肩をすぼめると、

「ナムアミダブツ」と、低い声で。――

小悪魔

白蠟三郎が奇怪な美少年のために、月明かりの鵠沼沖で、生きながら水葬礼にされてから、半月ほど後のことである。

夏の粧《よそお》いにいそがしい、おりからの大東京の一隅《いちぐう》に、突如、不思議な事件が起こって、そこからはしなくも世にも驚くべき犯罪事件の一端が暴露し、帝都はふたたび、煽《せん》情《じょう》的な白蠟恐怖の旋風の中にまき込まれてしまったのである。

妙な事件というのはこうである。

河野君江《こうのきみえ》という女があった。信州で糸取り女工をしていたのだが、男にだまされて、東京へ連れ出されたあげくが、お定まりのとおり捨てられて、故郷へ帰るにも帰れず、やむなくあちこちと女中奉公に渡りあるいているといった種類の女で、年齢は二十二だが、容貌などちょっと踏める女なのである。

自分でもその意識があるから、とかく尻が落ちつかないうえに、生来、手癖の悪い女で、ゆく先々の家庭で問題を起こしたあげくが、近ごろではもっぱらお目見え稼《かせ》ぎを職業にしているという、都会のすみによく転がっている、けちなチンピラのひとりであった。

この君江が、近ごろ、新聞の案内欄の仲介によって住みこんだのが、雑司ヶ谷にある遊佐耕平《ゆさこうへい》という彫刻家のお家敷――遊佐耕平なんてあまり聞いたことのない名前だが、内所はかなり裕福らしく、屋敷もひろく、アトリエなども堂々たるもの、それにお給金が法外によいのである。

主人の遊佐というのは、年齢はさよう、二十三、四というところだろうか、青眼鏡をかけた、色白の、いかにも虚弱そうな感じのする青年で、癖と見えていつも左手をポケットに突っ込んでいる。いったいに無口な、なんとなく沈んだところのある人物であった。

もっとも君江はそれほど詳しく、この主人を観察したわけではない。というのは彼は芸術家にありがちな、非常に人ぎらいな性質とみえて、めったにアトリエから出て来るようなことはないし、君江のほうではまた、そのアトリエへ近づくことを、絶対に禁じられているので、したがって彼女は、この気むずかしそうな主人と、直接口をきいたことなど、一度もないくらいだった。

屋敷にはこの主人のほかに、もうひとり四十近い、執事とも下男ともつかぬ、まことに得体の知れぬ男がいて、これが万事の采配《さいはい》をふっているのだが、主人はこの男をいつも、

「馬蔵さん」と、さん付けに呼んでいる。

この馬蔵という男、見るからに醜怪な、蟇《がま》のような面つきをしているのだが、これが主人のおとなしいのに増長し、わがもの顔にのさばっているのはまだいいとして、こいつがときどき、ニチャニチャと気味悪く舌を鳴らしながら、君江の袖《そで》を引っ張ったりするのだから、普通の女中なら三日と続かないところである。と、こういえば諸君は、すぐにこの二人が何者であるか想像されるであろう。さよう。この二人こそ間違いなく鮫島鱗三と名乗る、かの怪奇な美少年と、その相棒の寅蔵なのである。だが、ここではどういうわけか、二人とも違った名前を使っているから、しばらくその名で呼ぶことにしよう。

さて、その蟇の馬蔵が、ある日君江をそばへ呼び寄せて、

「お君さん」と柄にもなく優しい声でいうには、

「今夜、この家へ女の客があるからね、来たらすぐアトリエのほうへお通しするのですぞ、客を案内したら、おまえは部屋へ帰って寝なさい。呼ぶまではけっしてアトリエのほうへ近づいてはならないし、また、その婦人と口をきいてもいけないのだよ」

と、厳重な申し渡しであるが、君江のような女に、こんなことをいうのは、まるでその反対のことを教唆するようなものだ。さてこそ君江は大いに好奇心を動かして、是が非でも、今夜こそ、あの不思議なアトリエの中をのぞいてやろうと決心したのである。


待っている女客は九時すぎにやって来た。

「ごめんくださいまし」

そういう声に、そら来たとばかりに玄関へとび出した君江は、相手があまり予想に反していたのでちょっと面食らった形だ。年齢は二十四、五くらいであろうか、軽やかな洋装を、黒っぽい外套《がいとう》で包み帽子から下がった薄い面紗《ベール》で、顔半分をかくしている。その面紗を通して、美しい瞳が星のように瞬いていた。

「いらっしゃいまし、どなた様で。——」

君江はいよいよ好奇心を動かした。禁じられていたことも打ち忘れて思わず尋ねると、

「あら」と、女は当惑したように首をかしげたが、

「あたし、相良《さがら》美子《よしこ》です。今夜お訪《うかが》いすると、お手紙を出しておいたはずなんですけれど」

そういいながら、黒い面紗をまくりあげたところを見ると、細面の、いささか眼に険のあるのが疵《きず》だが、まずは凄艶《せいえん》な美人だった。

「おやまあ、あたしとしたことが失礼いたしました。さあ、どうぞお上がりくださいまし」

「ああ、そう、遊佐さんはいらっしゃるのね」

「はい、先ほどからお待ちかねでございます」

「そう？」

相良美子と名乗った女は、意味ありげに、にっこり笑うと、すらりと靴《くつ》を脱いで玄関へ上がる。女としては上背《うわぜい》のあるほうだった。

君江はアトリエの扉の前に立って、

「あのお客様でございますが」

「ああ、そうか」

と、のしのしと床を鳴らしながら出て来たのは、蟇の馬蔵である。美子を見ると、

「やあ、いらっしゃい、先ほどからお待ちかねですぜ。さあ、どうぞお入りくださ

い」

気のせいか、君江ののぞこうとするのを妨げるように扉の前に立ちふさがったまま、美子を通すとそのままピッタリと中から扉をしめてしまった。しかし、そんなことにひるむ君江じゃない。すばやく身をこごめて、鍵孔から中をのぞいてみると、アトリエの中央には、大きな西洋屏風《びょうぶ》が置いてあって、遊佐はその向こうにいるのだろう。

「やあ、よく来てくれましたね」

と姿こそ見えなかったが、そういう声は、例によって沈んでいたが、それでもいくらか弾んでいるようでもあった。相良美子はその屏風のほうに歩みよると、

「耕平さま、御気分はいかがですの」

「相変わらずですよ」と、やはり声ばかり。

「はははは、大将ときたらこのとおり、ひどいおむずかりで、このあいだからあなたのことばかり言ってるんですよ」

「ほほほほほ、あたしももう少し早くまいりたかったのでございますけれど——」

「まあ、せいぜいごきげんを取り結んでください。どれ、拙者はそろそろ消えてなくなろう」

「あら、馬蔵さん、よろしいではございませんか」

「いやあ、馬に蹴《け》られるのはつらいです」

そういいながら、二人を残して出て来る様子に、君江はあわてて扉のそばを離れると、部屋へ帰って何食わぬ顔で澄ましているところへ、にやにやと妙な薄笑いをうかべながら入って来たのは蟇の馬蔵である。

恐怖の絵像

「どうだ、さっきの女を見たかい？」

「ええ、ずいぶんきれいな方ね。あの方どういうかた？」

「わかってるじゃないか。大将のレコさ」と蟇は小指を出して見せながら、

「ああ、今夜あたり、ひとり者はつらい」

「あら、それじゃあの方、お泊まりになるの」

「むろんさ。とても濃厚なんだからね、どうだお君さん、こちらも負けずに、ひとつ意気投合というわけにはいかないかね」

「まあ、よく考えておきましょうよ」

「畜生、おまえもよっぽど思わせぶりな女じゃないか。まあ、いいや、こんな晩にゃ素面《しらふ》じゃいられない、居間のほうにウイスキーがあったね。あれでも持って来てくれないか」

「まあ、ここで飲むつもり？」

「いけないかい？」

「だって、このあいだのように世話を焼かせちゃ困るわよ」

「大丈夫だよ。そう渋面をせずに、なあ、お君大明神」

「ふふふふふ！　おだてたって何も出ないよ」

そういいながらもお君は、気軽に尻をあげると、居間のほうからウィスキーの大瓶をとって来てやった。

「やあ、ありがたい、ありがたい、お君さん、おまえも一杯飲まないか」

「ええ、少しならいただくわ、ほんとうにこんな晩にはひとり者はつらいわね」

「おや、それじゃおまえ共鳴するかい」

「まあ気の早い、それよかどしどし召し上がれよ」

相手を盛りつぶすには、自分もいくらか飲まなければならない、君江はよっぽど気をつけていたつもりだが、間もなく、馬蔵の顔が、いよいよ本物の蟇のように、ぶつぶつと脂ぎって見え出すころには、自分のほうが陶然として、前後不覚なくらい酔ってしまった。

それからおよそ、どのくらいたったか。

どこかでガタンと、何かをたたきつけるような音が聞こえたので、君江はハッと眼を覚ました。かたわらを見ると馬蔵のやつ、胸をいっぱいはだけたまま、居汚なく大《おお》鼾《いびき》をかいている。どこかでチンチンと二時を打つ音が聞こえた。

「まあ!」

びっくりして君江が起き直ろうとした拍子に、またもや、ガタンと物のぶつかるような音、それに続いて、ウームとひくいうめき声。

どうやらアトリエのほうらしいのである。

君江はハッとした拍子に、はっきり眼が覚めた。どうしたのだろう。アトリエの中ではまだ眠らないのだろうか。そう考えると君江の胸には、持ち前の好奇心がむらむらとこみあげてくるのだ。蟇はよく眠っていてなかなか起きそうな気配は見えない。

君江はふらふらと、よろめく足を踏みしめながら起きあがった。酔っていても好奇心だけは旺盛《おうせい》なのである。足音をしのんで、アトリエの前まで来ると、ぴったりと鍵孔に眼をあてがった。

見える。見える。——駄々《だだ》っぴろいアトリエの中には真昼のように明るい電燈がついていて、一隅に絹張りの西洋屏風がただ一つ、ほかには何もない。まるで撃剣の道場みたいにがらんとしている。

それにしても、主人やさっきの女はどうしたのだろうと見回すと、いた! いた!

女は人魚のように床の上に寝そべっているのである。下半身は屏風にさえぎられて見えないけれど、むしり取られたように露《あら》わになった胸、乱れた髪、どろんと見ひらかれた瞳——あっ、と君江は思わず息をのんだ。血が——ひとすじの赤い血の糸が女の鼻孔から静かに床の上へ尾を引いているのだ。血はそればかりではない、よく見ると、床の上にもいっぱいたまっていて、それが胸から肩へかけて、まっくろな痣《あざ》をつくっている。

君江は急にがくがくと震えだした。女は死んでいるのだろうか。むろん、そうに違いない。あの蒼白の面持ち、力なく見開かれた瞳の色。——それにしても、主人の遊佐はどうしたのだろうと、見回していると、だれかが屏風の向こうから引っ張るのであろう、ズルズルと床の上を滑るように、女の屍体《したい》が見えなくなったが、それとほとんど入れ違いにおびえたような男の顔が、ひょいと屏風の陰から現われた。

遊佐なのである。青眼鏡をかけた遊佐の顔はまるで蠟《ろう》のように蒼白いのだ。

遊佐は一度、屏風の陰に顔をひっこめたが、間もなく、両手をこするようにしながら、こんどは全身を屏風の外へ現わした。見るとパジャマの胸から両腕へかけて、真紅な血の沫《しぶき》である。さすがのチンピラ少女君江も、ここに至ってゾーッとばかり、思わず気の遠くなるような恐ろしさを感じたものである。

しかし、この時、君江がもう少し落ち着いて考えたならば、次のような不思議なことに気がついたはずなのである。というのは、この遊佐と相良美子と名乗る美人とが、けっして、同時に君江の眼前に現われなかったことである。すなわち、どちらか一方の姿が見えているときは、必ず他の一方は、屏風の陰になっている。そして、君江が、さらに注意ぶかい観察者であったなら、このふたりの男女のあいだに、恐ろしいほど相似を発見したはずなのだが、なにしろ恐怖のために、気もそぞろになっているのだから、そのような不可思議にまで、観察がいきとどかなかったのも是非ないしだい。

それはさておき、君江がそうして、夢中になって鍵孔からのぞいているとき、ふいに背後にあたってわめくような声が聞こえた。

「や、この女め。太いあまだ。こんなところから隙見《すきみ》をしてやがる」

はっと首をすくめたが間に合わない。酒くさい息とともに、もろに抱きすくめたのは、ほかでもない蟇の馬蔵である。

「離して、後生だから、よう」と、もがくのを、

「ここ離してたまるものか、大将、大将！」

「どうしたんですか。騒がしい」

扉をひらくと、ぷんと異様なにおいが鼻につく。これにはさすがの蟇もたじろいで、

「や、や、殺《や》っちまったんですかい」

「ふふふ」遊佐は軽く鼻をならしながら、

「めんどうくさいから殺《や》っちまいましたよ。ときに、その女はどうしたのですか」

「どうもこうもありませんや。鍵孔からのぞいていたんですぜ」

「ほほう」遊佐は憐《あわれ》むように君江の顔を見ると、

「かわいそうに、とんだところを見てしまったものだね。いいから穴蔵へ放りこんでおきなさい」

と、例によって、物に動じない。それゆえにこそいっそう凄《すご》さの感じられる声音なのだ。君江はそれを聞くと、体じゅうがジーンとしびれるような、新たなる恐怖を感じたのである。

由利先生登場

まっくらな、あやめも分かぬ穴蔵の三日間、——君江にとって、それはなんという恐ろしくも忌まわしい地獄であったろう。覚めるかと見れば眠り、眠るかと見れば、またハッと眼覚めるそのあいだ、絶えず異様な感触が体じゅうをはっている。まるで、物語に聴くうつつ責めのような三日間であったが、四日目に至って、君江はどうやら人心地を取りもどした。彼女を責め苛《さいな》んでいた者が、いつとはなしに立ち去ると同時に、不思議な麻酔もしだいに覚めていったのである。

そうなると根が勝ち気な女だ。一刻もこんなところにぐずぐずしているわけにはいかない。帯をしめ直して立ち上がると、手探りに入り口を探ってみた。すると案外たやすく扉がひらいたのはいいが、はずみを食って彼女の体は、毬《まり》のように戸外へ投げだされた。

外はまるで嘘《うそ》のようないい天気なのである。君江はポカンとしてそこにへたばってしまった。妙にしどけないふうをした女が、白昼往来へ転がりだしたのだから、いかに物静かな屋敷町とはいえ、これが眼につかぬという法はない。たちまちワイワイという人集《ひとだか》り。

「どうしたんだい、姐《ねえ》さん、夢でも見てるのかい」

「しっかりしろよ。姐さん、すっかり毒気を抜かれた形じゃないか」

などと、御用聞きの兄《あん》ちゃんたちがおもしろ半分にからかうのを、夢のようにきいていた君江は、

「たいへんです」と、いきなり叫んだ。

「人殺しです」

さあ大騒動だ。君江の口からあらましの話をききとった兄ちゃん連中、それとばかりに屋敷の中へなだれ込んだが、家の中はもぬけの殻《から》、何ひとつ残っていない。ただひとり作りかけの女の裸像が、白々としたアトリエの陽を吸っているのが、妙に不気味なのである。

「なんだ、何もありゃしないじゃないか」

「姐さん、おまえ、夢でも見たんじゃないか」

「いいえ、夢ではありませんわ。たしかそこのところで——」

と言いかけて、君江は突然、ぎゃあと猫を踏んづけたような声をあげた。

「あれ、——あれを御覧なさい」

人々がいっせいに振りかえってみれば、なんと生乾きの石膏《せっこう》像の乳の下から、ぐにゃりとのぞいているのは、気味の悪い女の手首なのである。

——というようなわけで、日ごろ、取りすましたような屋敷町は上を下への大騒ぎ。所轄警察ならびに警視庁から、それぞれ係官がかけつける。新聞記者がやって来る。写真班がフラッシュをたく。——と、こういうふうに書いていては際限がないから、筆者はここで改めて、一人の新聞記者を登場させようと思うのだ。そして、この男の口をかりて、事件の顚末《てんまつ》を語ることにしようと思うのである。

その男の名は三津木俊助《みつぎしゅんすけ》、新日報社の花形記者である。読者は今後も、しばらくこの青年と、もう一人の人物との功名談を読むことであろう。

さて、雑司ヶ谷であういう事件が起こってから、四日ほど後のことである。

麴町三番地、外濠《そとぼり》に面した閑寂な住居の、表にかかった由利寓《ゆりぐう》という表札を、斜めににらみながら訪《おとの》うたのは、ほかならぬ三津木俊助である。

主の由利というのは、五十にはかなり間のありそうな、見るからに精力的な人物であったが、不思議なことに頭には雪のような白髪をいただいているのである。

もし諸君の中に、記憶のいい人があったら、数年前警視庁の捜査課に、同じ名の課長がいて、縦横の腕を振るったことを覚えているだろう。この白髪の由利先生こそ、すなわち往年の名捜査課長由利麟太郎《りんたろう》なのである。今では野《や》にあって、警察方面とはいっさい関係をたっているが、三津木俊助とはうまが合うというのであろうか、むずかしい事件が起こるたびに、その相談にもあずかり、時には自ら出馬することもまれではない。いわば、一種の私設探偵《たんてい》局みたいなものだった。

「やあ、妙にうかぬ顔をしているじゃないか。例の白蠟三郎の事件かね」

濠端の柳を眼下に見おろす明るい二階の応接室、差し向かいになると、まずそう口をひらいたのは由利先生である。

「そうなんです。いや、どうも人騒がせな事件で——市中はもうたいへんな騒ぎです」

「そうらしいね。しかし、それはきみたちがあまり煽《あお》りすぎるからじゃないかね」

「それもありますが、なにしろ妙な事件でしてね、表面に現われているよりはるかに恐ろしい秘密がありそうで、それでひとつ、先生の意見をおうかがいにまいったのですが」

「まあ、ひとつ話してみたまえ。だいたい新聞でもわかっているが、念のためにもう一度、きみ自身の口から聞いてみたいね」

「お話ししましょう。雑司ヶ谷のアトリエから女の手首が出たというところまでは、先生もすでにご存じでしょう」

「そう、それからもう一か所、どこからか女の脚が現われたという話だが。——」

「そうなんです。それがまた実に妙なんで——」

と、日焼けのした男らしい顔を緊張させながら、俊助が語ったところによると、

「あの石膏像から出たのは、女の手首だけで、それだけでは果たして被害者が何者やら、また遊佐耕平と名乗る美術家がどういう男だか、まるで見当はつかなかったのですが、アトリエの中を念入りに捜査しているうちに、ただ一つ遺留品を発見しました。それは小さな紙片で、赤坂一ッ木五〇番地、町田竜治《まちだりゅうじ》という所書きなんです。そこで取りあえず、そのほうへ手配してみると、たしかに数日前まで、町田竜治なる人物がそこに住んでいたことはいたが、これまた、四、五日前に引っ越したとかで、空き家になっているのです。ところが、近所の人々や御用聞きの話を総合してみると、不思議なことにはこの町田竜治なる人物の人相が、雑司ヶ谷の遊佐耕平にピッタリと一致する。しかもこのほうにもやはりひとりの召使とも友人ともつかぬ男がいたが、こいつがまた、蟇にそっくりの顔だというものです。もっともこっちのほうは名前を鹿蔵

とかいいましたがね」

「ほほう」

由利先生は思わず笑いだして、

「雑司ヶ谷のほうが馬蔵で、こっちが鹿蔵か。馬鹿という洒落《しゃれ》かね、それは——」

「そうらしいですね」と俊助は眉《まゆ》を動かさず、

「実際、馬鹿にした話ですが、とにかくこれは一応捜索してみる必要があるというので、警官が踏み込んだのですが、すると裏庭に近ごろ掘り返したらしい跡がある。さてこそというので掘ってみると、出て来たのは女の片脚というわけなんです」

「ふむ、そのことは今朝の新聞にちょっと出ていたが、つまりそれが、雑司ヶ谷の屍体の他の一部分というわけなんだね」

「とまあ、だれでもそう考えるでしょう。ところが大違い、専門家の鑑定によると、この片脚と、雑司ヶ谷の手首とは、全然別人だろうというのです。というのが、手首のほうが二十前後の女らしいのに反して、脚のほうはおそらく、四十を越した大年増らしいという鑑定なので。——」

これには由利先生も驚いた。思わず椅子《いす》から乗り出して、

「それじゃ、少なくともここに、二つの殺人事件があったということになるね」

「そうなんです。もし、殺人事件というものがあるとするならば——」

推理の糸

俊助の言い方ははなはだ妙である。もし殺人事件があるとするならば——だって、屍体の一部分が出た以上、人殺しがあったにきまっているじゃないか。果たして由利先生は不審そうに、

「それは、いったいどういう意味だね」

「いや、それが実に妙なんです。この手首なり脚なりを、今大学の教室で厳密に検査しているんですが、どうも切断された時日が、君江という女中の証言と符合しないのです。彼女の話によると、雑司ヶ谷で殺人があったのは、今からちょうど八日前のことになるのですが、この手首は切断後、少なくとも十日以上は経過しているというのですからね」

「おーや、おや」由利先生も思わずため息をつきながら、

「いったいそれはどういうことになるのだね。じゃ君江という女中の見たのは夢だったのかい、それともだれかの悪戯かね」

「それが、どうもよくわからないのです。わからないからいっそう気味が悪いのです」

「しかし、新聞にはそういうことは報道してないようだね」

「ええ、これはつい先刻判明したばかりですし、それにおそらくこいつは、掲載禁止になるでしょう」

俊助もそういってため息をついたが、それにしてもなんという妙な事件だろう。俊助のいうように、果たしてこの事件に殺人というようなものがないとすれば、あの手首や片脚はどうしたのだろう。それにもまして奇怪なのは、あの美少年の行動だ。ある時は鮫島鱗三と名乗り、ある時は、遊佐耕平となり、ある時はまた町田竜治と名前をかえ、いったい彼は、何をたくらんでいるのだろうか。

「どうも妙だね。わけがわからないね」

さすがの由利先生も困《こう》じ果てた形で、

「時にこの事件が白蠟三郎と結びついたのは、いったいどういうわけだね」

「それはこうなんです。赤坂の空き家のほうを捜索したところが、家の中に、べたべたと例の四本指の手のひらの跡がいっぱいついているんです。もっともゴム手袋をはめたような、指紋も何もない手のひらで、果たしてそれが白蠟三郎のものかどうか、明確にはわかりかねるものですが、いかにもあいつのやりそうなことなので、さてこそ市中は白蠟恐怖で大騒ぎなんですよ」

「そういえばそうだが、しかし、なんとなく解《げ》せないところもあるね」

由利先生はしばらく瞑目《めいもく》していたが、

「ところで話というのはこれだけかね」

と、俊助は急に膝《ひざ》をのりだして、

「先生は鴨打博士をご存じじゃありませんか」

「はてな、どこかで聞いた名前だが――」

「ほら、細君殺しの諸井慎介、あの事件に関してしばしば法廷へ呼びだされた男ですよ。確か慎介とは従兄弟になるはずです」

「ああ、あのべに屋の事件。――時に、あの慎介という男はもう死刑の執行されたかね」

「いやまだ相当のひまがあるでしょう。――あの事件の鴨打俊輝ですよ」

「それがどうかしたのかね」

「その鴨打博士が、どうやらこの事件に関係がありそうなんですよ。というのは、雑司ヶ谷の家といい、赤坂の空き家といい、差配は別にありますが、共に鴨打博士の持ち家なのです。このことはまだ警察でも気づかないのですが。――」

「ほほう！」由利先生は笛のような声をたてると、

「しかし、それは――偶然かということもある」

「そうです、私もそう思いました。ところがね先生、花園千夜子の殺害事件というのを覚えているでしょう」

「ふむ、やはり白蠟三郎に殺された女だね」

「そうです。あの花園千夜子の殺害された谷中の家というのが、これまた鴨打博士の持ち家なんですよ。先生これでも、偶然でしょうか」

「ふうむ」由利先生は思わず太いうめき声を吐きながら、

「しかし、白蠟三郎と鴨打博士と、いったいどういう関係があるのだろう」

「それについて、ぼくはこういうことを考えついたのです」

と、俊助は頰に紅潮を浮かべながら、

「あの白蠟三郎の脱獄事件ですね。あれがどうも妙なのです。あの脱獄のあった日の午後までは、三郎の監房には例の諸井慎介が入っていたのですよ。しかも、この監房入れ換えは急に行われることになったのですから、だれしも、あの監房に白蠟三郎が放り込まれるだろうということを予期して、あんな大仕掛けな工事を起こすことはできなかったはずなんです。だからあの脱獄は、むしろあの日の午後までいた諸井慎介のために企てられたのじゃないか。そして、間違って白蠟三郎を救い出したのじゃないかと、こう考えてくると、鴨打博士と、白蠟三郎の間に、一つの連絡ができてくるじゃありませんか」

「なるほど、それで博士はやむなく白蠟三郎をかくまっているというわけだね」

「そうです。いまさら、三郎を警察へ突き出すわけにもいかない。そうすれば自分の脱獄幇助《ほうじょ》が暴露するわけですからな」

「それじゃひとつ、鴨打博士の行動を監視してみるのも一つの方法だね」

「そうなんです。それでぼくは鴨打病院へひとつ、スパイを入れてみようと思うのですが」

「よかろう。適任者さえあればね」

「ところが理想的なやつがあるんですよ」と俊助は笑いながら、

「ほら、雑司ヶ谷事件の女中の君江ですね。あいつは実に性質の悪いやつで、その筋のお尋ね者だったのが、こんどの事件で見つかって、危なく食い込むところだったんです。それをぼくのとりなしで、今のところまあ事なきを得ているんですが、やっこさんそれを非常に徳として、ぼくのためなら犬馬《けんば》の労《ろう》をいとわぬというのですが、こいつを一つ鴨打病院へ患者に仕立てて入りこませようと思うのですが、どうでしょう、この芝居は」

「よかろう、毒をもって毒を制するというやつだね」

由利先生は快げに高笑いをした。

ああ、それにしても三津木俊助の、なんという明察！　むろん、彼の推理にはいまだ、幾多の欠点のあることは諸君も知らるるとおりである。しかし、白蠟事件とべに屋事件の、この二つを結びつけただけでも、彼の手柄ははなはだもって偉大であったといわねばならぬであろう。

こうして、物語は、ここにこの新たなる登場人物を得て急角度に転換することになったが、それにしても、鴨打病院へ住み込んだ君江の身の上に、果たしていかなる事やあると、昔の戯作者《げさくしゃ》なら書くところであろう。

蠢《うごめ》く魔手

由利先生と三津木俊助の間に、以上のような会話が進行しているころ、当の鴨打博士は何をしていたかというと、これは鵠沼にある六条月代の別荘で、女主人の月代と差し向かいに、今しもただならぬ場面を展開しているところであった。

「なんといってもお断わり申し上げます。それはあまり御無理というものでございますわ」

吐きすてるように言った月代の頬は真っ白で、大きな瞳には恐怖と嫌悪の色がいっぱいにひろがっているのである。鴨打博士はそれと反対に、満面に朱を沸《たぎ》らせ、頬っぺたをピリピリと痙攣《けいれん》させている。物をいうたびに、唇の両端がピンとまくれあがって、獣のような犬歯が、ニューッとのぞく気味悪さ。

「いや、私もまったく近ごろは気が狂いそうですから、無理と知っても承諾させずにはおきません」

「まあ、あなたも紳士じゃありませんか。仮にも博士という学位を持っていらっしゃる方でしょう。そのように無頼漢のようなことをおっしゃって。――」

「そうですとも、無頼漢ですとも。こちらがおとなしく話をしようとすれば、脅迫だなどとおっしゃる。だから、いきおいことばも荒くなりますよ」

「それではさっきのことばは取り消します。脅迫だなんていったのはあたしが悪うございましたわ。その代わりあなたも、白蠟三郎を脱獄させたのはあたしだろうなんて、そんな恐ろしいことはおっしゃらないで――」

「それじゃ飽くまで知らぬというのですね。よろしい、ではのっぴきならぬ証拠をお眼にかけましょう。ほら、この手紙はね、あの地下道を掘った、石黒という男の手下が、私に書いてくれた手紙ですよ」

「まあ!」

突然、なじみのある名前をいわれて、月代は思わず、唇まで真っ白になった。

「ははははは! やはりご存じとみえますね。この手紙を読めば、どうしてあなたが、あんな地下道を掘ったのか、そしてまた、どういう間違いから、あの恐ろしい白蠟三郎を救いだす羽目になったか、それらのことが逐一判明します。どうです読んでみましょうか」

「ああ、やめて。あなたはなんだってそう執念ぶかくあたしをお苛《せ》めになりますの」

「それもこれもあなたを愛する一心ですよ。私には何もかもわかっている。この日ごろ、あなたがどのように苦しんでいられるか。人眼を避けて、この鵠沼に隠れているのも、みんなその苦しみを忘れるためでしょう。無理もない、あの花園千夜子殺しといい、近ごろ雑司ヶ谷と赤坂で起こった二つの殺人事件といい、あれはまるで、あなたが殺したようなものじゃありませんか。あなたが白蠟三郎を刑務所から救いだしさえしなかったら、あんな恐ろしい事件も起こらずに済んだのです。ねえ、その苦しみその煩悶《はんもん》をひとつ私にも分かってもらいたいのです。あなたのその苦しみを吸いとって、あなたの秘密を自分の秘密として。……」

「いいえ、いいえ」

月代はゾーッとしたように肩を震わせると、

「その御親切がおありなら、このままほうっておいてくださいな。自分で蒔《ま》いた種は自分で刈らねばなりませんわ。あたし、近ごろやっとその決心ができたのです」

「決心というと！」

「白蠟三郎を探しだすのですわ。そしてあの人に頼んで、もう一度刑務所へ帰ってもらうのです」

「あの男がそんなことを肯《き》くでしょうか」

「むろん、容易なことじゃありません。でも、あたしのこの体を投げ出して。……」

「それはいけない！　そんな馬鹿なことを！」

「なぜ――？　なぜいけないのです？」

月代は眼の前にあった紅茶をぐっとひと息に飲みほすと、すっと椅子から立ち上がり、

「蒔いた種を自分で刈ろうというのが、どうしていけないのです？」

「そんなことをすれば、あなたの体はめちゃくちゃだ。いや、あなたは自分のことより、べに屋一家の名誉のことを考えねばなりません」

「まあ」月代はヒステリックに眉をあげると、

「べに屋にいったいどういう名誉が残っていると思っていらして？　妻を殺して死刑を宣告された男と、その男を救おうとして、間違ってあんな怪物を追いだした愚かな女と。――あたしたちの間に、どのような名誉が残っていると思っていらっしゃるの」

月代は急に息切れがするようにことばを切った。

「いや、なんといってもそんなことは断じて私がさせない。あなたを白蠟三郎の人身《ひとみ》御供《ごくう》にするなんて、恐ろしいことだ。そんなことをしてたまるもんか」

「だって、自分から進んでそうしようというのに、いくらあなただって、……あなただって……」

そういいながら、月代はふいによろよろとよろめいたかと思うと、驚いたように卓《テー》子《ブル》の上に両手をついた。博士はその様子を見ると、ニヤリと気味悪い微笑をうかべながら、

「止めることはできないというのですか。ところが私にはできるのですよ。はははははは！」

と博士は気味悪く笑って、

「月代さん、あなたは今その紅茶を飲みましたね。なんだか妙な味に気がつきませんでしたか」

「なんですって！」

「いやね、私はさっき、その紅茶の中にちょっと薬を入れておいたのですがね」

「えェッ」月代はさっと恐怖の色を頬に刷《は》いて、

「あたしに薬を盛って……あなたは……いったい……」

「いや、なんでもありませんよ。別に毒になるような薬ではありませんから、心配することはありません。ただ、眠くなるばかしです。眠くなったら、遠慮なく眠ったほうがいいのですよ」

そういう博士の顔は、まるで野獣のようなどす黒い欲情で、ギラギラと脂ぎって光っているのだ。

「まあ、あなたは……あなたは」

「なに、たいしたことはありません。ほら、だいぶ眠くなりましたね。よろしい、寝なさい、寝なさい。それが第一だ。あなたが寝てしまったら私は小間使を呼びます。そしてお嬢さまはこのとおり体が悪いのだから入院させなければいけないと言います。なにしろ私は医者だし、それにあなたの親戚だから、だれだって疑う者はありますまい。病院にはね、特別患者の部屋というのがあって、そこは患者と私以外には、絶対にだれも入ることができないのですが、そこへあなたを入れます。そこであなたは、私のそれはそれは行きとどいた、親切な介抱をうけることになるのですよ」

「ああ、……あなたは鬼です……蛇です……あなたのような人に、そんなことをされるくらいなら……あたしは、あたしはいっそ死んで……死んで……」

だが、その時月代の舌はしだいに重くなってきた。瞼《まぶた》がピクピクと引きつって、瞳がくるくると旋回したかと思うと、抗《さから》いようのない睡魔が、どっとばかりに厚ぼったい闇となってのしかかってくる。月代は必死となってそれと闘っていたが、とうとう打ち負かされたように、そのままどうと床の上に倒れようとするのを、横からしっかり抱きとめてやった鴨打博士。

「そうそう、寝なさい、寝なさい、寝ている間が極楽じゃ。はははは、かわいい人！」

奇怪な入院患者

牛込、神楽坂付近に、クリーム色のモダン建築を誇っている鴨打病院も、近ごろはとかくのうわさが絶えず、それかあらぬか、ひところのように患者が殺到するというようなことは珍しくなった。

実際、病院経営者にとって、世間の風評ほど恐ろしいものはない。流行《はや》るのも廃《すた》れるのも、ゴシップひとつなのである。ちょっといい評判が立つと、患者は眼に見えて殖えてくるが、反対に、だれかひとりでも妙なうわさを口にしようものなら、たちまち人気がガタ落ちになってくる。

鴨打病院はいまこの危険な転落時代に遭遇《そうぐう》していた。意地の悪いもので、いったんこうつまずくと、躍起となればなるほど、物事はますます悪くなっていくらしい。さすがの鴨打院長もすっかり気をくさらせ、もう一度昔の全盛を取りもどそうというような気力は、まったくなくなっていた。院長がこのとおりだから、ほかの連中は推して知るべしで、まじめな人たちはどんどん身を引いてしまって、後に残っているのはいかにも食い詰め者らしい、ぐうたらな連中ばかり。門前雀羅《じゃくら》を張るのも、遠いことではあるまいといううわさも、どうやらほんとうになりそうである。

この鴨打病院へ、ある日珍しくも入院を希望して来たふたりづれがあった。院長の鴨打博士が、鵠沼から帰って来た、たしかその翌日のことである。

名前を聞くと、練馬在の山里伊兵衛《やまさといへえ》と、その妹のお栗《りつ》というのである。いかにも大根の本場のお百姓らしく、服装から態度、口の利きように至るまで、朴訥《ぼくとつ》を通り越していくらか愚鈍にさえ見えるのだが、入院しようというのはこの妹のほうなのである。

「さあ、別にどこというて、悪いところもないように見受けますが、なんでございますか、ときどき、妙なことを言って暴れ回ったり、夜中にのこのこ飛び出したり、まことにその、手に負えねえのでございます」

と、色の黒い兄さんが、さも恐縮したように両手をもみながら、ぼそぼそとそんなことを話している。そのそばには、当のお栗が、じろじろと診察室のなかを見回している。いかにも知恵の薄い人間らしく眼の色が濁って、それに一刻も静粛にしていることができぬ性質らしい。あたりの物にいちいちさわってみては、そのたびに、兄さんの伊兵衛氏にたしなめられているのである。

「とにかく一度診察してみましょう」

鴨打博士はいかにもめんどうくさそうに、聴診器を取りあげた。

お栗は兄さんの伊兵衛氏に叱られ叱られしながら、院長の前に腰をおろすと、ニヤニヤと気味の悪い薄笑いをうかべながら肌を脱いだが、それを見ると、百姓の娘とは思えないほど、色白で艶《なまめ》かしいのである。博士はちょっと、おやというように眉をひそめたが、別にたいして気にとめるふうもなく、ほんの形式的に聴診器をあてがってみて、

「左のほうの呼吸音がいくらか弱いというくらいで、別に悪いところはなさそうだが、とにかく、もっと厳重に調べてみなければわかりませんから、二、三日通ってもらいましょうかね」

「へえ、それがなにしろ、遠方でございますので、……まことになんですが、その間こちらへ置いていただくというようなわけにはまいりませんでございましょうか」

「ああ、いや、よろしい、御希望ならそうしてあげてもいいが。……」

「ありがとうございます。これ、お栗や、何をきょときょとしてるんじゃ。先生さまによくお礼を申し上げなさい」

「いや、いいです、いいです。それじゃさっそく、病室のほうへ案内させましょう」

と、ここに話がまとまって、お栗は兄さんの伊兵衛氏と別れて入院することになったが、この兄妹というのは、読者諸君もすでにお察しのとおり、三津木俊助と河野君江のふたりなのである。

なにしろ、最初から知恵が少々薄く、おまけに発作的に狂躁《きょうそう》状態に陥ったり、夢中遊行をやらかすという触れ込みだから、だれひとり君江の行動に疑惑の眼を向ける者はいない。

それに根が芝居上手の君江のこと、すっかり練馬在のお栗さんになりきって、自由自在に病院の中をかけずり回る。よその病室へも勝手にどんどん入っていく。診察室や手術室をのぞいて回る。しかし、別に邪魔になるというのではないから、だれもあまり吐言《こごと》をいわない。いや、吐言をいわないどころか、反対にいい玩弄物《おもちゃ》がきたとばかり、からかったり、ふざけたりする。間もなく君江は、病院じゅうでの人気者になってしまった。

そういう君江だが、ただひとり苦手なのは院長の鴨打博士だった。この人ばかりは、君江がどんなに骨を折ってもにこりともしない。いつも、笑ったら損だといわぬばかりに、苦虫をかみつぶしたような顔つきをしている。

いや、一度だけ君江は骨を折って、この院長を笑わしてみたことがある。しかし、そのとたん彼女は、ゾーッと全身に鳥肌の立つような怖さを感じて、今後、二度とこの人を笑わそうなどと、愚かな努力を試みないことに決心した。

というのは、院長はほんのちょっと笑っただけだったが、それでも、そのとたん、上唇がピンとまくれ、獣のような犬歯がニューッと突き出して、なんとも名状できないほどものすごい顔になったからだ。

この鴨打院長のほかに、もう一つ君江の手に負えないものがある。二階の廊下の端にある、特別患者の部屋というものがそれだった。

ああ、この特別室！　この中に何があるか、それは諸君のほうがすでに御存じであったろう。

白蠟呪縛

廊下の騒音を防ぐためであろう、厳重な二重扉になったこの特別室、看護婦も掃除夫も絶対に入ることを許されぬこの特別室の中に、月代はまだ昏々《こんこん》として眠りつづけている。

急病と称して、無理無体に鵠沼からこの特別室へ連れて来られてから、今日でまる五日になる。それだのに、彼女はまだ深い眠りから覚めないのである。むろん、鴨打博士が紅茶の中に投入した薬の量からいえば、彼女はとうの昔に、その睡魔から覚めていなければならぬはずだった。

それにもかかわらず、彼女がいまだにこうして昏々と眠りつづけているのは、何かしら異常なことが起こったのにちがいない。ひょっとすると、あの時の激しい恐怖と衝動が、彼女の脳中枢を犯して、得体の知れぬ病気が発生したのではなかろうか。果たせるかな、二日目からひどい高熱が月代の肉体を襲ってきた。

美しい顔は真紅に充血して、そのくせ、からからに乾いた唇は紫色にあせ朽ちているのである。心臓はこの高熱の負担にたえかねてか、ほとんど感じられるか感じられないほどの脈搏《みゃくはく》しか打っていない。

これにはさすがの鴨打博士も驚いた。あれ以来、ほとんどそばにつききりの状態で、介抱に手を尽くしている。幾本かの鋭い針が、月代の美しい肌に刺された。強い薬液がその針を通して、彼女の肉体に注ぎ込まれた。

しかし、その効果はいっこう現われないのである。月代は昏々として眠りつづけたまま、ときどき、おびえたように手足を震わせ、慎介の名を呼び、白蠟三郎の名を呼ぶのである。

しかし、世の中に何が仕合わせになるかわからない。この時彼女が、こうして不思議な熱病に取りつかれたのは、彼女にとってどれほど幸福だったかわからないのだ。このことなくば、彼女の純潔はとうの昔に奪われているはずである。しかし、さすが鬼のような鴨打博士も、この高熱には辟易《へきえき》したとみえて、どうやら彼女は、いまだその毒牙《どくが》から身を保つことができているのだ。

今夜も博士は、ただひとり月代のそばに付ききっている。ときどき、不安らしく、露《あら》わになった月代の胸に聴診器をあてがってみたり、脈搏を数えてみたりする。それから、思い出したように注射を打ってみたりする。

しかし、なんの反応も現われないのである。相変わらず真紅に充血した顔に、いっぱい汗をうかべて月代が軽く身動きをした。そしてカサカサに乾いた唇を動かしたかと思うと、白蠟三郎というつぶやきが、低く漏れてきた。

と、その時である。

博士はふいに、異様な感覚を身辺に感じてぎょっとしたように息をのんだ。

だれかいる！

月代と、自分のほかに、絶対にだれも入ることのできないはずのこの特別室の中に、だれやらもうひとりの人間が隠れている。どこにいるのか、その姿は見えない。しかし、昆虫の触覚のように鋭くなった博士の聴覚は、ハッキリと、自分と月代以外の、もう一つの心臓の鼓動を聞くことができるのである。

「だれだ、そこにいるのは？」

博士が叫んだのとほとんど同時だった。何やら黒い影がスーッと、寝台の向こうを横ぎったかと思うと、スルスルと廊下のほうへ出ていく。まるで猫のように音のない、ほとんど人間とは思えないほどの速い身のこなしだった。鴨打博士はわれにもなく、ゾーッと冷たい悪寒《おかん》を背に感じたのである。

「だ、だれだ！」

もう一度博士がそう叫んだとき、バターンと音がして、外のほうの扉がしまった。つづいてツッと滑るような足音が廊下から聞こえる。その時になって博士はやっと気がついた。さっと身を起こして、廊下へ飛び出してみると、ほの暗い光を背にあびて、いましも一つの黒い影がつと向こうの廊下の角を曲がるところだった。黒い、長身の影だった。

「だれか、――だれかそいつを捕《つかま》えてくれ――」

ダダダダダッと足音荒く追っかけていく博士の声に、驚いて看護婦や事務員が駆けつけてくる。あちこちの扉があいて患者がとび出して来た。むろん、君江など一番にとび出してきたほうである。だが、こういう混乱は、かえって曲者《くせもの》のほうに幸いしたのである。ふいに彼の姿は、廊下のどこかへ見えなくなってしまった。

「どうなすったのですか」

さすがに年寄った看護婦が、たしなめるように尋ねる。

「うむ、今妙なやつがあの部屋からとび出したのでね」

「まあ、あの特別室でございますか」

「そう」

「だって、あの部屋は先生以外にだれも入ることができないはずじゃありませんか」

「そのはずなんだが、あいつ、どこから潜り込みやがったろう。とにかくそこらに隠れてやしないか。探してみてくれたまえ」

そこでおおぜいの事務員や看護婦たちが、おっかなビックリで探してみたが、どこにも怪しい姿は見えないのである。だれも口に出して言わなかったけれど、結局博士はありもしない幻を見たのだろうということになった。そういえば、近ごろの博士の挙動には、とかく気違いじみたところが多いのである。

みんなブツブツ不平をいいながら引き揚げた。博士はなんとなく安からぬ面持ちだったが、これまたあきらめたように、特別室に鍵をおろすと、自分の居間へ帰っていった。

物好きらしく、一番最後まで廊下をうろついていた君江も、しかたなしに自分の病室へ帰って来ると、ていねいにドアをしめ、うしろ向きになった瞬間、白いものがさっと彼女の咽喉に巻きついてきたのである。

「アレッ」

と、低い叫び声をあげて、床にひざまずいた君江は、そのとき、恐ろしい顔が、自分の上にのしかかって来るのを見た。妙に陰影の深い、凸凹《でこぼこ》とした隈《くま》に彩られた、白蠟のように真っ白な顔なのである。唇だけが真っ赤で、それが何かしら淫《みだ》しい夢でも誘うように、生々しくぬれている蛇のような瞳は金色に光って、それがじっと、何かの暗示をあたえるように、上から君江の眼を見つめているのだ。恐ろしい凝視だった。抵抗することのできない、不思議な魔力をもった凝視だった。君江はふいにジーンと身内にしびれるような甘酸っぱい夢を感じた。なんともいえない物悲しさ、うれしさが胸を衝いて奔流してくるのだ。陶然として不思議な金縛りに酔った気持ちだ——。

ふいに、男がにやりと笑って手を離した。と、崩れるように床の上につっ伏した君江は、自分でもわけのわからぬ、もみくちゃにされた感情の中で、さめざめと泣き出したのである。

ああ、白蠟三郎は生きていたのである。そして昔の魔力を失ってはいなかったのだ。

暈《かさ》

その次ぎの日から、不思議なことが起こった。二階の十五号室というのにいる、練馬在のお栗女史がむやみに物を食べたがり始めたのである。二度三度、二人前ぐらい御飯を平らげた。なおその上に、盛んに間食をする。ふつうの病院なら、とうてい許されることではなかったが、都合のいいことにはこの病院は、その点しごくルーズにできているのである。お栗はふんだんに食い、ふんだんに愚鈍ぶりを発揮して、ふんだんに看護婦たちの嘲笑《ちょうしょう》を買った。

だが、もし看護婦たちの中に注意ぶかい女があって、お栗の病室を子細に観察してみたら、次ぎのようなことに気がついたはずである。

お栗の寝ているベッドの周囲に、いつの間にか白い布がカーテンのように張り回されて、どこからもベッドの下がのぞけないようになっていること。お栗の敷いていた毛布の一枚が、どこかへ見えなくなってしまったこと。——

こうしてまた数日すぎた。

月代はまだ、あの不思議な昏睡から覚めようとしない。鴨打博士は相変わらず、不安と焦燥にじれ切っている。そしてまた、お栗の病室の中では、白蠟三郎と河野君江との間に、夜ごと奇怪な痴話が繰りかえされているのであった。

もし諸君が、深夜ひそかにお栗の部屋の前に立つとしたら、およそ次ぎのような私語を耳にすることができたであろう。

「ねえ、あんたはいったい、あの特別室にいる患者をどうしようというのさ」

「どうって、わかってるじゃないか。おれはあの女をこの病院から連れ出したいのだよ」

「連れ出してどうしようというの」

「そこまではわからない。とにかく、おれはあの女に話がある。いろいろききたいこ

の」

「ただ、それだけ？　そうじゃないでしょう。あたし知ってるわよ。看護婦さんにきいたんだけど、あの特別室にいる患者というの、とてもきれいな人だというじゃないの」

「フフン、それがどうしたんだ」

「憎らしい、あんなに白ばくれてさ、いったいこのわたしをどうしてくれるの」

「どうもこうもないじゃないか。きみはきみ、あの女はあの女さ」

「いやン、いや。そんなことといって、あの女を無事に救いだしてしまえば、あたしなんかに用はないでしょう。わかってるわ。あなたはただ、あたしを道具に使っているだけなんだわ」

「しッ、そんな大きな声を出しちゃ、近所の連中が眼を覚ますじゃないか」

「いいわ。眼を覚ましたってかまわないわ。そしたらあたしみんなに言ってやるわ。皆さんの探している男がここに隠れています。恐ろしい、お尋ね者の白蠟三郎が。……」

「馬鹿」ふいに白蠟三郎の手がしっかと君江の口をふさいだ。

「気違い、静かにしないか」

「ああ、殺して、いっそこのまま殺して。……」

「よい、望みとあらば殺してやる」

白蠟三郎は君江の咽喉をつかむと、ぐいぐいと絞めつける。君江の顔はみるみる真紅に充血した。眼がとび出して、血管が今にも破裂しそうなほどふくれあがった。しかし、それでも君江は抵抗しようとしない。ぐったりと男のするがままに任せているのである。

「ふふふふふ」ふいに白蠟三郎が手を離した。

「冗談だよ、苦しかったかい」

君江はなんとも答えない。しばらくじっと天井をながめていたが、ふいに両方の袂《たもと》で顔を覆うと、しくしく泣き出した。

「冗談だったら。だれがおまえを殺すものか」

君江はそれでも泣きつづけている。

「馬鹿だなあ、ほら、ほら、いい子だから泣くのはおよし」

「いいの、ほうっておいて。あたしはどうせ遠からず殺されるに決まってるわ。あなたか、でなければもうひとりの男に。……」

「もうひとりの男？」

「そうよ、遊佐耕平という男よ、いや、それとも町田竜治かしら、とにかくあなたか、あの美少年か、どちらか一人があたしを殺すに決まっているわ」

「遊佐耕平？」白蠟三郎の顔がさっと険しくなった。

「おれの名を騙《かた》って人殺しをしたやつだな。おまえその後、そいつに会ったのかい」

「会ったわ」

「いつ？」

「今日」

「どこで？」

「この病院の中で……」

白蠟三郎はぎょっとして起き上がった。

「君江、それはほんとうかい」

「ほんとうよ、だれが嘘なんかいうもんですか。今日、だしぬけに手術室へ入っていってやったら、何やら院長とひそひそ話をしていたのが確かにあいつだったわ。あたしの顔を見るとびっくりして、すぐ向こうの部屋に消えてしまったけれど、きっと、あたしがどうしてここにいるか感づいたにちがいないわ。ああ、恐ろしい、あいつには血も涙もないのだ。あたしはきっと殺されるに決まっているわ」

白蠟三郎はしばらく爪《つめ》を嚙みながら考え込んでいたが、つと顔をあげると、

「君江、これはお互いにぐずぐずしちゃいられないぜ」

「ぐずぐずしていられないって？」

「特別室にいる女を、一刻も早くここから救い出さねばならん」

「あら、うまくいってる」

「まあお聴き、きみはまだあの美少年が、特別室にいる女をどんなに憎んでいるかよく知らないのだ。いったい、どういう理由であいつがあんなに憎むのか、また鴨打博士がその間にあって、どんな役目を演じているのか、おれにはサッパリ理由がわからんが、とにかくあいつがこの病院の中にいるとすれば、これはもう一刻もぐずぐずしている場合じゃない、何かいいくふうはないかな」

白蠟三郎はしばらく部屋の中を歩き回っていたが、ふと顔を輝かせると、

「そうだ、きみはさっき十二号の患者が死亡したというような話をしていたね」

「ええ、それがどうかして？」

「そして、明日の十時ごろに、葬儀社から棺桶《かんおけ》をもって屍体を受け取りにくると言っていたね」

「ええ、看護婦さんがそう言ってたわ」

「しめた」

「あら、あなたどこへ行くの」

「お君、二、三日したらまた会おう。やっかいになったね。おまえも気をつけなきゃいけないぜ」

「あら、あら、そんなに急なこと、あたしいや。行っちゃいやよ」

白蠟三郎の胸にすがりついた君江の眼から、ふいに涙があふれて来た。三郎はその肩を抱くと、静かに涙を吸いとってやった。それから、子供でもあやすように、しばらく何やらささやいていたが、やがて泣きじゃくりをしている君江を後に残して、例によって猫のように足音のしない歩き方で、暗い廊下へ出ていったのである。

その後を追って、つと廊下へとび出した君江が、何気なく窓から外を見ると、明日は曇りか、月がぼんやりと暈《かさ》をかぶっていた。

真相の破片

「どうもますます不思議なんですよ。例の雑司ヶ谷と赤坂の片手片脚事件ですがね」

と、むずかしそうな渋面を作って、こう切り出したのは三津木俊助である。

麴町三番町、お濠を見下ろす明るい二階の一室で、由利先生はいま起きたばかりとみえ、パジャマの上にくつろいだガウンを羽織っている。大きなデスクの上には、その日の新聞が五、六種、それにパンと牛乳の、簡単な朝飯がのっかっていた。

「妙というのは、どういうのだね」

先生は器用な手つきでパンをむしりながら、よく寝足りた、さわやかな面を俊助のほうへ向けた。

「あの片手、片脚が、殺人犯人によって屍体から切断されたものではなくて、どこか別の場所から持って来たものらしい、ということは前にも申し上げましたね。ところがさらに厳重に取り調べたところが、どうやらこの片手片脚には、防腐剤をほどこしたらしい痕跡《こんせき》があるというのですよ」

「防腐剤？」パンを頬《ほお》ばりながら、由利先生は思わず眼を丸くした。

「ええ、そうなんです。ほら、大学や病院で屍体を研究に使用する場合、ある期間、屍体が腐敗しないように、防腐剤を施しておくでしょう。それと同じ処置が、この片手や片脚に施してあるというのです」

「なるほど、そいつは妙な話だね」

「ええ、実に奇怪な話です。それにあの切り口というのが、これまた素人業ではないそうで、十分熟練した専門家でなければ、できないほどみごとなものでございます」

「フフン」と、パンを千切る手をやめて、しばらく考え込んでいた由利先生、

「するときみが最初から主張しているとおり、この事件には殺人というものはないだろうという説が、いよいよ正しく立証されてきたわけだね。まさか人を殺しておいて、その屍体に防腐剤を施すやつもあるまいからね」

「そうなんです。つまり、どこかの病院か研究室から、研究用屍体の手脚を盗み出して来て、そいつを種に、あんなわけのわからぬお芝居を演じて見せたらしいのです

ね」

「ふうむ。そうなってくると、鴨打博士はいよいよ注意を要する人物になってくるね。屍体なんてものは、そう容易に手に入るもんじゃないからね」

「そうなんです。ぼくもてっきりこの手脚の出所は、あの鴨打病院だとにらんでいるんですが」

「しかし、待てよ」由利先生は急に思い出したように、

「雑司ヶ谷の事件のほうには、相良美子という、推定被害者が登場しているじゃないか。あの女はその後どうしたのだろう」

「さあ、それなんですがね。警察のほうでも家出人や何かを調べて、その女に符合しそうなのを躍起となって求めているんですが、いっこうそれらしいのが見当たらないのです。そこで……」

と、俊助はちょっと妙な顔をして、

「近ごろぼくは妙なことを思いついたのです。こいつはあまり突飛なんで、お話しするのもいささかきまりが悪いみたいですが」

「どんなことだね、言ってごらん」

「例の河野君江ですね、あの女が後になって思い出したことなんですが、被害者と推定される相良美子という女が、遊佐耕平と瓜《うり》二つといっていいくらい、よく似ていた

というのです」

「ほほう、それは。……」

「それだけならまだいいのです。ところが、ぼくがだんだん問いつめていくうちに、こういうことがわかって来たのですよ。あの晩君江は、相良美子と遊佐耕平のふたりを、一度も同時に目撃していないのです。つまり相良美子の姿が見えている時には、遊佐のほうは屛風の陰に隠れている、遊佐の姿が見えている時は、美子のほうが屛風の陰になっているというぐあいです」

「ほ、するときみは、相良美子と遊佐耕平と同一人物である。つまり巧みに一人二役を演じているのだとこう想像するんだね」

「そうなのです」俊助はいくらか頰を赤らめながら、

「どうもあまり突飛な想像なんで、人にも言えないようなことなんですが」

「いやいや」

と、ことば短かにさえぎった由利先生は、何を考えたのか、はっとしたように眼をすぼめた。それから、

「フーム」と長いため息をついて、

「この事件は非常に暗示的だ。防腐剤を施した手脚といい、男と女の一人二役といい、三津木君、きみはこの事件から、何かを連想しないかね」

「何をですか」

「いや、これはたいへんな事件だぜ。三津木君、こいつは前代未聞の大事件だ。実に素晴らしいなんという奸智《かんち》に長《た》けたやつだろう」

由利先生は思わず椅子から立ち上がると、しばらく興奮がおさまらぬ様子で、ソワソワと部屋の中を歩きまわっていたが、

「やっぱりそうだ。そうに違いない。ふうむ、恐ろしいやつだ。実に恐ろしい……おや」

先生はふと足を止めた。どこかで蒸気ポンプのうなり声が聞こえたからである。

「火事ですね」と、何気なく窓から外をながめた三津木俊助、

「おや。あれは鴨打病院の方角じゃないかな」

なるほど、お濠をへだてた向かい側、たしか神楽坂へんと思《おぼ》しいあたりに、濛々《もうもう》として黒い煙がたちのぼっているのだ。由利先生はすぐ電話の受話器を取りあげた。そして二言三言、押し問答を重ねていたが、やがてガチャリと受話器をかけると、

「三津木君、やっぱりそうだ。火事は鴨打病院だよ」

次ぎの瞬間、濠端を大急ぎで走っていく由利先生と三津木俊助の姿が、青い柳の葉陰からちらちらと見えていた。

二つの棺

由利先生と俊助が駆けつけて来る少し前、鴨打病院ではおよそ、次ぎのようなことが起こっていたのである。

十時少し前だ。約束によって、十二号室の死亡患者の屍体を受け取るために、葬儀社から、白木の棺をのせた自動車が迎えに来た。

この死亡患者というのは、親戚もない哀れな老人だったとみえて、その処置万端は、全部葬儀社のほうで一任されていた。

葬儀社から派遣された人夫は三人だったが、その中の一人は、病院へ入って来ても帽子をとろうともせず、人眼を避けるように、暗いすみにたたずんでいる。

しかし混雑のおりからとて、だれ一人そんなことに特別の注意を払う者はいなかった。院長はじめ二、三の看護婦が立ち会って、いよいよ納棺しようというその間ぎわだった。突然、

「火事だ、火事だ！」という叫び声が病院の裏側から起こったと思うと、みるみるうちに、濛々たる黒煙が病室の窓を覆うた。火を発したのは裏の物置なのである。

幸い風はなかったけれど、乾ききった季節のこととて、たちまち赤い炎は物置をな

め尽くして、本館のほうへ燃え移ろうとしている。

　それを見た看護婦たちは、屍体も何もおっぽり出して、ワッとばかり外へとび出した。

　鴨打博士もそれにつづいて外へとび出そうとした。が、そのとき、何か本能的に彼を引きとめるものがあった。博士はハッとしたように、一歩外へ踏みだしかけた足を、もう一度中へもどした。そして、薄暗いすみのほうに立っている人物のほうへ、探るような視線を投げかけた。そのとたん、博士は驚いて、思わず二、三歩うしろへよろめいたのである。

「あ、やっぱり貴様だな。白蠟……」

　だが博士はその名を終わりまでいうことができなかった。その刹那、白蠟三郎の体が鞠《まり》のように弾んだかと思うと、鉄のような拳《こぶし》が、いやというほど、博士の顎《あご》にとんだのだ。

　その一撃で、博士はもろくも床の上に這《は》ってしまった。ほんのちょっとの間だったけれど、博士の意識は混沌としてぼやけてしまったのである。

「これでよし」白蠟三郎は博士の上に身をかがめながら、

「ここはおれが引き受けた。この間に特別室の女を連れだすんだ。眠っているから、あまり手荒なことはするなよ」

白蠟三郎の連れて来た二人の男は、言下に空の寝棺をかついで外へとび出したが、じき引き返して来た。

「連れて来たか」

「へえ、毛布ぐるみこの棺の中へ入れて来ました」

「よし、それじゃ表の自動車に積んでおけ。すぐ後からいく」

鴨打博士がのろのろと起き直って、白蠟三郎のズボンにとりすがった。それを突き飛ばしながら、

「おい、先生、あの女はおれがもらっていくぜ。少し用事があるんだ。おまえもこれから、あまり悪どいまねはよしたほうがいいぜ」

三郎はくるりと振り返ると大急ぎで廊下を走って表へとび出した。火事はいよいよ激しくなってくるらしい。煙が濛々と渦を巻きながら廊下へ入ってくる。

三郎が表へとび出すと、寝棺を積んだ自動車が今まさに発車しようと身構えているところだった。

すばやくそいつに跳び乗った白蠟三郎、

「よし、行け」

これらのことは実に目にも止まらぬ早業で行われたのである。なおその上に、おりからの火事騒ぎで、だれ一人、この自動車に特別の注意を払う者はなかった。こうし

てまんまと目的を果たした白蠟三郎が、病院を出て、今しも緩やかな坂に差しかかったときである。向こうから急ぎ足で駆けつけて来る二人づれがあった。

道は狭い。自動車が通るあいだ、どうしてもその二人づれは、路傍に身を避けなければならなかった。

「あ、死亡患者があったとみえるな」

すぐ鼻の先を通りすぎた自動車の上を見ながら、ふと年長のほうがそういった。それで、二人は思わず帽子をとって、この自動車を見送った。

いうまでもなく、この二人づれとは由利先生と三津木俊助だったのである。ああ、もし彼らがひと目でも、その白木の棺の中を透視することができていたら。……

自動車は二人の前を通りすぎると、急にスピードを上げて、全速力で走りだした。

その後を見送った二人が、ふたたび坂を登っていくと、この時またもや、病院の中から別の自動車が出てきた。由利先生と俊助はチェッと舌を鳴らしながら、またもや路傍に身を避けたが、見ると、このほうにもやっぱり白木の棺がのっているのである。

「おーや、おや、今日は妙に死人に行きあたる日だな」

そう言いながら、二人はしかたなしに帽子をとったが、自動車はその前を、これもまた全速力で走り過ぎた。

そして、坂の下から大通りへさしかかった時である。運転台に座っていた、蟇《がま》のような顔をした男がそばに座っている黒眼鏡の美少年に向かってこんなことを言ったのである。

「今、坂の途中にいた二人づれをあなた、知っていますか」

「いいえ」

美少年はちょっと不安そうに、黒眼鏡の奥で眼をしばたたきながら、

「だれなの？　あれ。――」

「一人のほうは、三津木俊助といって、とても腕ッこきの新聞記者ですぜ。そして、もう一人のほうは、よく知りませんが、由利麟太郎って、元の捜査課長じゃないかと思うんです」

「まあ」美少年は唇まで真っ蒼になった。

「危ないところだったのですね」

そう言いながら彼は、確かめるようにうしろを振りかえって、そこに積んである白木の棺をながめたのである。

棺桶舟《かんおけぶね》

深川区――S町といえば、隅田川の一支流小名木川に沿うた、みるからにゴミゴミ

した一画で、以前はちょっと雨が降りつづいても、すぐ浸水騒ぎが起こったものである。

近ごろでは、放水路の完成したおかげで、頻々《ひんぴん》たる水禍からは免れることもでき、それに震災後いくらか町の整備もついたようなものの、とはいえ、江東一帯に根強く食い入っている、あの頽廃《たいはい》的な空気というやつは、なかなか、一朝一夕には根絶できぬとみえるのである。復興十幾年、町の面目が整ってくるにしたがってしだいにあの、救いようのない陰鬱《いんうつ》さが、ふたたび瀰漫《びまん》してきて、朝から晩まで血なまぐさいけんか殺傷沙汰《ざた》の絶えないのが、この辺の一名物となっている。

イギリスの有名な探偵小説家、コナン・ドイル氏の説によると、犯罪の中で、最も始末の悪いやつがたくらまれるのは、得てして、こういう大都会の片隅《かたすみ》だということであるが、なるほどそういえば、都会の残滓《ざんし》が悪臭を放ちつつ発酵している、S町付近などどうかすると、人間の常識を踏み外したようなケタ外れの事件が突発して、世間を瞠目《どうもく》させることがある。

一世を震撼《しんかん》するというような大犯罪を、詳《つぶ》さに検討してみると、いつもそこには、近代都会人のあの病的なまでに尖鋭《せんえい》な巧知と、原始人の粗野とが、無気味に交錯していることを知るのだが、S町付近など、そういうゆがんだ神経をはぐくむのに、もっとも好適な培養土をなしているとも、言って言えないことはないであろう。

この、S町の、小名木川に面した、じめじめとした川沿いの一角に、はげちょろけの土蔵が一棟《むね》たっている。以前は酒蔵として使用されていたものだが、その後、事業主が株で失敗してからというもの立ちぐされも同様になっていたのを、いつごろよりかここを根城として寝起きをしている一人の老婆があった。

六十の坂をとっくの昔に越したような、しわくちゃの老婆なのだ。一見、しなびて、よぼよぼしているように見えるが、なかなかどうして、この老婆の身のこなしには、どうかすると、非常に敏捷なところがある。

近所で梟婆《ふくろうばば》とよばれている老婆なのだ。

この異名のいわれが、彼女の貪欲《どんよく》そうな眼が梟に似ているせいなのか、それとも、昼寝て、夜働く彼女の習慣が、梟に似ているというのか、そこまでは筆者も知らないのである。

そういう詮議はともかくとして、この梟婆が、さっきからしきりに、土蔵の窓から外をのぞいているのは、どうやらだれかを待っているらしい風情《ふぜい》である。土蔵の外といえば、いうまでもなく小名木川だから、待ち人はどうやら川のほうから来るらしいのである。

「ちぇっ、いやに待たせるじゃないか。うまくいかなかったのかしら」

そんなことをつぶやきながら、それでもやっぱり窓のそばを離れようとはしない。

柄にもなく針をもってぼろぼろのつづれを刺しているのである。ちょうど蔵の下あたりで、濁ったよどみをつくっている川の面からは、ブツブツと悪臭を放ちながら、物の腐敗するガスがしきりに立ちのぼっている。

その時。

隅田川のほうからこぎのぼってくる、一艘《そう》の小舟が見えた。舟に乗っているのはただひとり。垢《あか》じみた手ぬぐいで、頬かむりをした男が、器用に櫓《ろ》をあやつっているのである。

ふと見ると、その男の背後に、なんだかいやにかさばった、細長いしろものが、菰《こ》莚《ざ》にくるんで積んである。菰莚のすきからソッとのぞいてみると、おや、どうやらこれは白木の棺桶らしいのである。

さっきから、窓の外をしきりに気にしながら、拙《つたな》い指先で針を運んでいた老婆は、この小舟を見るとすぐ縫い物をおいて立ちあがった。

そしていくらか、あわてたような歩調で、大急ぎで蔵から外へ出ていった。蔵の横には小さな水門がついている。老婆の手によってその水門がギイと上に引きあげられた。すると、あの気味の悪い棺桶舟は、なんのためらいもなく、ずんずんとその水門の中へ入っていった。

舟をのみ込んでしまうと、水門はふたたびギイと音を立ててしまった。川の上はなにごともなかったように、至って静かである。

死の花嫁

「婆《ばあ》さん、婆さん」

屋敷の中まで川の水を引き込んだ、黒い掘割の端で、櫓をこぐ手をやめると、汗をぬぐいながらそう声をかけたのは、いうまでもなく白蠟三郎である。

牛込の鴨打病院から、どこをどうしてやって来たのか、あれから、約一時間ほど後のことであった。

「あいよ」

と、水門をしめ終わった婆さんが、愛想笑いをうかべながら出て来ると、

「ちょいと済まないが、手を貸しておくれ。人に見られないうちに、こいつを中へ運んでしまおう」

「はいはい」と婆さんは茣蓙《ござ》の下を見ると、

「おや、これが……」

と、ちょっと息をのむような表情をして見せたがすぐ、さり気なくうなずきながら、

「さあ持ちますよ」

「だれもいやしないだろうな」
「大丈夫、みんな追っ払ってしまいましたから、晩まではだれも来やしませんよ」
「そいつは豪気だ。おっとと、そんな手荒なことをしちゃいけないね。なにしろ中には生命よりたいせつな宝物が入っているんだから、気をつけてもらわなくちゃ困るぜ」
「ほほほほほほ」と、老婆は柄にもなく、色っぽい声を出して淫《みだ》らしく笑うと、
「違いない。ときに旦那、階下《した》にしますか、二階にしますか」
「そうだね。二階にしてもらおうか。そのほうが人眼につかなくてよかろう」
二階といっても蔵の中のことである。床というよりは棚といったほうがあたってい
たかもしれない。それでも危なっかしい階段が斜めについているのを、棺桶を両方か
ら持った婆さんと白蠟三郎のふたり。
「気をつけてくださいよ。なにしろ、この階段ときたら、至ってヤワにできているん
だから」
「おれゃ大丈夫だが、婆さんこそ気をつけてくれなきゃ困るぜ。うっかり落としでも
したら、それこそたいへんだからな」と、やっとこさで、二階へ運びあげたのである。
なるほど以前は酒蔵だったのであろう。床の上には、いくつもいくつも、丸く酒樽《さかだる》
の痕《あと》がついていて、そのへん一帯、なんともいえない、かびくさいにおいがむっとす

るように立てこめているのである。

白蠟三郎がここを、あの気味の悪い仕事の根拠として選んだのは、たしかに賢明だったと思われる。だれがこの薄暗い酒蔵の二階に、興味の眼を向けよう。繁華な大東京の中心から、たった一足の距離ではあったけれど、この陰気な蔵の二階ときたら、ちょうど、熱帯と寒帯ほどの、世界の相違があるのだった。

白蠟三郎は、床の上におかれた白木の箱の上に、じっと眼を注ぐと、われにもなくブルブルと身震いをしながら、

「婆さん、もういいから階下《した》へ降りていておくれ。そして、呼ぶまでここへ来ないでおくれ、お願いだから」

「あいよ」といったものの老婆は、なかなか降りていこうとはしないのだ。

「旦那、わたしにもひと目拝ませておくんなさいよ。いいじゃありませんか。旦那ほどの方が、生命をかけて想いこんだ花嫁御寮ですもの、どんなにきれいな人でしょう。ね、わたしだって、ひと目拝みたいじゃありませんか」

「ふふふふふ」

と、白蠟三郎は顔を逆さになでられたように、なんともいえないほど気味の悪い笑い声を漏らすと、

「そりゃまあ、どうせ婆さんにも懇意を願わねばならぬが、なんしろ、薬で眠らせて

あるのだから」

「なら、いっそ都合がいいじゃありませんか。起きているんなら、うっかりこんな皺《しわ》面《づら》を見せて驚かせるのは考えものですけれど、寝ていらっしゃるんならかまやしない。ねえ、ひと目でいいから拝ませておくんなさいよ」

「よし、それじゃ婆さん、何かこのふたをこじ開けるものを持って来ておくれ」

「あいよ」

婆さんはすぐ階下から、金梃《かなてこ》をもってあがって来た。

白蠟三郎はそいつを逆手に持つと、ちょっと大きく、息を吸いこむように眼を細めたが、すぐと、そいつをふたのすき間につっき込んでバリバリとこじあけるのである。

ふたをとると下から現われたのは、目の荒い白い毛布だった。その毛布を取ろうとしたはずみに白蠟三郎はぎょっとしたように手を震わした。毛布のはじに何やらネットリとした、黒い汚点がついていたからである。

「おや」とそばから、息をつめてのぞきこんでいた梟婆も、梟のような眼をドキつかせて、

「旦那、血じゃありませんか」

「血——らしいね」

白蠟三郎は突然、わけのわからぬ不安を感じながら、急いで毛布をかきのけたが、

そのとたん、ふたりとも思わず、わっと叫んで後退《あとじさ》りをしたのだ。

ぐるぐる巻きの毛布の中から現われたのは、彼があれほど恋いこがれていた六条月代ではなく、意外にも、昨夜別れたばかりの河野君江だった。しかしその君江の胸元に、ぐさっとつきささっているのはひとふりの白鞘《しらざや》の短刀なのだ。血がその短刀の根元から少しあふれて、ぶよぶよと固まりかけているその恐ろしさ。

「ダ、旦那」といいかけて、老婆はハッと口をつぐんだ。白蠟三郎のなんとも形容のできぬほど、ものすさまじい形相《ぎょうそう》に気がついたからである。

「畜生！」

白蠟三郎は突然、気が狂ったようにその屍体を突き放すと、すっくとその場に立ち上がった。さきほどまでの、あの幸福そうな微笑は、ぬぐわれたように消えてしまって、恐ろしい憤怒の表情が、ふつふつと沸《たぎ》りたっている。

いったい、これはどうしたというのだ。どこで、いつ、こんな恐ろしい間違いが起こったのだ。——

「あいつだ！」ふいに三郎はうめくように叫ぶと、頭の毛をむちゃくちゃにかきむしる。

「あの美少年の野郎だ」

キリキリと奥歯が鳴って、あの変化《へんげ》隈《くま》のような三郎の顔が、いっそ妖怪じみた黒い影で隈取られた。はげしい憤怒と、嵐《あらし》のような恥辱感が、さそりのように彼の胸を嚙むのだ。

ふいに三郎はものすごい勢いで、二階から降りて行こうとする。驚いたのは老婆だ。

「ダ、旦那、どこへ行きなさる。こんな気味悪いお土産を残して、——わたしゃいや

だよ。こんな恐ろしい事件のかかりあいになるなんて、わたしゃ真っ平だよ」

「復讐《ふくしゅう》だ、復讐だ、畜生、あいつを取っちめずにおくものか」

出て行きかけた三郎は、なにを思ったのか、もう一度棺桶のそばへ帰ると、君江の

屍体を毛布の中から抱きあげた。

「君江、この敵《かたき》はきっと討ってやる、畜生！　畜生！　あの怪物め」

気違いのように連呼しながら、遮二無二《しゃにむに》すがりついて来る梟婆《ふくろうばば》をそこに突きはなし

た白蠟三郎、ぐらぐらとする階段を、ほとんど滑るように降りていくとまっしぐらに

その蔵の中から外へとび出していったのである。

カーテンの陰

長いあいだ、夢と現《うつつ》との境を息もたえだえに彷徨《ほうこう》していた月代が、ふと正気に帰り

かけたのは、あれからまた三日ほどたってからのことだった。

はじめのうち、まっくらな闇のかなたに、ポッツリとかすかに見えていた蛍火《ほたるび》ほどの光が、くるくると旋回しながら、しだいに明るく、大きくなってきたかと思うと、やがて彼女は、ぐぐんと巨《おお》きな波に乗せられて、打ちあげられるように、意識がだんだん明瞭《めいりょう》になってきたのである。

「おや。まあ」

正気に帰った月代が思わず最初に漏らしたのはそういうことばであった。

「あたし、どうしたのでしょう」

ぼんやりとそんなことを考えながら、月代はそれでもまだ、急には起きてみようとはしない。正気に帰ったとはいうものの、彼女の気力は、まだまだそれほど充実しているわけではないのだ。

寝ていてさえ手脚がバラバラになるようにけだるくて、それにものを考えるのもおっくうなほど、頭脳《あたま》がぼんやりとしているのである。月代はいったん開いた眼を、もう一度閉じて、しばらくうつらうつらと気だるい夢を追っていたが、そのうちに何を思ったのか、はっとしたように激しく手脚を震わせた。

気を失う前の、あの恐ろしい記憶が、ふと彼女の胸をかすめて通ったのだ。蛇のような鴨打博士に毒を盛られて、その忌まわしい腕の中で、必死のもがきをつづけながらも、とうとう薬の効力に圧倒されてしまった時の、あの恐ろしい記憶が、いま、稲妻のような勢いで、はっきりと彼女の脳裏によみがえってきたのである。

と、同時に月代は、まるで悪い毒虫にでも、刺されたもののように、悲鳴をあげて、
パッと寝床の上に起き直った。

あやめも分からぬまっくらな一室である。

いったい、あれからどのくらいたっているのだろうか。そして、ここはまたどこなのであろう。——ああ、ひょっとすると、ここはあの恐ろしい鴨打病院の特別室とやらではなかろうか。そして、自分は眠っている間に、もしやあの毒蛇のような博士のために……？

月代は思わず両手で胸を抱くようにして、激しく体を震わせた。心臓がドキドキとして、舌の根が引きつってガクガクと痙攣《けいれん》する。もし、そんなことをされたのであったら、自分はとてもこのまま生きていられない。あんな、狐のような博士の自由になるくらいなら、いっそ舌を嚙みきってでも、ひと思いに死んでしまったほうがどれくらいましか知れないのだ。

月代はまるで、自分の体の秘密をのぞいてみようとでもするかのように、じっと暗《くら》闇《やみ》のなかに瞳をすえていた。もし何かの間違いがあったのなら、こうしているうちにも、ひょっとして、体の異常に気がつきはしないかと思ったからである。

しかし特別彼女は、異常がありそうにも思えなかった。手脚がだるくて、抜けそう

なのは、おそらく強い薬の効力なのだろう。そうなのだ。けっして間違いなんかありはしなかったのだ……。

月代はそれで、泣き笑いのような表情をうかべながら、いくどとなくそう自分に言ってきかせると、ようやく落ち着いて、身の周りを観察してみるくらいの余裕ができてきたのである。

そこで彼女は用心深く前をかき合わせ、帯をしめ直してから、腹這《はらば》うようにして、そっとあたりをなでてみる。軟らかい絹夜具の手触り、それから、その夜具の下に、しっとりと湿り気をおびた冷たい畳の手触り。——月代はそこでおやというふうに小首をかしげた。

鴨打病院の特別室なら、洋室のはずだのに、ここはどうやら日本座敷らしいのである。ひょっとすると自分は鴨打病院なんかへ連れて行かれたのではなくて、やっぱり鵠沼の別荘にいるのではなかろうか。

月代は急に希望とうれしさがこみあげてくるのを感じた。そういえば闇の底から、かすかに響いてくるのは、あれは波の音ではないかしら。……そうだ、たしかにそうに違いない。それに聞きなれた松風の音だって聞こえるし。……

そうだわ。やっぱりここは鵠沼なんだわ。ナーンだ。びっくりすることなんかなかったのだわ。だれかがきっと、鴨打博士の計画を妨げて、あたしを救ってくれたのにちがいない。そうして自分はやっぱり鵠沼の家に寝ていたんだ。ちっとも心配することなんかなかったのだ。……

だが、そのとたん彼女はふたたびぎょっとしたようにそこに立ちすくんでしまった。手探りに、壁にあるスイッチをひねろうとした。スイッチがないのである。

違う、違う、これはやっぱり自分の家ではない。

月代はふいに、ゾーッとするような恐ろしさを感じて来た。無残にもさきほどまでの希望はあとかたもなく砕けてしまって、彼女はふたたび、膝頭《ひざがしら》がガクガクと震えだすのを感じた。

しかし、何はともあれ、一刻もこんな場所にぐずぐずしている時ではない。逃げだそう。逃げ出さなければならぬ。――月代はそろそろとあいの襖《ふすま》をひらいた。襖のそとは冷《ひ》ィやりとするような、よく拭《ふ》きこんだ広い廊下である。廊下の端のガラス窓から、青白い月の光がさし込んで、斜めに闇を区切っている。

月代がいま立っているところから、その窓までのあいだに、ただひとすじ、金色の燈が右のほうから漏れている。月代はいやが応でも、燈の漏れているその部屋の前を通らなければならないのだ。何やら、ジュージューと沸き立つような音が、その部屋の中から聞こえてくる。そして、それとともに、なんとも形容のできぬほど、強い酸のにおいがプーンと鼻をつくのである。

月代は足音を忍ばせて、その部屋の前まで来た。部屋には扉はなくて、カーテンがかかっているきりなのである。金色の燈というのは、そのカーテンのすき間を漏れる、明るい電燈の光だった。

月代は呼吸をつめ、体を固くしてそのカーテンの前に立ちどまった。そして、しばらくじっと一部屋の中の様子に耳を傾けていたが、別に人の気配もしないので、急いで二、三歩、行きすぎようとした時、ふいに、甘い、誘うような声が聞こえたのである。

「遠慮はいらないのですよ、月代さん、カーテンをあけてこちらへ入っていらっしゃい」

悪魔の化粧水

聞き覚えのある声だった。

月代はそれを聞くと、ハッと胸をとどろかせたがすぐ勇をふるって、ぐいとカーテンをまくりあげた。そのとたん、眩《くるめ》くような強い光が、まだ回復しきっていない彼女の視覚を、真正面からさっと射て、月代は思わずよろよろとよろめいた。その手を、カーテンの陰からぐいとつかんで、中へ引きずり込んだ者がある。

月代はその男の顔を見て、思わずさっと血の退《ひ》くのを感じた。

この男の顔には、たしかに見覚えがあった。蟇のような醜悪な貌《かお》。――いつか浜辺でいどみかかって来たあの男だ。そいつが、ピチャピチャと不気味に舌を鳴らしながら、吸いつくように、熱い体でぴったりとうしろから抱きすくめるそのおぞましさ。てらてらと、脂ぎったあから顔のいやらしさ。

「あれ！」

と、思わず月代が手脚をバタバタとさせるのを、にやにやとしながら、まるでそういう感触を享楽でもするかのように、やんわりとうしろから抱きしめるのは、言わずと知れた蟇の寅蔵なのである。

「ははははは、そうあばれちゃくすぐったいよ。いいからまあ静かにしていねえ、ははは、そう手を振り回しちゃ、……ああ、そんなところを小突いちゃ……こいつはたまらねえ、大将、どうにかしておくんなさいよ」

「いいから、ここへ連れておいで」

低い、沈んだ声が聞こえた。その声に、ふと顔をあげた月代は、思わず、

「あ、鱗三さん」

と、いいかけたが、すぐ相手の冷たい視線に気がつくと、いいかけたことばも、途中でのみこんでしまった。

鱗三は例によって、ふかい草色の洋服に身をつつんで、左手をポケットに入れたまま強い光の下に立っていた。血の気のない顔は蠟《ろう》のように、白いというよりはむしろ真っ青で、ガラスのように表情のない眼が、青眼鏡の奥でキラキラと光っているのである。不思議なことには、彼のそばにはこの暑いのにストーブがかっかっと燃えていて、そのストーブの上に、沸々と音をたてて煮えているのは気味の悪い坩堝《るつぼ》なのである。その坩堝の中から、なにやら、窒息しそうなほど強い酸のにおいをもった煙が、ゆらゆらと立ちのぼっている。鱗三は長いガラスの棒をもって、ときどきその坩堝の中をかきまわしていた。

月代はただならぬこの場の様子に、思わずジーンと血管の冷えてゆくような恐怖を味わった。いつかも言ったとおり、彼女はこの少年に会うたびに、なんとも得体の知れない、ゾッとするような寒気を感じたものであるが、その恐怖がけっしていわれのないものでなかったことを、月代は今こそはっきりと知ることができたのである。

鮫島鱗三と名乗るこの美少年と、蟇のような醜悪な寅蔵とは、やっぱり共謀だったのだ。そして、共謀になって、何か恐ろしいことを、自分に対してたくらんでいたのだ。――

「鱗三さん、鱗三さん」月代は必死となって、

「ここはいったいどこなのですの」

「ここは、御存じの幽霊別荘ですよ」

「まあ、幽霊別荘――?」

月代はその名の恐ろしさに身震いしながら、

「そしてあなたは、あたしをいったい、どうしようとおっしゃるのです」

「どうもしやしません」

鱗三は相変わらず沈んだ声で、

「あなたのその美しい顔に、ちょっと風変わりな化粧をしてあげようというのです」

そういいながら、鱗三は坩堝の中をかき回していた長いガラスの棒を、ぐいと月代のほうに差しだしたが、その拍子にガラスの先端を伝って、ポタリと落ちた気味悪い水滴が、ジューッと黄色い煙をあげて、床の上の絨毯《じゅうたん》に小さな孔《あな》をあけた。

「はははは」鱗三はそれを見ると、うつろな笑い声をあげながら、

「いかが? この恐ろしい化粧水は――?」

「あ」

月代はふいに気が狂いそうな声をあげた。あまりの恐ろしさに、骨の髄までジーンとしびれて、いまにも気が遠くなりそうであった。

「寅蔵さん、いいから、その女を裸にして、ここへ連れてきてください。どれ、一刷《はけ》この化粧水を塗ってやりましょう」

「いやです、いやです」月代は必死となってもがきながら、

「ああ、恐ろしい、あたしはまた、なんだってそんな恐ろしい目に会わされなければならないのです。あたしはいったい、どのような悪いことをあなたにしたというんですの。どうして、こんな恐ろしい恨みをうけなければならないのです」

「そのわけは今すぐ言ってあげますよ。しかし、その前に、さあ、このお化粧をすましてしまいましょう。あなたのその美しい顔が、みるかげもなく、それこそ乞食《こじき》の衣服のように、ボロボロになったら、まあ、どんなに愉快なことでしょう。寅蔵さん、なにをぐずぐずしているのです。早く、その女の衣服をはぎとってしまいなさい」

「それじゃ、大将、ほんとうにこの女の顔に薬を塗るんですかい」

「ほんとうですとも。それとも寅蔵さんにはなにか異存でもあるのですか」

「だって、惜しいもんじゃありませんか。こんな美しい顔を台なしにしてしまうのは。――それより、おれにまかせてくださりゃ。……」と、いやしく笑うのを、

「いけません、いけません、わたしにはそれが腹立たしいのです。男という男は、だれでもこの女の顔を見ると、すぐそんなふうにコロリとまいってしまう。それを考えると、わたしは気が狂ってしまいそうだ。どうしても、この女の美しい顔に、恐ろしい烙印《らくいん》をおしてやらないことには、わたしの腹は癒《い》えないのです。寅蔵さん、そのことは今までにも、いくども言っておいたではありませんか」

「ええ、そりゃもう、よく承知してはいますがね、みすみすこんなきれいな女が。――」

「いけません」

突然、鱗三はヒステリックな声をとがらせると、それから命令するような強い調子で、

「さあ、その女の着物をはぎとってしまいなさい」と、言った。

美少年の腕

もしこの時、幽霊別荘の付近を通りかかった人があったとしたら、その人はきっと、世にも恐ろしい女の悲鳴を聞くことができたであろう。それはおりから、松風と、波の音の中に、高く、長く尾をひいて、まるで絶え入りそうに、あたりの闇をつんざいたのである。

しかし、残念なことに、夏もすでに終わった、避暑客もあらかた引きあげてしまったこの鵠沼海岸のしかもその外れに立っている幽霊別荘になど、物好きに近寄る人はひとりもなかったから、悲鳴はいたずらに松風と波の音に交じって、砂丘の上に甲斐《かい》ない反響をつづけるばかりだった。

ああ、こうして月代はついに、あの恐ろしい美少年の手からのがれることができな

かったのであろうか。

いや、いや。ここに突然、次ぎに述べるような妙なことが起こって、この恐ろしい場面をすっかりひっくり返してしまったのである。

これより少し前ごろより、この幽霊別荘の雑草の中に、野鼠のように潜りこんでいるひとりの男があったが、その男は、月代の最初の悲鳴が聞こえた瞬間つと身を起こすと、スルスルと雑草をかきわけていきなり壊れかかった窓から内部へとび込んだ。そして、あの暗い廊下を蛇のように音のしない歩き方で走っていくと、重いカーテンの外にそっと身を忍ばせたのである。

その時部屋の中では、次ぎのような、なんとも名状しがたいほどの、恐ろしい場面が展開されているところだったのだ。

無残にも半裸体にされた月代は、床の上にねじ伏せられ、その上に馬乗りになった蟇の寅蔵が、うしろから髪の毛をひっつかんで、美しい顔をあげさせようとしている。

その前には美少年の鱗三が、真っ青な唇《くちびる》を嚙みしめ、豹《ひょう》のような眼を光らせて立っていた。鱗三の持ったガラス棒からは、ポタポタと琥珀《こはく》色の液体が垂れて、そのたびに、ジューッと黄色い煙をあげながら絨毯の上に小さい焼き焦げが印せられた。

「さあ、もういい加減に観念して、おとなしく顔をあげたらどうです」

鱗三の声は相変わらず、氷のように冷たいのである。

「いえ、いえ、助けて、あなた、あなた……」

と、あえぐように月代が哀願するのを、情け容赦もなくうしろから寅蔵が、髪をつかんでぐいぐい顔をあげさせようとする。

「ほほほほほ、いい気味、その顔で今まで、さんざん男の心を迷わせたのですね。さあ、もう二度とそんなことのないように、わたしが、恐ろしい化粧をしてあげましょう」

鱗三はかたわらの坩堝の中にガラス棒を突っ込むとスーッと沸《たぎ》り立っている薬液をすくいあげた。

「あ、助けて、助けて」

あの奇怪な男が、さっとカーテンをまくりあげて、まるで黒い、風のように躍りこんで来たのは、ちょうどその時だったのである。

「畜生！」

男の手がいきなり鱗三の持っているガラス棒をたたき落とした。

「あ、白蠟三郎！」

鱗三が叫んでひるむその瞬間、身をひるがえした白蠟三郎の拳が、こんどはいやというほど、寅蔵の顎《あご》にとんだ。

「逃げなさい、早く、早く！」

これらのできごとは実に一瞬の間に起こったのである。この思いがけない救い主の声を、夢のように聞いた月代は、しかし女の——美貌《びぼう》を第二の生命とする女の本能から、とっさの間にさっと両手で顔を覆うと、よろめくように部屋の外へとび出していった。

ふいのできごとに茫然《ぼうぜん》としていた鱗三も、これを見るとやっと正気に帰った。と思うと、彼の真っ青な顔には、恐ろしい残忍な表情が現われて、地団駄《じだんだ》を踏むように、

「畜生、畜生、あいつを逃がしてたまるものか」

と、月代のあとを追っていく。そうはさせぬと白蠟三郎が、これまた後を追おうとするとき、最初の一撃でもろくも床をなめた寅蔵が、むくむくと体を起こすと、いきなりうしろから抱きついたのである。

「畜生、放せ！」

「放してたまるもんか、こん畜生！　いつか水葬礼にしてやったのに、どうして生きかえって来やがったか」

なにしろ恐ろしい馬鹿力なのである。蟇のような顔をてらてら光らせながらうしろから羽交《はが》いじめにされた時には、さすがの白蠟三郎もよっぽど危うく見えた。

「放せ、放せ、放さないな、よし」

満身の力をふりしぼった白蠟三郎が、うしろざまに、いやというほど、急所を蹴《け》り

あげたからたまらない。

「あ」

と、手を放した寅蔵が、思わずよろよろとうしろへ倒れた時、恐ろしいことがそこに起こったのである、不用意にも彼の肩がストーブに突き当たったからたいへんだ。ぐらぐら煮えたっていた坩堝が、真っ逆さまに、醜い蟇の頭から落ちてきたのである。

その後はもはやいうまでもあるまい。

白蠟三郎は寅蔵の恐ろしい悲鳴を聞いたが、しかし、今はそれを振りかえってみるいとまもないのである。外へとび出してみると、二つの影が組んずほぐれつ、土の上を転げ回っているところだった、白蠟三郎はいきなりその中に割って入った。

「さあ、逃げなさい。大丈夫、こいつは私にまかせておきなさい」

「あ、ありがとうございます、お願いします」

裾《すそ》を乱した月代が、胡蝶《こちょう》のようにキリキリ舞いをしながら逃げていったあと、鮫島鱗三は悔しさに歯をギリギリ鳴らせながら、

「畜生、畜生、どうしてあなたはそうわたしの邪魔をするのです。後生だからそこを放して、放して」

「ふふふふ、おまえこそ、なぜあの女をそんなに目の敵にするのだ。え、いままでさんざんおれをおもちゃにして来たが、今夜こそうんと返報してやらねばならぬ。千

夜子や君江の敵も討たねばならぬ。いや、いや、あいつらのことはどっちだっていいが、どうしておまえは、あの月代さんとやらをそんなに憎むのだ。おれはその理由をききたいのだよ」

「それはあなたなんかの知ったことじゃないのです。わたしはあの女の骨をしゃぶってもあきたらぬくらい深い恨みがあるのです。ああ、ここを放して、放して」

地団駄を踏んで身もだえしながら、その時、突然この奇怪な美少年はさめざめと泣きだしたのである。月下の雑草の中で、この不思議な少年の涙を見たとき、白蠟三郎はなんともいえないほど異様な感じにうたれた。格闘のはずみに、あの青眼鏡はとんでしまって、沈痛な表情をたたえた両眼からは、涙が泉のようにあふれて白い頰を伝った。漆黒《しっこく》の髪の毛は額に渦を巻いて、唇の端に少し血がにじんでいる。白蠟三郎は茫然《ぼうぜん》としたように、この鬼気迫る美少年の憤懣《ふんまん》に圧倒されてしまった。

その瞬間、さっと白蠟三郎の腕の下をくぐり抜けた鮫島鱗三は、まるで黒い礫《こいし》のように垣《かき》を越えてとび出していった。

しかし、白蠟三郎はその後を追いかけようともしないのである。あまり大きな驚愕《きょうがく》のために、ほんのしばらくだったけれど、彼は日ごろの思慮をどこかへ取り落としてしまったのだ。無理もない。ぼんやりと月光の下に立っている白蠟三郎の手には、まだ生々しい鱗三の腕がぶら下がっているのだ。つまり鱗三は、白蠟三郎の手の中に、片腕残して逃げ去ったのである。ぶるると身震いをした白蠟三郎、あわててそいつを投げ出そうとしたが、ふと思い直したように、そっとその片腕を月の光にかざしてみた。

「あ、義手だ！」

美少年鮫島鱗三が、いつも左手をポケットから放さなかったのも道理、彼の左腕はゴム細工の義手だったのである。

混冥《こんめい》の淵《ふち》

「先生、何もかもめちゃめちゃです。こんどというこんどは、ぼくもまったく暗礁に乗りあげてしまいましたよ」

部屋の中へ入って来るなり、帽子もとらずにそう言ったのは、ほかでもない、新日報社の花形記者、三津木俊助なのである。額をべったりと汗にぬらし、頬を紅潮させているところを見ると、いかさまよほど興奮しているらしい。

「どうしたんだい。きみにも似合わない。まあ、汗でもふいて、ゆっくりとその難航とやらのいわれを話してみたまえ」

由利先生は依然として落ち着きはらっている。お濠の柳を下に俯瞰《ふかん》する三番町の邸宅の二階の一室なのである。西陽《にしび》があかあかとさして、秋とはいえなんとなく蒸し暑い。由利先生の邸宅もたいへんけっこうであるが、どうも西陽を真正面からうけるのが難である。

先生は何か調べ物をしているらしい。大きな事務机の上には、新聞の切り抜きがうず高く積まれているのであった。

「どうもこうもありませんよ。例の河野君江ですね。ほら、鴨打病院へスパイとして住みこませた女です。あいつが先生、屍体となって現われたんですよ」

「フーム」

と、これには由利先生も驚いたらしく、事務机の上から体を乗り出すと、

「いったい、どこでだね」

「それがね、隅田川の下流のほうに、ブカブカと漂流しているところを、今朝ほど発見されたんですよ。むろん、溺死《できし》じゃありませんや。胸にひと突き、鋭い突き傷を負うているのですからね。いや、驚きましたね。隅田川に美人の惨殺屍体現わるというのでさっそく駆けつけてみると、それがあの女なんですからね。いやだ、いやだ！」

俊助は帽子をたたきつけると、ガッカリとしたようにそばの椅子に腰をおろした。

考えてみると無理もないのである。君江をあの病院へ住み込ませたのは、実に俊助自身なのだから、君江の生命を縮めたのも、取りも直さず俊助ということになりそうな

のだ。

「実にいやなものですね。ぼくは職業柄、変死人などにはあえて驚かぬつもりですが、やっぱりいけませんね。そいつが自分の懇意な人間だということになると、なんともいえないほど妙な気持ちになりますね。ひと目見るとゾーッとしましたね。薄情なようだが、すぐ逃げ出してしまいましたよ」

俊助は話しているうちに、ようやく落ち着きをとりかえして来たのであろう。紅潮した頬に、やがてニッと人懐っこい微笑をうかべた。

「ふむ、そりゃまあ無理もないが、しかし、このまま知らぬ顔の半兵衛を決めてしまうわけにもいくまい。きみとしては、是が非でも、君江の敵を討ってやらなければならぬ立場でもある」

「むろんですとも」俊助は拳固を握りしめて、

「このまま引きさがっちゃ、俊助の男がすたれてしまいまさあ。遊佐耕平の畜生！いやが応でもあいつを捕らえて面《つら》の皮を引んむいてやらなきゃ。……」

「ふふん、するときみは、その女を殺したのは、例の雑司ヶ谷事件の犯人だと考えるのだね」

「ええ、そうなんです。むろん、それに違いありませんよ」

と、そのまま言ってから、俊助はふと気がついたように、

「ああ、そうそう、先生にはまだお知らせしてありませんでしたが、このあいだ、先生と二人で、鴨打病院の火事に駆けつけていきましたね。あの日、社へ帰ってみると、君江から手紙が来ているんですよ。それによると、君江はあの病院の中で、遊佐耕平という男をチラと見たんだそうです。むろん相手のほうでもそれと気づいたに違いありません。当然、君江がどうして、この病院の中にいるかということについて、一種の疑念を抱いたことでしょう。君江の手紙にもひどくおびえたようなところがありましてね。このまま、ここにいると、自分は殺されてしまうかもしれんなどと書いてあるんです。それでみると、君江自身も、ある種の危険を感知していたに違いありませんね」

「ところで、その手紙の日付は何時《いつ》になっていたんだね」

「それが、あの火事のあった前の日に投函《とうかん》しているのですよ」

「フーム」由利先生は、両手を事務机の上に組みあわせてじっと瞑目《めいもく》していたが、急にかっと眼を見開くと、

「そうすると、あの火事の際、われわれが駆けつけていった時、二つの棺にゆきあったね。君江はひょっとすると、病院の中で殺害されて、あの火事騒ぎにまぎれて、棺桶によって外へ運び出されたのかもしれないぜ」

「ああ」俊助は思わず低い声で叫ぶと、

「そうです、そうです。それに違いありません。あの火事騒ぎと同時に、君江の行方がわからなくなったのですからね。ところで、ここに妙なことがあるのです。あの時、同時にもう一人、病院から姿を消した患者があるのですが、それが非常に不思議な人物なんですよ」

「不思議な人物というと？」

「ほら六条月代というソプラノ歌手を御存じじゃありませんか。それなんですよ」

「六条月代！」

由利先生は急にギョッとしたように、

「六条月代といえばきみ、あの『べに屋』の親戚筋で諸井慎介の恋人だったという、あの女じゃないかね」

「そうです、そうです。したがって鴨打博士とも親類筋になるはずですから、あの病院に入院していたということには別に不思議はないはずですが、ただ、妙なのは、彼女が病院にいる間、博士は絶対にほかの者をその病室へ入れなかったというのです。それがあの火事の際、忽然《こつぜん》として姿を消したので、看護婦たちもたいへん不思議がっているんですよ」

「フーム」

由利先生はふいに、スックと椅子から立ち上がった。そして、両手をうしろに組んだまま、しきりに部屋の中を歩き回る。唇をきっと嚙みしめ、瞳がものすごいばかりの熱をおびて、炮々《ほうほう》と輝いている。雪のように白い頭髪が、おりからの西陽をうけて、金色燦然《こんじきさんぜん》と輝きわたった。由利先生はふいに床の上で立ちどまると、くるりと俊助のほうをふりかえり、刺すような瞳で、じっと俊助の顔をのぞきこみながら、

「三津木君、きみは河野君江から遊佐耕平の左の腕について、何か妙なことを聞きはしなかったかね。たとえば、遊佐耕平という男は左手が義手だったというようなことを。――」

由利先生喝破《かっぱ》す

さすがの俊助も呆然《ぼうぜん》とした。

質問があまり突飛で思いがけなかったからである。最初俊助は、先生が冗談をいっているのではないかと思った。しかし、由利先生はこんな場合に、けっして冗談をいうような人ではない。先生の表情はあくまでも厳粛で、まじめである。

「そうですね」と、俊助は思わず釣り込まれて、

「そうそう、そういえば君江がこんなことを言ってたのを思い出します。遊佐耕平はいつも左手をポケットにつっこんだまま、何かしら、深い思いに沈んでいた。何を考

えているのか、左の手を絶対にポケットから出したことがないのが不思議だと。……」

「きみ、きみ、それに間違いはないかね」

「ええ、たしかにそう言ってましたよ。しかし、それがどうかしたのですか」

「いや」と、先生は手の甲で額の汗をぬぐったが、それからみると、この質問は、よっぽど先生にとっては重大なものであったらしい。やがて、ドッカリともとの椅子に腰をおろすと、ほっとしたように、軽い微笑をうかべたが、すぐまた、もとの厳粛な表情にたちもどって、

「三津木君、この質問の意味は、すぐ後で話すが、その前に次ぎのようなことを考えてみようじゃないか」と、先生ははじめてくつろいだ表情になって、卓上の葉巻をとりあげると、

「きみはいま、六条月代のことを話したね。きみの話によって、われわれははじめ、この事件にあのソプラノ歌手が関係しているらしいことを知っていたが、ほんとうをいうと、われわれはもっと以前にそれを知っていなければならなかったはずなのだ。ほら、いつか白蠟三郎に殺されたと思われている花園千夜子の寝室にも、六条月代の写真がはりつけてあったというじゃないか。しかも、その写真がズタズタに切りさいなまれていたという。——あの時からして、われわれは、この事件に月代が、なんらかの意味で、関係を持っていることをさとらねばならぬはずだったのだ。それに気が

つかなかったというのは、なんといっても、われわれの手落ちだったよ」

「むろん」と、俊助は眉《まゆ》をあげながら、

「あの『べに屋』事件に月代がひとかたならぬ、深い関係を持っていたことは、私といえども知らぬではありませんでした。しかし、あの事件はあれでひとまず片づいたはずですし……」

「いや、ところがそれがいっこう片づいてはいないのだよ」

「え？」

「いや、そのことはもう少し後で話そう。それよりもきみは、いつか、白蠟三郎事件とべに屋事件を結びつけて、おそらく、白蠟三郎の脱獄は、鴨打博士の幇助によるものだろう。つまり鴨打博士はべに屋事件の犯人、諸井慎介を脱獄させようと計って、あやまって、白蠟三郎を救い出し、そこで二つの事件がこんがらかって来た。と、きみはこういうふうに推理を下したね」

「ええ、そう申しました。ぼくはいまでもその考えは捨てないつもりですよ」

「ところがね、ぼくはその後、いろいろとべに屋事件の内幕を研究するに及んで、どうもそこに不合理を認めずにはいられないのだ。というのは、鴨打博士はあらゆる点において、慎介の死刑をこそ願っておれ、それを救い出そうなどとは思いもよらぬ人物なんだからね」

「すると、ぼくの考えはその出発点からして、根本的に間違っていたとおっしゃるんですか」

さすがの俊助も思わずちょっと気色《けしき》ばむ。由利先生はあわててそれを制しながら、

「いや、そうは言わない。白蠟事件と、べに屋事件のこの二つを、白蠟三郎の脱獄を契機として結びつけたのは確かにきみの手柄だよ。きみのその明察があったからこそ、ぼくは一歩真実に近づくことができたのだ」

「真実というと。……」

「つまりね、白蠟三郎の脱獄幇助をした人物として、鴨打博士を置く代わりに、もう一人、別の人物に置き換えてみたいのだ」

「別の人物というと」

「言うまでもないじゃないか、六条月代だよ」

俊助はハッとした。ふいに眼の前が豁然《かつぜん》として展《ひら》けたような気がした。今までの不快なわだかまりが突如、一陣の涼風に吹きはらわれて、忽然《こつぜん》として、明るい陽光を仰いだ時のような、一種、すがすがしい気分だった。

「あ、そうでした。ぼくはなんという馬鹿でしたろう。そう考えるほうがはるかに自然です」

「そうだろう？　今まできみが、この簡単な結論から妨げられていたのは、六条月代

はかよわい女であるという、そういう煙幕に無意識のうちに眼隠しをされていたからなんだよ。しかし、よくよく考えると、女だからこそ、あんな無鉄砲なまねができたわけだ」

「そうです、そうです」

俊助はしだいに興奮して来て、

「そして、鴨打博士はその秘密を握っていたのですね」

「そうなんだ。そこではじめて、鴨打博士と白蠟三郎が結びついてくる。ところで、そこに不思議な存在は遊佐耕平という人物だ。こいつは依然として黒幕の中に隠れていて、われわれの前に正体を現わさない。しかし、この不思議な人物が、白蠟三郎となんらかの関係があるらしいことは、あの奇怪な擬装犯罪をやらかして、そいつを白蠟三郎になすりつけようとしたことでもわかる。しかも、そいつが鴨打博士とも関係を持っているらしいことは、いつかのきみの推理によってもわかるし、君江という女の最後の手紙によっても裏書きされたわけだ。いったいこいつは何者だろう」

「先生は、しかし、それをすでに知っていらっしゃるのじゃありませんか」

「知っている」

「だれです。いったいそいつは何者です」

「まあ、待ちたまえ。その前にこういうことを考えてみようじゃないか。遊佐耕平という人物が、あの擬装犯罪に用いた片手片脚が、すべて鴨打病院から出たらしいということは、いつかきみのほうから言い出したんだったね。ところで、これと同じようなトリックが、べに屋事件においても行われていることに、きみは気がつかないかね」

「べに屋事件に？」

「そうだよ。ぼくは今、当時の新聞記事を集めて研究していたのだが、べに屋事件において被害者とみなされている梨枝だが、この梨枝の屍体というやつは、だれ一人見ていないのだよ。ただストーブの中から出されて来た梨枝の片腕と、それから灰や骨によって、梨枝が殺害され、その屍体が焼却されたと断定されているんだが、この状態は、雑司ヶ谷や赤坂に起こった擬装殺人事件の場合とたいへんよく似ているじゃないか」

「というと。――」

「つまりこうだ。人間というやつは片腕を切り離したくらいでは死ぬものではないし、ストーブの中の灰や骨は、ほかの人間――たとえば解剖用の屍体だね――そういうものでも十分代用ができるというんだよ」

「えッ！」

俊助はふいに床からとび上がった。なんという恐ろしい推理だ！　なんという恐ろしい秘密の暴露だ！　俊助は今にも眼玉がとび出しそうな顔をしてじっと由利先生の顔をながめていたが、急に、恐ろしくてたまらぬというふうに、はげしく身震いをすると、声を落としてささやくようにいった。

「そ、それじゃ、先生は――先生は、梨枝は殺されたのじゃない。まだ生きているのだとおっしゃるのですか」

「そうさ」由利先生は平然として葉巻の煙を吐きながら、

「いつかきみは、雑司ヶ谷のアトリエで遊佐耕平に殺されたと思われている相良美子という女は、その実、遊佐耕平その人にほかならぬ。つまりあの場合、遊佐という人物が、男と女の一人二役を演じたのだという、素晴らしい推理をおれに聞かせてくれたが、あれは真実だったのだよ。ただ、間違っていたのは、遊佐という男が、相良という女に化けたのではなくて、相良という女が、遊佐という男に化けていたのだ。そして、相良美子なる女性こそ、べに屋事件の被害者――というよりもむしろ犯人だ、その犯人の諸井梨枝にほかならんのだよ」

「たいへんだ！　たいへんだ！」俊助はまたもや床からとび上がると、

「それじゃ、諸井慎介は現在まだ生きている人物を殺害したかどによって死刑を宣告されているのですね」

「そうだよ。だからわれわれはあらゆる障碍《しょうがい》をも打ち破って、諸井慎介を救わねばならぬ。だが、そうするには、どうしたらいいだろう。慎介はすでに死刑の判決をうけ、その執行の日も間近に迫っているのだ。われわれの想像と理論だけで、この判決を覆すことはできない。大急ぎで遊佐耕平なる人物を探しだして、そいつが梨枝であることを証拠立てるよりほかに術《すべ》はないのだ」

ああ、いつか由利先生はこの事件を指して、前代未聞の大事件だといった。これが前代未聞でなくてなんであろう。被害者が生きている殺人事件！　しかもこの奇怪な事件の犠牲となって、今や一人の男が死刑になろうとしているのだ。俊助は興奮のあまり、独楽《こま》のように部屋の中をキリキリ舞いした。

「先生、捜しましょう。梨枝の行方を捜しましょう。これではあまりかわいそうだ。諸井慎介がかわいそうだ。――だが――ああ、しかしどこを捜せばいいのだ」

「三津木君」

由利先生は、ふいにスックと椅子から立ち上がった。そして鋭い瞳をきっとすえると、

「帽子をもって、おれについて来たまえ。最も手っ取り早く諸井慎介を救う方法はただ一つある。それは鴨打博士に告白を迫るのだ。あらゆる点から見て、博士がこの事件に深い関係をもっていることは明らかだ。いや、ひょっとすると、博士こそ、この事件の主謀者かもしれない。どんな手段を尽くしても、われわれは博士に泥を吐かせ

ねばならぬ」

そういうと由利先生は、自ら先に立って、大股《おおまた》に部屋を出ていった。俊助は帽子をひっつかむと、これまた疾風のような勢いで、その後に続いたのである。

狐と牝豹《めひょう》

しかし、さすがの由利先生はついに鴨打博士から告白を、引き出すことはできなかったというのは、ちょうどそのころ鴨打病院では、次ぎのような事件が突発していたからである。

どこの病院でも揮発性の薬品や、爆発性の危険物を貯蔵するために、たいてい地下に倉庫が用意してあるものだが、鴨打病院のその地下倉庫のくらやみに、さっきからもぞもぞと蠢《うごめ》いているひとつの影があった。

入口の扉でもひらかぬかぎり、それこそどこからも陽の光のさしこんでくる余地のないまっくらな地下の一室、ましてや逢魔ヶ時のこの病院の墓場のような静けさに包まれて、そこには飴《あめ》のようにネットリとした暗闇《くらやみ》が、いっぱいにはびこっているのである。

怪しい影は、その暗闇の中にじっとうずくまっているのだが、それでも、ときどきふっと顔をあげて、外の物音に耳を傾けることがある。闇の中に夕顔のようにほの白く浮きあがった顔を見ると、まぎれもなく、これはあの奇怪な美少年の鮫島鱗三である。いやいや、由利先生のために、いまや完全に仮面をはぎとられた諸井梨枝その人なのである。

それにしても、梨枝はどうしてこんなまっくらな地下倉庫になど隠れているのだろう。おそらく、鵠沼の幽霊別荘で、危うく白蠟三郎に捕らえられるところを、身をもって逃れた彼女は、ほかにゆくところもないままに、ふたたびこの鴨打病院へ逃げ込んだのであろう。

ああ、奸悪《かんあく》にして残忍、蛇のように冷酷で執念ぶかい、この稀代の妖女も、いまやまったく腹背に敵をうけて、とうとうその最後の場所まで追いつめられて来た感があった。股肱《ここう》と頼む寅蔵は、あの幽霊別荘の中で、沸り立つ硫酸を浴びて悶死《もんし》してしまった。鵠沼沖に水葬礼にしたはずの白蠟三郎は、恐ろしい復讐の鬼となって、自分のあとを追っかけている。しかも、他の一方からは、由利先生と三津木俊助の手が、徐々に、しかし確実な歩調をもって迫りつつあるのである。

賢い女だけに、陰謀をたくらむのも上手であったが、ことの破れをさとるのもひと一倍敏感であった。

梨枝は追いつめられた獣のように、暗闇の中で眼を光らせながら、さっきからじっと聞き耳を立てている。だれかを待っているらしいのである。いったい、だれを待っているのだろう。それは今さらここに説明するまでもあるまい。梨枝は鴨打博士と最後のひと談判をして、それによって身のふり方をつけようと思っているのだ。

やがて、どこかでキイと扉をひらくような音がした。つづいて、階段をおりて来る、忍びやかな足音がきこえて来る。

梨枝はそれを聞くと、はっとしたように身構えをする。足音は階段をおりると、倉庫の前で止まった。それからガチャガチャと錠を鳴らす音が聞こえたかと思うと、スーッと鉛色の外光がさしてきて、その光の中に、懐中電燈を携えた鴨打博士の姿がくっきりと浮きあがったのである。

鴨打博士は懐中電燈の光をふり回しながら、

「そこにいますか?」と、押し殺したような声音《こわね》で尋ねた。

「ええ、こちら」

梨枝がもぞりと動いた。

鴨打博士は左手に懐中電燈をふりながら、右の手はポケットに入れたまま近づいて来る。梨枝はそれを見ると、なんということなく、警戒するようにギロリと眼を光らせた。

鴨打博士はしかし、そんなこととは気がつかない。やがて懐中電燈をかたわらの樽《たる》の上におくと向かいあうように、梨枝の前に腰をおろしたのである。暗闇の奥で、しばらく二人の視線が、探るようにしつこくからみあっていた。

「いったい、これから先どうしようというのですか」

よっぽどしばらくたって、博士がもぞりとそういった。狐のような眼がいっそう険しく釣りあがって、唇の端がまくれると、ニューッと、あの気味悪い犬歯がのぞくのである。

「どうしようって、だから、それを相談に来たんじゃありませんか」

梨枝がいくらか激したような声でいった。

「そう、それはわかっているが、しかし、今さらこの私にだって、そうそう知恵は出やあしませんよ。元来これはきみが悪いのだ。われわれの最初の計画は首尾よく成功している。あの男は間もなく死刑になるでしょう。きみはそれまでおとなしくしているべきだったのだ。それを、次ぎ次ぎと、つまらないまねをやらかすもんだから、きみばかりじゃない。この私の体まで危なくなってきたのです。きみは知るまいが、あの火事騒ぎ以来、なんとなくこの病院が監視されているような気がしてならない。それもこれも、きみがあまり早まり過ぎるからだよ」

「だって、だって。……」

梨枝は悔しそうに顔をもたげて、なにか言おうとした。しかし、すぐに唇を嚙みしめると、じっとうつむいてしまった。短く男刈りにした髪が、ハラハラと額にもつれて、眼のふちに黒い枠《わく》ができている。白い頬は不健康にケバ立って、それがいっそう、彼女の顔を凄愴《せいそう》な美しさに彩っているのである。

「それはきみの心持ちはよくわかる。きみの恨みが、むしろ慎介君よりも、より多くあの女に注がれているのも無理ないことだと思う。きみにしては、一刻も早く、あの女に復讐したかったのだろう。しかし物には順序というものがあるはずだ。きみのようにそいつを無視してあばれ回ったんじゃ、いつかは破綻《はたん》が来るのはわかりきっているんだ」

　梨枝はなんとも言わない。うつむいて、いよいよ固く唇を嚙みしめている。あまり嚙みしめたものだから、しまいには唇が破れて、血がにじんできたほどである。

「しかし、今さらすぎ去ったことを言ってもはじまらない。できみは、私にいったい何をしてほしいというのですか」

「お金がほしいのです。そして、どこか外国へ逃げるように手配をととのえてほしいのです」

「ふうむ、そうすると、きみはほんとうに外国へ行ってしまいますか」

「むろんですわ。もうこの日本には、私の体をおく場所はないのですもの」

　梨枝はそこでものすごく笑うと、

「だって、私はもうこの世では死んだ人間になっているのですからね」

「ほんとうにきみはそのつもりですか。いやさ、なんの未練も残さずに、この日本を立ち去りますか」

梨枝は答えない。またしてもきっと唇を嚙みはじめる。眼の中にさっと恐ろしい殺気が走った。

「だめ、だめ」鴨打博士は強く舌打ちをして、

「その前にきみは月代さんを、どうかしていこうと思っているんでしょう。きみにそういう考えがある間は、私はきみの力になることはできません」

つっぱなすような博士のことばである。

「それじゃ。――それじゃ、――あなたは私をいったいどうしようというのです」

「そうですね」博士は冷やかな微笑をうかべながら、

「実をいうと、きみという存在は、もうだいぶ前から私にとっては荷やっかいになっているのですよ。きみがへまをやって警察へ捕らえられるのは、きみの勝手みたいなものだが、おっとそういうわけにはいかない。もしきみの正体が暴《ば》れて見たまえ、この私はどうなるというのです」

博士は刺すような瞳でじっと梨枝の白い項《うなじ》をながめながら、

「実をいうと、きみの道連れになるのは私はもう真っ平なのです。いままで私はきみ

に尽くすだけのことは尽くしてあげた。だから、もうだいぶ前からこういうふうに覚悟を決めているのです。世間ではきみを死んだ人間だと思っている。ひとつ、世間が信じているとおりにしてみたらどうだろう……と」

「つまり、私を殺してしまおうとおっしゃるのね」

梨枝は驚くべきほどの静かさで言った。白い顔には冷嘲《れいちょう》するような微笑さえうかべているのである。

「はははは、さすがにきみは悟りが早いね。そう、そのとおりですよ。今ならまだ遅くない。きみが諸井梨枝だなんて知っている人間はひとりもいない。ましてや、その梨枝がこの地下室にいることなんぞ知っている人間はひとりもいないのだから、きみがこのまま、二度とこの地下室を出てゆくことがなかったら、私にとってはたいへん好都合なんですがね」

「わかりました。そうすると、そのうちには慎介も死刑になってしまう、そうなればだれ一人邪魔になる者はないのだから、安心して月代さんと結婚ができるというんでしょう」

「そうそう。きみは頭がいいね。私はむしろ、もっと早くそうすべきだったのですよ」

「おもしろいわ。いったい、どういうふうにして私を殺そうとおっしゃるの？」

「梨枝！　こうするんだ。覚悟をおし！」

今までポケットに入れていた博士の右手がさっとあがった。見るとそこには、満々と薬液をたたえた注射針が握られていたのである。鴨打博士はその注射針を握って、やにわに梨枝の白い項をめがけて躍りかかっていった。だが、つぎの瞬間、

「ギャーッ！」

と、恐ろしい悲鳴をあげて、土の上に這《は》ったのは、梨枝のほうではなくて、意外にも鴨打博士のほうだった。

梨枝はまだポタポタと血の垂れている短刀を、逆手に持ったまま、すっくと立ち上がると、まだヒクヒクと体を痙攣《けいれん》させている博士を、冷たい眼でじっと見やっていたが、やがて、ほっと深い息を吐くと、二、三歩ドアのほうへ歩いていった。

が、そのとたん、さすがの彼女もぎょっとしてそこに立ちすくんでしまったのである。

鉛色の外光を背にうけて、ドアのところに仁王《におう》立ちに立ちふさがっているのは、まぎれもなく白蠟三郎なのである。

白蠟は白い顔をニヤニヤと、薄気味の悪い微笑をうかべながら、しばらく梨枝の顔と、土の上に倒れている鴨打博士のほうとを見比べていたが、やがて子供を諭《さと》すような、甘い、いやらしい声で言ったのである。

「とうとう、やっちまやがった。だがまあいい、どうせ遅かれ、早かれ、こうなるのがほんとうなのさ。さあ、手に持っているその短刀をお捨て。なにも怖いことはありゃしないさ。この白蠟三郎ときたら、女にはいたって甘いほうだからな。ふふふふ！」

爛々《らんらん》として妖しく燃えあがる三郎の瞳を見詰めているうちに、ふいに梨枝はジーンと体じゅうがしびれてくるのを感じた。彼女は泣きたいような切なさに、胸をしめつけられた。

ふいにカラリと短刀を落とすと、梨枝はくたくたと、その場にくずおれるように、倒れてしまったのである。

呪詛《じゅそ》の果《はて》

これより少し前のことである。

四谷塩町にある自邸の一室で、うちつづくショックのために、病の床についていた月代は、ふと、不思議な電話に呼び出されたのである。心労と恐怖から来る救いがたき心悸亢進《しんきこうしん》に悩まされていた月代は、だれからの電話か、とにかく気が進まなかった。

しかし取り次ぎの女中のことばによると、もしこの電話に出なかったら、彼女は千載の悔いに身を焼かねばならぬだろうという、相手の不思議な口上なので、彼女は大儀な体を起こして電話口まで出ていったのである。

「もしもし、月代さんですか。ああ、月代さんですね。私がだれだかわかりますか。私の声に聞きおぼえはありませんか」

そういう声を聞いたとたん、月代はハッと心臓が波立つのを感じた。膝頭がガタガタと震え、舌が引きつって、口の中がからからに乾いた。

それでもやっと勇気をふるって、彼女は辛うじてこれだけのことを言ったのである。

「ああ。——わかります。——このあいだはありがとうございました。——おかげさまで——」

電話の主は白蠟三郎だった。

「いやあ、あんなこと、なんでもありませんよ。あなたからうけた御好意を思えばね。……」

白蠟三郎はいくらか早口で、

「ところで、あの時もお約束しておいたでしょう。この御恩はいつか必ず返す時があるだろうって——私はこう見えてもなかなか義理を知っているのですからね。今その時期が来たのです。私はいま、鴨打病院にいるのですがね。大至急ここへやって来ませんか。あなたにぜひともお見せしたいものがあるのですよ」

「鴨打病院ですか」

月代は思わずためらった。

「そうですよ。ああ、あなたは怖がっているのですね。なにも怖いことなんかありゃしない。危険なことはひとつもないのですよ。それにいま、あなたがここへ来なかったら、それこそ後でどんなに悔やんでも私は知りませんよ。あなたは今でも、慎介君――諸井慎介を救いたいと思っているでしょう」

「え？」

「そうです、そうです。これが慎介君を救うただ一つの機会ですよ。これを逃したら、慎介君は永遠に救われません。私を疑っちゃいけません。すぐ家をとび出して自動車に乗りなさい。自動車なら、十分もかからないでここへ来られるでしょう。病院へついたらね。地下の倉庫へ来るのですよ。御存じですか。地下の倉庫というのは、手術室のすぐ裏手にあります。このあいだの火事騒ぎ以来、この病院は空き屋敷みたいになっているのですから、だれにも見とがめられずにやって来られるでしょう。では待っています。間違っちゃ、それこそ取り返しがつきませんよ」

電話はそこでガチャンと切れた。

月代はもう少しも躊躇《ちゅうちょ》をしなかった。電話をきいているうちに、不思議な勇気が、彼女の体内に湧きあがってきたのである。どうにでもなれという、一種捨《す》て鉢《ばち》な気持ちと、それから、白蠟三郎に対する、不思議な信頼がからみあっているのである。

彼女は電話室を出ると、すぐ家をとび出して、通りがかりの自動車を呼びとめた。四谷から神楽坂まで、自動車は七分とはかからなかった。坂の下で自動車を乗り捨てると、彼女は大急ぎで、病院へのダラダラ坂を登ってゆく。

なるほど、無人の鴨打病院は、空き屋敷のようにひっそりと大門を閉ざしていたが、かたわらの小さいくぐりだけが開いているのである。

月代がいま、このくぐりを入ろうとする時、同じく坂の下で自動車からおりた二人づれの男が、急ぎ足で、坂を登って来るのが見えたが、月代には、それを気にとめる余裕もなかったのである。

病院の中は、しんと静まりかえっていて、患者も看護婦も事務員も、だれ一人姿を見せなかった。そうでなくとも、とかくのうわさが立って、さびれかけていた鴨打病院は、あの火事騒ぎ以来、とうとう没落の淵《ふち》に乗りあげてしまったのである。

地下室の入り口はすぐに見つかった。

月代はなんの躊躇もなく、暗いその階段をおりていった。階段をおりると大きな鉄の扉がある。その扉の前に立った時、

「お入り」と、中から聞きおぼえのある声が聞こえた。

覚悟して来たこととはいえ、さすがに月代ははっと胸をとどろかせた。恐る恐るド

アの引き手を握ってぐいと引くと、まっくらな中にポッツリと小さい懐中電燈の光が見えた。

その時、白蠟三郎は樽《たる》の上に腰をおろして、傲然《ごうぜん》としてうそぶいていた。そしてその足もとには、しどけなく取り乱した格好をして梨枝が、傷ついた獣のように、ぐったりとしてあえいでいるのであった。

自分から招いた罪とはいえ、梨枝の呪詛《じゅそ》の果《はて》はあまりにもみじめであった。もし物慣れた人間が見たら、この時、そこにどのようなことが行われたか、すぐ想像がついたはずだが、月代はむろん、そこまでは気がつかなかった。彼女は梨枝の着ている草色の洋服を見ると、はっとして息をのんだのである。

「よく来ましたね。さあ、いつかの借りを今お返ししますよ」

白蠟三郎はそう言って、梨枝の髪の毛をつかむとぐいと顔をあげさせた。

「あなたがこの人物を知らなかったとは実に不思議ですね。もっとも、今聞くとあなたがたはずっと幼い時会ったきりだというし、それにあなたはこの人を死んだ人間だとばかり思っていたし、おまけに男装のために、すっかり眼隠しをされていたのですが、月代さん、この人こそ、あなたの恋敵の梨枝なんですよ」

月代はふいに、がらがらと足下の床が崩れるように昏迷《こんめい》を感じた。

彼女はよろめく足を踏みしめて、じっと見つめていたが、ふいに、

「ああ違いない！」

と、叫んでよろよろとうしろによろめいた。もしその時、おりよく駆けつけて来た由利先生と三津木俊助の二人がうしろから、支えてくれなかったら、彼女はきっと、そのまま、そこに気を失ってしまったのにちがいないのである。

「白蠟三郎だね」

由利先生は、月代を俊助にまかせておいて、一歩前に踏み出した。

「梨枝もいる。――それから鴨打博士も。――」

由利先生は倉庫の中を見回しながらつぶやいた。

白蠟三郎は傲然としてうそぶいたまま、そのほうには見向きもしなかった。樽の上に腰をおろしたまま、ひとりにやにやと微笑《わら》っている。満ち足りたような、ひとを小馬鹿にしたような笑いを、いつまでもいつまでも続けているのである。

恐ろしき真相

諸井梨枝の捕縛ほど、世間に騒がれた事件は、近ごろ珍しかったであろう。

新聞という新聞が、数日間にわたって、社会面の全部をこの記事のために費やした。まったく、どんなに驚いても驚き切れないほどの、意外につぐ意外が、この事件の中には隠されていたのだ。古来、伝えられている外国のどんな素晴らしい犯罪事件だって、この「べに屋」の陰謀事件に比べれば、ものの数ではなかったろう。まったくそこには、人間業とも思えないほどの、邪悪で陰険な秘密のからくりが、執念ぶかい、悪魔の知恵によって織り出されているのだ。

人々は次ぎから次ぎへと暴露されていった、邪知ぶかい、梨枝と鴨打博士の計画に驚倒すると同時に、深甚《しんじん》なる同情を、あるひとりの人物に向けはじめた。

一人の人物。――とはいうまでもなく、危うく死刑をまぬがれた諸井慎介である。実際、梨枝の捕縛がもう数日、いや、もう二、三日おくれていたら、取りかえしのつかないことが起こっていたはずだ。一人の人間が犯しもしない罪のために、絞首台の露と消える。なんという恐ろしいことだろう。考えただけでもゾッとするではないか。

しかも、被害者と目されている人間は、この死刑を尻目《しりめ》に、堂々と社会を闊歩《かっぽ》し、そして、さらに、より恐ろしい犯罪をもくろんでいたかもしれないのだ。

それを考えると、人々は慄然《りつぜん》として震えあがると同時に、法の権威、警察力の可能性ということについて、甚大なる疑惑を感じはじめた。こうしてこの「べに屋」事件は、犯罪上の問題と同時に、深刻な社会上の問題を投げかけたのである。

あらゆる新聞、雑誌の上でこの問題が取りあげられ、論議され、警視庁と検事局は、囂々たる非難の矢面に立たなければならなくなった。そしてしまいにはあまり非難の声がやかましくなったので、政府のさる高官の名前で、遺憾の意を表するという声明書が発せられたくらいである。

幸い、慎介の死刑がまだ執行されていなかったからよかったようなものの、もしもその後だったらおそらく声明書ぐらいで片づけられる問題ではなかったであろう。

そういう意味で政府は、由利先生や三津木俊助、それから皮肉なことだが、白蠟三郎に絶大な感謝をささげてもいいはずであった。

白蠟三郎といえば、彼は一躍、時代の英雄にまつりあげられてしまった。奇を好むのは現代人のもっとも大きな特徴の一つである。この一個無頼な悪党が、なにか神聖な勇士のように、喧伝《けんでん》されたのもやむを得ないことであったろう。さぞかし彼は、ふたたび舞いもどったI刑務所の一隅で、あの変化隈のような顔をひんまげて、皮肉な微笑をうかべていたのに違いないのである。

それはさておき、これほど大きな問題を社会に投げかけた梨枝も、その姿を公判廷に見ることはついにできなかったのである。予審中、かりそめの病がもとで、さしも稀代の悪女も、未決監の中ではかなく散ってしまったからだ。おそらく興奮につづく興奮の、あの不自然な犯罪生活と、その後にやってきた失意と絶望が、いつか彼女の生命の根を食い荒らしていたのであろう。

しかし、彼女は死ぬ前に、すでに観念していたものか、いっさいの犯行を告白していったので、事件の審理に事欠くようなことはなかった。ここに彼女の告白の一部分を、できるだけ簡単に書き記しておこう。おそらくこの告白書こそ、世界犯罪史上、最も稀有《けう》なものとして、永く保存されることであろう。

——そもそもこの計画を最初に思いついたのは、鴨打博士でございました。いいえ、私はけっして、亡くなった人に、罪を転嫁しようとするのではございません。間違いのない事実を申し上げようとするのです。

——その時分私は、左の腕にふとした痛みを覚えはじめました。それはなんとも形容することのできないほど、激しい痛烈な痛みでした。起きていても寝ていても、——いいえ、とても寝てなどはいられません、何かこう、焼け火箸《ひばし》かなにかで、骨の中をこづき回されるような、一刻もじっとしていることのできないほど激しい痛みでした。はじめのうち私は、それでもじっと歯を食いしばって我慢をしておりました。しかし、二、三日もするうちに、どうしても辛抱しきれなくなってまいりました。

——しかし、こんなになっても、私はそのことを慎介に打ち明ける気には、どうしてもなりませんでした。その時分、私たちの仲は、二進《にっち》も三進《さっち》もいかないほど険悪なものになっており、一週間以上も、同じ家に暮らしながら、口をきかないで過ごすということは珍しくはなかったのです。

――私は考えあぐんだすえ、ある日とうとう、慎介には内緒で鴨打病院を訪れました。これがいけなかったのでございます。私はあの人に相談するくらいなら、むしろ悪魔に相談すべきだったのでしょう。

――鴨打博士は、ひと目私の容態を見ると、すぐにこれは、左腕を肩のところから切断しなければならぬ。もしこのままでおいたら、病毒は瞬く間に全身に回り、取りかえしのつかぬことになるだろうというのです。私にはよくわかりませんでしたけれど、博士は非常にむずかしい、専門的な名前をあげて説明してくれました。

――私はもうなんでもいい、一刻も早くこの苦痛から逃れたい一心だったので、すぐにも、切り落としてくれるように嘆願しました。すると博士のいうのに、これだけの大手術をするのだから、夫たる慎介に立ち会ってもらわぬ法はない。しかし、もしも慎介が立ち会ったら、きっと手術の経過が悪くて、私の死んでしまうことを祈るだろうと、たいへん意味ありげにいうのです。

――このことばは非常に私を驚かせました。むろん、私たちの不仲は、親類じゅうだれ知らぬ者はないくらいでしたが、さりとてこれはまた、あまりの言い分なので、私が驚いて詰問すると、数日前に慎介が病院を訪れたこと、そしてひそかに薬局から毒薬を持ち去ったことを話し、あの毒薬はおそらく私に対して用いられるのであろうと言うのでした。

——ああ、この時の私の驚愕《きょうがく》、恐怖、悲嘆——一瞬にして私は気が狂ってしまったのです。はい、そうですとも、気でも狂わなければ、どうして、あのような恐ろしい博士の計画に荷担いたしましょう。私はそれまで慎介を恨んではおりました。慎介の無情、冷淡を私はどのように悔しかったかわかりません。しかし、私はその時までけっして、けっしてあの人を憎んだことはありませんでした。いいえ、いいえ、私は肚《はら》の中でどのようにあの人を愛しておりましたろう。口にこそ出さね、どのように深く深く、あの人を慕っておりましたろう。それだのに、それだのに、その愛する人は、他の女を想うの余り、私を殺そうと計画している。これが、気が狂わずにおれましょうか。

——「ねえ、黙っておればいつかきみはあの男に殺されてしまうのだ。いっそ、きみのほうから先手をうって、あの男を陥れてやるつもりはないか」

——すでにして、私はもはや尋常の人間ではなくなっていたのです。それよりももっともっと恐ろしい計画にだって、喜んで耳をかしたに違いございません。鴨打博士の計画というのは実に陰険なものでございました。どうしても切断しなければならぬ私の片腕を利用しようというのでした。幸い私の左腕には特徴のある痣《あざ》があって、この痣は家の者が全部知っているから、これをうまく利用すれば慎介を絞首台に送ることができるだろうというのでした。

——さて、手術はごく内密のうちに行われました。そして切断された私の片腕を、博士がどのように利用したか、それは今さら私の口から申し上げるまでもなく、皆様よく御存じのことと存じます。

——今から考えるのに、博士はこうして巧みに慎介を陥れると同時に、適当な時機を見はからって、私をも殺害しようとたくらんでいたのに違いございません。私はすでに、世間の眼から見れば死んだ人間だったのですもの、それを行うのは実に容易なことだったに違いございません。もし、あの白蠟三郎という道化者が現われて、偶然私を救い出してくれなかったら、私はきっとあの檻の中で、人知れず殺されていたことでしょう。——

梨枝の告白はまだ長いのである。しかし、その後はすでに諸君も御存じのことであるから、ここにはこれくらいでやめておくことにしよう。

囚人自動車

秋の薄陽《うすび》が刑務所のつめたい塀《へい》の上に、うすら寒い陰影を作っている。

筑波《つくば》おろしが肌を刺すような、晩秋の黄昏《たそがれ》ごろのことで、路傍に立っていると、木の葉をまじえた砂埃《すなぼこり》が、円柱のようにチリチリと舞いあがって、いずくともなく走り去っていくのが見える。

月代はその小さな旋風を見送りながら、さっきから、どうしようもない涙をぬぐいかねているのだった。

思えばなんという、悲しい、恐ろしい数ヵ月を自分は経験して来たことだろう。陽春のあの一日、慎介がいよいよ死刑と決まった日から、今日まで、よくも気が狂わずに来たことだと、今さらのように顧みられるのである。

石黒というマドロス上がりの男に頼んで、刑務所の監房まで掘ってもらった地下道のこと、あの恐ろしい嵐の一夜を、白蠟三郎とともに過ごしただるま船のこと。――それらがまるで、たった昨日のことのようにも思われるし、また考えようによっては、ずっと遠い昔に過ぎ去ったことのようにも思える。

それから後、相ついで起こった、あの恐ろしい事件の数々を思い出すと、実際、今こうして無事に恋人の出獄を待っている自分自身が、嘘のような気がするのであった。

ああ、もう真っ平だ！

自分はあまり恐ろしい経験をしすぎたのだ。慎介が出て来たら、こんどこそこの両腕にしっかりと抱きしめて、もうもう二度と離すことではない。静かにできるだけ人に煩わされないように、二人きりの余生を送ることにしよう。

「もうすぐですよ。じき慎介君は出て来ます。しっかりしていらっしゃいよ」

優しい声で、ふと耳もとにそうささやかれて、月代はハッと恐ろしい回想から眼覚めた。

「ええ、ありがとうございます」

月代は涙ぐんだ眼で、かたわらに立っている由利先生の顔を振り仰ぎながら、

「でも、あの人、どんな顔をしているでしょうね。さぞやつれ果てていることでしょう。それを考えると、あたし。……」

と、月代は思わず息をのんで、

「ねえ、先生、先生はあの人にお会いになったのでしょう。何か——何かあたしのことを言ってはいませんでした？」

由利先生は憐《あわれ》むような表情で、月代の顔を見ながら、穏やかに、諭すように言った。

「慎介君はね、恐ろしい経験をして来たのですよ。それこそ、どんな人間も、今まで経験したことのないような、恐ろしい数か月を過ごして来たのです。だから、あの人の様子に、いくらか変わったことがあるからと言って、あなたはけっして、失望したり、落胆したりしてはいけませんよ。あの人の心の中には、いま冷たい氷が張りつめているのです。それを解かせてあげるのがあなたの役目なんです。あせってはいけませんよ。徐々に、少しずつ、あなたの心から春風を送ってやらなければなりません。わかりましたか」

「ええ」月代は思わずたじろぐような表情を見せながら、

「それじゃ――それじゃ、あの人、たいへん変わっているのですね」

と、消え入りそうな声でつぶやいた。

その時、ふいに彼らの周囲に、軽いざわめきが起こったのである。

見ると出迎えに来ていた「べに屋」の親族や、店員たちの間に、にわかに緊張の色がみなぎった。おびただしい写真班の群れが、カメラをあげていっせいに待機の姿勢をとる。群がっていた弥次馬のあいだからも、好奇心にみちた動揺が起こった。

「ああ、あの人が出て来るのですね。ねえ、そうでしょう、あの人が出て来るのですわね」

「そうです。しっかりしていらっしゃい。泣いちゃいけませんよ。できるだけ朗らかに、勇気づけるように。――」

「ええ、あたし、泣きゃしませんわ。大丈夫よ。ありがとう」

今まで、ざわめいていた群集がふいにピッタリと静止した。針の落ちる音でも聞こえるような、無気味な、緊張した一瞬である。

刑務所の扉が静かに、うちがわから開いた。そして、一人の男が、よろめきながら現われた。あちこちで、パチパチと無遠慮にシャッターを切る音が聞こえる。

だが、その瞬間、月代は思わずよろよろとよろめいた。もしこの時、由利先生がそばから、すばやくその体を抱いてやらなかったら、おそらく彼女はそのまま、道の上に倒れてしまっていたのに違いない。

「まあ！　あれが慎介さん——あれが——」

「しっかりしなさい。だからさっきも言っておいたでしょう。慎介君はいくらか変わっているって、取り乱しちゃいけませんよ。しっかり気を落ち着けて！」

「ええ、ええ、もう大丈夫ですわ。ああ！」

月代は大きく息をうちへ吸いこむと、すばやく涙をぬぐって、かすかな笑みを唇のはじにうかべた。ああそれは彼女にとって、なんというみじめな努力だったろう。

彼女があんなにも驚いたのは、けっして無理ではなかったのだ。なんという大きな、そして悲惨な変化が慎介の肉体の上に焼きつけられていたことだろう。かつては、フィリップ・ホームズのようなと、女学生をして嘆賞せしめたあの美貌は、いったいどこへ消えてしまったのだ。浅黒く、艶《つや》をうしなった皮膚は、日陰に熟《う》れ腐った果物のようにかさかさにしなびて顔じゅう、まるで八十歳の老人のように深い皺《しわ》がいっぱい刻まれているのだ。

どろんとした眼は、物に憑《つ》かれたように生気なく、締まりのない唇は、今にも泣き出しそうにヒクヒクと痙攣《けいれん》している。そしてあの髪の毛だ。かつては房々と栗色《くりいろ》に波打っていた頭髪は、短く刈りこまれて、そしてそれは雪のように真っ白になっているのだ。

　慎介はおびただしい群集を自分の周囲に発見すると、よろよろとよろめいて、刑務所の塀に身を支えた。その様子には、何かしら盲《めし》いたもののような、不安定な頼りなさがあった。

　しばらく彼は、物におびえたような眼をして、自分の周囲に群がって来る人々をながめていた。唇が痙攣して、今にも泣きだしそうであった。

　だが、次ぎの瞬間、彼の視線はふと、無遠慮な新聞記者たちの背後にいる月代の眸《ひとみ》と出会った。そのとたん、彼はぐいと頭を反らした。おどおどとしていた眼が、急に生々と輝いた。

　しかし、それはけっしてうれしいとか、懐かしいとかいうような瞳の色ではなかったのである。なんとも名状しがたいほどの屈辱が、さっと暗い面上に走ったのだ。

　彼はすぐ顔をそむけた。それからうるさい質問の雨を降らす新聞記者たちの間を、かきわけるようにして通りぬけると、月代のいるほうとは、まったく反対の方角に歩き出したのである。

「慎さん！」

　月代は思わず走り寄って声をかけた。しかし彼女は、最初、計画していたように、いきなり慎介の胸にすがりつくことができなかった。はじきかえすような慎介の眼が、それを拒んでいたからである。

月代の眼からハラハラと涙が落ちてきた。

「慎さん」彼女はおどおどとした、低い声でいった。

「向こうに自動車が待っています」

慎介は黙っていきかけたが、すぐ思いかえしたように、

「ああ、そう」

と、あらぬ方を向いたまままうなずいたが、それでも、すなおに、待っている自動車のほうへ歩いていった。

慎介は自動車へ乗った。

そのあとから、月代もためらいがちに、ステップに足をかけた。その時由利先生が励ますようにささやいたのである。

「しっかりして。胸の氷を解かせるのは、あなたの役目ですよ」

「わかっています。ありがとうございました」

月代が乗り込むと、バタアンと音をたてて自動車の扉がしまった。

どこかで、

「諸井慎介君、万歳!」というような声が聞こえた。

だが、この時ちょっと妙なことが起こったのである。今まで、ざわざわとざわめい

ていた群集が急にしいんと静かになったのである。

見るとその時、一台の囚人自動車が、刑務所の門の中から出てきたのだ。喪服を着ているような真っ黒な、その凶々《まがまが》しい自動車は、群がる野次馬どもを左右にかきわけて、しだいに月代たちの乗っている自動車のほうへ近づいてきたが、その時、ふいにその自動車の中から、不思議な笑い声が漏れてきたのである。

「フフフフフ、フフフフフ」

と、はじめのうちは、口の中で嚙み殺しているような笑い声であったが、しだいにそれが大きくなってくると、やがて凜々《りんりん》と、威嚇《いかく》するような、冷たい黄昏《たそがれ》の空気の中に響きわたった。

月代はそれを聞くと、しいんと体じゅうのしびれるような恐怖にうたれた。彼女は思わず自動車の窓から半身乗りだして、黒い布で覆われた囚人自動車の窓に眼をやった。

こんなに奇妙な笑い声を立てる者は、白蠟三郎以外にないことを彼女は知っていたからである。

囚人自動車はそのまま、彼女のそばを通り抜けて、いずくともなく走り去っていった。

最後の悲劇

明るい燈《ひ》が、久しぶりに「べに屋」の奥座敷を煌々《こうこう》と照らしていた。そして、その燈の下にずらりと居並んでいるのは、羽織袴《はかま》の正装いかめしい「べに屋」の一族どもである。

だれの面にも、その時今夜の式典とはまったくかけ離れた、妙な不安な色が浮かんでいたというのは、なんという不思議なことであったろう。

慎介が出獄してから三か月ほど後のことで、年も改まって、今は新春なのである。そしてこの新春の吉日を選んで、慎介と月代との、「ささやかな」婚礼の式が挙げられようとしているのである。

梨枝は獄中で悶死した。慎介は青天白日の身となった。

したがって、今宵《こよい》のこの婚礼にも、少しも障碍《しょうがい》になるようなものはなかったはずである。それにもかかわらず、人々の面上から、一抹《いちまつ》の不安の表情が去らないのは、いったいどういう理由であろうか。

いったい、この挙式を急ごうというのは、親戚じゅうでの一致した意見であった。鴨打博士が亡くなった以上、それに異議をはさむ者は、だれ一人いなくなった。今や、彼らは自分たちが行った間違いを訂正するのに忙しかった。慎介と月代は、最初の約束どおり結婚させなければならない。そして、跡目の絶えたべに屋の御本家を、この二人によって立てよう。――というのが、親族会議の席上で決められた意見だったのだ。こうすることが、この不幸な恋人たちに対する唯一の償いだと思ったからである。

幸い月代の脱獄幇助については、何もかもいっさい鴨打博士が背負わされてしまった。それを知っているのは当の本人を除いては、由利先生と三津木俊助、それから白蠟三郎の三人しかいないはずである。不思議なことには、白蠟三郎も取り調べに際して、自分を脱獄させた者は鴨打博士だったと、ハッキリ言い切ったということである。

今や、秘密は完全に保たれているのだ。この婚礼の妨げとなるような障りは、何一つないはずなのである。

それにもかかわらず、この式の席へ連なっていた三津木俊助は、ふと、次ぎのようなことを由利先生の耳にささやいたのである。

「どうも心配ですね。なんだか理由がわからないが、どうも心配になりますね。何か凶《わる》いことが起こらなければよいが」

「しっ」

由利先生は軽くそれを制しながら、

「おめでたい席上だ。そんなことというものじゃないよ」

「そうですとも。ぼくだってそれくらいのことは知っています。しかし、それにもかかわらずやっぱり心配なんです。いったい、慎介君は今夜のことをどう思っているのだろう」

そういいながら俊助は、はるか向こうのほうにいる、今宵の花婿のほうに眼をやった。

月代と向かいあって座った慎介は、端然として袴の上に手をおいて、じっと瞑目《めいもく》している。その横顔には何かしら、暗い苦悩の影が不吉な隈取《くまど》りのようにこびりついているのだ。

「まあ、そう言いたもうな。あの男の受けた呵責《かしゃく》は、二か月や三か月でぬぐわれるものではないのだ。しかし、今によくなるだろう。あの美しい花嫁の献身的な愛情が、遠からずあの男の恐ろしい想い出を吸いとってしまって、そして、そこにはじめて、新しい生涯がひらけるのだ」

しかし、さすがの由利先生も、彫像のような慎介の横顔から、ほんとうの彼の不幸を読み取ることはできなかったのだ。

俊助の予感は当たっていた。変事はそれからじき起こったのである。

神主の恭しい祝詞《のりと》が終わった。いよいよ三三九度の杯《さかずき》である。かわいらしい雄蝶雌《おちょうめ》蝶《ちょう》が、銀の提《ひさげ》と三宝にのせた杯を持って現われると、それをまず、月代の前においた。

杯を飲む月代の美しい指がかすかにふるえたように思えた。しかし、彼女は無事にその杯を飲み干した。次ぎは慎介の番である。雄蝶雌蝶がすり足で、杯を慎介の前にささげた。

この時、慎介は懐紙を取り出すようなふうをしながら、なにやら小さな紙包みを取り出した。そしてその紙包みの中のものをすばやく杯の中にあけたのである。

この動作は、非常に敏捷《びんしょう》に、かつ冷静に行われたので、だれ一人気づいた者はなかったが、はるか末座にいた由利先生だけがハッとしたように顔色をかえた。

「止めろ！　その杯を止めろ！」

叫びながら、由利先生はいきなり立ち上がった。

「だれかその杯を止めろ！　花婿にその杯を飲ませるな！」

由利先生はタタタタと畳を蹴《け》って、花婿のそばに駆け寄った。だが、その時にはすでに遅かったのである。すばやく杯をふくんだ慎介は、にっこりとして由利先生のほうを振りかえった。由利先生はその肩をつかむと、激しく慎介の体をゆすぶりながら、

「きみは――きみは――馬鹿！　吐き出せ！」

一座は大混乱である。何事が起こったのかわからない。

由利先生の怒号におびえて、右往左往するばかりだ。

「済みません！」

慎介は弱々しい声でつぶやいた。それからがっくりと首をたれかけたが、じき体を起こすと、

「月代さん」

と、呼んだ。

月代は呆然とした眼で恋人をながめていたが、すぐ身を起こして、膝行《いざ》りよって来ると、真っ白な裲襠《うちかけ》で慎介の肩を抱いてやった。

「あなた！　あなた！」

「月代さん——ぼくは馬鹿だ！　きみを疑うなんて、ぼくは馬鹿だ！　許して、これを——これを——」

何やら懐中から取り出すと、それを月代の手に握らせた。と、思うと、月代の白い裲襠の上に、かっと真っ赤な血を吐いた。

「あなた——あなた——」

「許して。——ぼくは梨枝のところへ、——梨枝のところへ行きます」

慎介はがっくりとして、月代の膝《ひざ》の上に倒れたのである。

月代はしばらく、あっけにとられて、男の白い髪の毛をながめていた。右往左往する人々の足音を夢のように聞いた。が、すぐ気がつくと、今慎介に渡されたものを、忙しく両手でひらいてみた。それは巻き紙に書いた短い手紙であった。

月代はひと目でその内容を読みとると、

「ああ——これはひどい！　こんなこと——慎さん、こんなこと、ほんとうにするなんて、あなたはひどい、ひどい、ひどい！」

月代はそのまま気を失ってしまったのである。

由利先生と三津木俊助がのぞいてみると、その手紙にはこんなことが書いてあるのだった。

——諸井慎介君。

きみはいよいよ月代さんと結婚するそうだね、それもよかろう。しかしその前に、ぜひ次ぎのようなことを確かめておくことをお勧めする。

月代さんはきみを救おうとして、誤って白蠟三郎を脱獄させた。ひどい嵐の晩だった。月代さんと白蠟三郎はただ二人きりで、隅田川の川口にうかぶだるま船の中で一時間ほど過ごした。あたりにはだれもいなかった。そこでどんなことが起こったか、一度、月代さんに聞いてみたまえ。なにしろ相手は名うての女たらしなのだから。

白蠟三郎拝

ああ、なんという恐ろしい手紙だ！　白蠟三郎はやっぱり、骨の髄まで悪党だったのである。

憂鬱《ゆううつ》な結末

春がすぎ、夏がゆき、そして今はまた木の葉の黄ばむ秋である。

市ヶ谷のお濠を見下ろす由利先生の邸宅の、二階の一室では、主人の由利先生と三津木俊助の二人がむずかしい顔をして向きあっていた。

弱い秋の日ざしが、まっこうから部屋の中に照りつけていた。いつもいうように、由利先生の住まいもいいが、西陽をいっぱいに浴びるのが大きな欠点なのである。

「で？」

と、由利先生が葉巻の端を嚙みながらいった。

「で？」

と、三津木俊助が反問した。

それから二人は探り合うように、しばらく顔を見合わせていたが、やがて、どちらからともなく、苦っぽろい微笑をうかべたのである。

「白蠟三郎というやつは悪いやつだった。しかし、さすがに女の心を見抜くことだけは、われわれより上手だったようだね」

「そうかもしれません。しかし——」

といいかけたが、俊助はすぐ不愉快そうに口をつぐんでしまった。そして、大きな事務机の上にひろげられた巻き紙の上に眼を落とした。

それは、今朝由利先生のもとに配達された手紙なのである。差出人は白蠟三郎だった。白蠟三郎が獄中から送って来た手紙なのである。俊助はもう一度、その手紙の上に眼を走らせた。


一筆申上げます。

私が諸井慎介君に書き送った手紙について、さぞあなたは不愉快に思っていらっしゃるでしょう。むろんあれは嘘でした。しかし、なぜあのような嘘をつかなければならなかったかということについて、一言弁明させてもらいます。

私はあの鴨打病院の地下室で、梨枝を取り押さえた時、彼女の口から切々たる心情を打ち明けられました。もしあの訴えをきいていたら、あなたといえども必ず心を動かしたに違いありません。ああ慎介君を想う梨枝の恋情の、いかに深く救いがたいものであったか、それをきいた時、私は自分の身にひきくらべて、胸を破られるような気がしました。それにもかかわらず、あの時、私は梨枝に対してどのような態度をとったか。——よろしく御想像にまかせますが、その後、私は一刻として悔恨の情に胸を嚙まれぬ日はありませんでした。

せめてもの罪滅ぼしに、私は梨枝のために何かしてやりたくなりました。しかし、死んでしまった梨枝のために、どのようなことができましょう。それにはただ一つのことしかありません。すなわち、愼介君と月代さんが一つになることを妨げることです。そして愼介君を、梨枝のもとに返してやることです。

これはずいぶん、無慈悲なことのようにも思えました。しかし、考えてみれば月代さんは美しい。だれにでも好かれる女です。年若く色美しければ、どんなことだってできるではありませんか。たとい一時は、愼介君を失った嘆きに、身を破るようなことはあるとも、彼女のような美しい女には、すぐまた愛する人ができるでしょう。彼女は自ら幸福を築くことができる種類の女です。

しかし梨枝はそうではありません。彼女は生涯に一人の人間しか愛することのできない女です。おそらく彼女は何万年生きていたところで、愼介君よりほかに、絶対に愛する男はできなかったでしょう。そしてまた、男のほうでも、絶対に彼女を愛することはないのです。

ここに需要と供給の法則があります。ありあまる資産の中から、たった一つのものを、それだけにしか生命をつなぎ得ない人間に頒《わか》ってやるということはけっして悪いことではないと思うのです。

これはあまりに女の心を蹂《ふ》み躙《にじ》った考え方でしょうか。それとも月代さんは、慎介君を失ったがために、尼になって生涯を送るような人間でしょうか。もしそうお思いになるなら、私は賭《か》けをしてもよろしい。とにかく、月代さんの今後を見守ることによって、私のことばが間違っていたかどうかおわかりになることと存じます。

獄中より　　白蠟三郎拝

俊助はその手紙を読み終わると、ふと眼を傍らにある新聞に移した。そこには次ぎのような巴里《パリ》通信が載っているのである。

「長らく当地に滞在しているソプラノ歌手六条月代嬢は、いよいよ近く意中の人なる石黒謙吉氏と華燭《かしょく》の典を挙げるそうである。ちなみに石黒氏はもとS——汽船会社のチーフ・メートであったが、そのころから六条月代嬢との交情は啻《ただ》ならぬものがあったといわれ、近ごろはもっぱら在留邦人の間に、桃色のうわさを喧伝されていたものである。云々。——」

俊助は新聞から眼を反らすと、由利先生と顔を見合わせて、ほっとため息を吐いたのである。

焙烙《ほうろく》の刑

一

日東映画のスター俳優で、近ごろ白熱的な人気を持っているといわれる桑野《くわの》貝三《かいぞう》は、新橋際で自動車を乗りすてると、人中へ出る時の癖で、帽子をちょっと目深《まぶか》にかぶり直し、外套《がいとう》の襟《えり》を立てると、それから少し急ぎ足で、銀座の舗道を西に歩き出した。

「あら、あれ桑野よ。やっぱりいい男ね」

「いやに済ましてどこへ行くんでしょう」

「きっといい人が待っているのよ。あの様子をごらんなさい。いかにも人目を忍ぶってふうが憎らしいじゃないの」

すれちがった女学生がふたり、わざと聞こえよがしにそんな話をしているのを、しかし桑野貝三はいつものこととて、苦っぽろい微笑のまま聞き流すとそのまま足を急がせていった。

暦を一枚めくると同時に、冬から春へうつったということが、万人の眼にもはっきりと意識されるような、そういう暖かい日の黄昏《たそがれ》どきのことで、名物の銀座の柳も、まだ芽こそふいてはいなかったけれど、どこか厳寒のころとはちがった、ゆったりとした趣きを見せていた。

（いい人が待っている――か、なるほどそれにちがいない。するとだれの眼にもそう見えるのかな）

貝三はちょっと心の中を見すかされたような苦笑をうかべながら、しかしそう考えることは少しも彼の心を浮き立たせないで、反対に、なんとなく彼の足を重くするのだった。

貝三はふと先ほど、撮影所へ電話をかけて来た葭枝《よしえ》の声を思い出していた。

「貝三さん、あたしぜひあなたにお願いしなければならぬことがございますの。あたしを助けると思って、どうぞどうぞ」

最後にどうぞどうぞと力をこめて繰りかえした、葭枝の切なげに思いあまった声の調子が、詩の繰り返しのように貝三の胸を強く打って、すると孤独な葭枝のひとり心を痛めながら、あわれにも困惑しきったありさまが、はっきりと、眼の前に見えるような気がするのである。

何事が起こったのだろう――と考えるまでもなく、葭枝の困っているその原因が、すぐわかるような気がして、貝三は一種の義憤に似た怒りが、胸のところからむらむらと湧《わ》きおこってくるのをどうしようもなかった。

（なにかまた彼女の夫がしでかしたのに違いない。なんという夫だろう。これを思うと、ゆめゆめ芸術家などと結婚するものではない）

と、自分自身、浮薄な社会に身を置きながらも、鋭い正義感をもっていると自認している貝三は、不幸なこのまた従妹《いとこ》の夫に対して、はげしい嫌悪《けんお》を感ずるのであった。

春とはいえ黄昏の風はかなり冷たかった。

その中に、デパートの広告気球がぶかぶかと、さも暢気《のんき》そうにうかんでいるのを、横目でにらみながら、尾張町の角からあまり遠くないところにあるＳ——茶房の前でふと足をとめると、貝三はずかずかと店の中へ入っていった。

「いらっしゃいまし」

顔なじみの家なのである。

店先にいたかわいいキャッシャーが、うれしそうな微笑をうかべながら、何かことばをかけてもらいたそうに挨拶《あいさつ》をしたが、いつになくむっつりとして、無言のまま通りすぎるのを見ると、

（おや、今日はどうかしているわ）

と、いくらか失望したような面持ちで、すらりと背の高い貝三の後ろ姿を見送っていた。

こんなことは貝三にとって珍しいことなのである。愛嬌《あいきょう》のいい彼は、どんな場合に

だって、自分の賛美者を失望させるなんて、思いもよらぬことだったけれど、今日はむやみに心がせいていたのだ。そのままトントンと大股《おおまた》に階段を登っていくと、ズラリと二列に並んだボックス。その中のいちばん奥まった席から葭枝が半身乗り出して手招きをしているのを、いち早く見つけた貝三、つかつかとそばへよっていくと、

「待たせましたか」

「いいえ、あの、それほどでもありませんの」

と、葭枝はいくらか鼻白んだように答えたが、しかし、彼女の前にある紅茶が、まだ手もつけないで、そのまま薄黒く濁っているところを見ると、すでにかなり長い時間を、彼女がここで屈託していたことがわかるのだった。

「失敬しました。なにしろ撮影のほうが抜けられなかったものですからね。これでも十分無理をして、駆けつけて来たのですよ」

近くのボックスから、ジロジロと見られるのを避けるようにして、貝三は葭枝の前に腰をおろすと、

「どうしたのですか。なんだか、顔色が悪いじゃありませんか」

「ええ、あの、たいへん困ったことができましたの。瀬川《せがわ》のことなんですけれど」

「瀬川さんがどうかしたのですか。またどこかへ嵌《は》まりこんだのじゃありませんか」

「実は、そうらしいんですの、でも……」

と葭枝がきまり悪そうに口ごもるのを、貝三は押しかぶせるように、

「それなら別に心配することはないじゃありませんか。毎度のことだ。ほうっておきなさいよ。いずれそのうちに、困ったらまたのこのこと帰って来ますよ」

「ええ」

と、葭枝はいったん伏せた眼をまたおずおずとあげると、

「でも。――こんどはなんだか妙なのよ。実はさっき、瀬川が使いの者に、手紙を持たせてよこしたのですけれど、ちょっと、これ読んでみてくださいません？　中にあなたあてのも入っているんですの」

「ぼくにあてて？」

「ええ、ですからちょっとこれを読んでみてくださいません？　あたし、なんだか不安でしようがないのよ」

葭枝が差し出した手紙を開いて読む前に貝三は肉の薄い、いかにも頼りなさそうな相手の顔を、もう一度つくづくと見直した。

特別に美人というのではない。特別に聡《さと》しげな女というのでもない。しかしいかにも善良そうで、ちょうど大木によりかかっていなければ生きていかれない、蔓草《つるくさ》のような、なよなよとした哀れさが、男の保護欲をそそるのである。

しかし、こういう種類の女は、どうかすると、別の種類の男にとっては、非常に都

合のいい虐待の対象物となる危険があった。貝三は常日ごろ、画家である彼女の夫の瀬川が、どういうふうに、彼女を遇しているのかよく知っているので、今こうして葭枝が、真剣になって夫の身を気遣っているのを見ると、一種名状しがたい腹立たしさを感ずるのだ。

そこで貝三は、その不きげんを露骨に面《おもて》にあらわしながら、葭枝から渡された手紙に眼を落としたが、少し読んでいくうちに、いつしかその不きげんは奇妙な不安の表情に変わってきたのである。

その手紙というのは次ぎのようなものであった。

――葭枝よ。使いの者に持たせてやる、この手紙を読んだら、おまえはただちに以下記してある命令どおり行動してもらわねばならぬ。おまえが私の命令どおりに行動してくれるか否かによって、私の生命は左右されるのだ。

――葭枝よ。私は今たいへん恐ろしい立場にいるのだ。それがどんなに恐ろしい立場であるか、いずれ後に話す機会もあるだろうが、もしおまえがここに記してあるとおりに行動してくれなかったら、私は永遠におまえのもとへ帰っていかれないかもしれない。――私は殺されてしまうかもしれないのだ。このことをよく記憶しておいておくれ。

――さて、以下おまえのとるべき行動について述べよう。

――この手紙を読むと、おまえはすぐに桑野君に電話をかけて、銀座のS――茶房へ来てくれるように頼むのだ。そしておまえはすぐに銀座へ赴き、現金で三万円引き出すと、それを持って茶房へ行き、この手紙に封じてある、桑野君あての手紙とともに、その三万円を桑野君に渡し、そして桑野君あての手紙に書いてあるとおり、桑野君に行動してもらうようにくれぐれも頼むのだ。ひょっとすると、桑野君は私の頼みをきいてくれないかもしれない。しかし、そうなると、私はこのまま人知れず殺されてしまわねばならぬ。だから、おまえの力でなんとか桑野君を説き伏せてくれ。

――返すがえすも、このことは私の一命にかかわる一大事なのだから、そのことを忘れないように。なお、このことは桑野君以外には、絶対に他言無用のこと。

瀬川直人

貝三はびっくりしたような眼をあげて、葭枝の顔を見た。

「妙な手紙ですね。それで、ぼくにあてた分をお持ちですか」

「ええ、ここに持っています」

貝三は葭枝から渡された手紙を、忙しく封を切ると、中身を取り出して読んだ。

——桑野君。

——忙しい中をなんともすまぬ。葭枝をかわいそうだと思ったら、彼女の頼みをきいてやってくれ。

——葭枝はきみに三万円の金を渡すだろう。きみはそれを持って、五時カッキリに尾張町の角に立っていてくれ。すると一台の自動車がきみをそこへ迎えにいくだろう。使いの者は映画できみの顔をよく知っているはずなのだ。そこできみが注意しなければならぬことは、絶対にその使いの者の命令に従わねばならぬということだ。少し不愉快なことがあっても、逆らわずにその男の言うことをきいてやってくれ。このことは非常にたいせつなことなのだ。ただし、危険なことは少しもないのだから、その点安心してくれたまえ。

——なお、葭枝への手紙に書いておくのを忘れたが、彼女には、私の行くまで、そのままS——茶房で待っているように言ってくれたまえ。そして、きみたちが私のこの奇妙な命令どおり行動してくれるならば、私の体には少しも間違いは起こらないのだから、そのことをよくよく葭枝に言いふくめ、けっしてむやみに、立ち騒いではならぬと申し伝えてくれたまえ。

瀬川直人拝

「いったい、この手紙はどうしてあなたの手元にとどいたのですか」

貝三は、二、三度繰り返してその文面を読みかえすと、それを葭枝に見せながらそう尋ねた。

「二時間ほど前に使いの者が持ってまいりましたの。薄汚ない服装をした、人相の悪い男でした。でも、まあ、こんなことをあなたにお願いして……」

葭枝は蒼《あお》ざめた顔をして、貝三の眼を見かえすと、かすかに身ぶるいをするのだ。

「いったい、瀬川さんはいつ家を出られたのですか」

「一昨日――いいえ、その前の日でしたかしら。でも貝三さん、これはいったいどういう意味なんでしょうね。夫はほんとうに、そんな恐ろしい立場に陥っているのでしょうか」

「なんともよくわかりません。しかし、性質のよくないやつにひっかかって、恐ろしい脅迫を受けているらしいことは確かですね。いかにも瀬川さんのやりそうなことだ」

貝三は吐き捨てるように、

「それで葭枝さん、あなたはいったいどうなのですか。ぼくにこの手紙の命令どおりしてもらいたいとお思いですか」

「ええ、それは、あの、むろんですわ。さぞ御迷惑でしょうけれど、どうぞ、どうぞ――」

貝三はしばらく無言のまま、やけに煙草《たばこ》を吹かせていたが、やがて、哀願するような女の眼をきっと見返すと、

「よろしい。ではまあやってみましょう。しかし言っておきますが、葭枝さん、これはけっして瀬川さんのためにするのではありませんよ。ぼくの思うのに、瀬川さんはもっともっと困らせたほうがよいのです。しかし、それではあなたがお気の毒だから――。この手紙は実際うまく、ぼくの心の弱点をついておりますよ。はははははは。時に、金はそこにお持ちでしょうな」

「はあ、持っております。すみません」

「では、ちょうど今四時半ですから、ぼくはそろそろ、この奇妙な遠征に出かけましょうか。なに、心配することはないのですよ。一時間もしたら、瀬川さんを連れて来ますから、あなたは手紙にあるとおり、ここで待っていらっしゃい」

貝三は金を受け取ると、強《し》いて元気よく椅子から立ち上がったのである。

二

「桑野さんでしたね」

角の時計店の大時計が、カッキリと五時を指した時、貝三の前にスルスルと一台の自動車がとまると、中からひとりの男が出て来てそう言った。

「そうだよ。瀬川さんからの使いだろうね」

「そうです。どうぞお乗りください」

いやにのっぺりとした顔の男だった。三方白《さんぽうじろ》の眼で偸《ぬす》み見るように、端麗な貝三の横顔を見ると薄い唇《くちびる》のはしに奇妙な微笑をうかべてそう言った。

貝三はなんとなく、虫の好かぬやつだと思ったが、無言のまま、スッと開いたドアの中に入っていった。男もその後から入るとバタンとドアをしめた。自動車はただちに日比谷のほうへ走り出した。

「失礼ですが、これをさせていただきます」

そう言って男がさしだした黒い布を見ると、貝三は驚いたように、せまい座席の上で身を引いた。

「なんだ、眼隠しをするのかい」

「はい、瀬川さんのお手紙にも、何事も使いの者の命ずるままに、と書いてあったはずでございますが」

三方白の眼があざけるようにニヤニヤと微笑《わら》っているのを見ると、貝三はチェッと舌を鳴らして、男のするがままにまかせた。男はすばやく貝三の眼に眼隠しをしてしまった。

「こんなことをして、いったいぼくをどこへ連れていくつもりだい。これは何かの悪戯《いたずら》なのかね。それとも、真実眼隠しをしなければならぬ必要があるのかい？」

男は黙っている。しばらく、もぞもぞと身動きをしていたが、やがてそのうちに、何やら固いものがピッタリと貝三の横腹に押しつけられるのを感じた。

「おい、きみ、なんとか返事ぐらいしたらどうだね。いったいこんなお茶番に、……」

「黙っていらしたほうがおためですよ。あなたの横腹に押しつけられているものが、なんだかおわかりになりませんか。声を立てたり、むやみに立ち騒ぐとこいつが物を言いますよ」

貝三はポケットに入れていた手を出して、その固いものを探って見たが、すぐギョッとしたように息をのんだ。それは明らかにピストルであった。

それきりふたりは黙りこんでしまった。自動車はかなりの速力を出して、いずこともなく走りつづけている。貝三ははじめのうちこそ、眼隠しをされながらも、その道順で判断しようと努めていたが、そのうちにしだいにわからなくなってしまった。なんだか、同じ場所を何度もくるくると走り回っているようで、方角がスッカリわからなくなったのである。

自動車はこうして、半時間あまりも走りつづけていただろうか。

やがて、その速力がしだいに緩《ゆる》くなったかと思うと、間もなくピッタリと止まった。どうやら、目的の場所についたらしいのである。

「さあ、ここで降りましょう。いや、眼隠しはまだお取りになっちゃいけません。私がよろしいというまで、そのままにしておいていただきます。さあ、手をとってあげますから、足もとに気をつけて。――」

自動車を降りると柔らかい砂利道で、それを五、六歩いくと、五段ほどの階段があった。連れの男がその階段の上でドアをたたくと、やがて、ギイと音を立ててドアを開く気配。それから固い廊下を踏んで、間もなく、部屋の中へ入っていったらしい。なんだか、むっと人を酔わせるようなにおいが、貝三の鼻をうった。貝三は阿片《あへん》のにおいというものを知らなかったけれど、ひょっとすると、これはそうではないかと思われたのである。

「さあ、眼隠しをおとりになってもよろしい」

男の声に急いで黒い布をかなぐり捨てた貝三は、あたりの様子を見回して思わずあっと低い叫び声をあげた。

大きさにして、六畳敷きぐらいもあったろうか、四方を真っ赤なカーテンで包まれた、天井の低い、部屋というよりも、窖蔵《あなぐら》といったほうが当たっていそうな場所なのである。天井から薄暗い裸電気がぶら下がっていて、その下に粗末なベッドがおいてあった。そのベッドの上に、ほとんど全裸体に近い格好をした瀬川直人が、太い荒縄《あらなわ》でぐるぐる巻きにされて、まるで南京米《ナンキンまい》の袋のように投げ出されているのだ。

葭枝の夫としてはひどく年齢が違うのである。四十か四十二、三にもなっているのだろう、放縦な生活のために、荒《すさ》んだ顔の筋肉がいっそう憔悴《しょうすい》して、血走った眼がどろんと白痴のように濁っているのが目についた。

「あ、桑野君か、ありがとう。――なんとも済まぬ――おかげでおれは救われたよ――済まないが、きみ、この縄をほどいてくれたまえ」

「いったい、これはどうしたのです。おいきみ」

と、貝三は連れの男をふりかえって、

「きみたち、この人をどうしようというのだ」

連れの男は答えようともしない。脚のぐらぐらした床几《しょうぎ》に腰を下ろしたまま、ニヤニヤしながら、ピストルをおもちゃにしている。

「いや、いいのだよ、桑野君、話は後でわかる。それよりこの縄をほどいてくれたまえ。ああ、ありがとう、ときに、そこいらにぼくの着物はないか。ぼくが逃げ出さないようにってね、こんな姿にしちまったのだよ」

貝三は手早く荒縄をほどいてやると、だらんとたるんだ相手の醜い腹から、あわてて眼をそらしながらそこらじゅうを見回した。着物はすぐ見つかった。床の上に襦袢《じゅばん》も足袋も二重回しも、いっしょくたに投げ出してあったのだ。

貝三はそいつを取りあげた拍子に、

「や、や、こりゃなんだ！」

と、思わず頓狂《とんきょう》な声をあげてとびのいた。そのとたん、連れの男がきっと眼を光らせると、いきなり彼の前に立ってピストルをつきつけたのである。

「いや、なんでもないんだよ、桑野君」

襦袢を着ていた瀬川氏が真っ蒼になって、

「なにも言っちゃいかん。何も。――話は後でわかる。なんでもないんだ。なんでも。――」

「しかし、――しかし、あれは」

と、貝三がいき込むのを、瀬川氏はいよいよあわてて、

「いや、何も言っちゃいかん、何も言っちゃいかん。きみは何も見なかったんだね。ねえ、きみは何も見なかったのだよ」

瀬川氏が躍起となってなだめるので、貝三はやっと、その恐ろしい物から眼をはなしたが、しかし、瀬川氏がいかにしどろもどろになって言いくるめても、盲目でない以上、貝三はしっかりとそれがなんであるか見てしまったのだ。

瀬川氏の着物の下には大きな南京米の袋が投げ出してあったが、その袋はちょうど

人間の形にふくれあがっているのである。しかも、その袋のはしからじっとりとにじみ出ているのは、まごう方なき血潮なのだ。つまりその袋の中には、だれか人間が――大きさからいってたぶん男であろう――けがをして、あるいは殺されて、詰めこまれているのに違いなかった。貝三はふいに、シーンと体内の血が凍るような恐ろしさを感じた。

瀬川氏はその間に、大急ぎで着物を着てしまうと、

「桑野君、それで頼んでおいたもの持って来てくれたかね」

貝三は葭枝から渡された袱紗《ふくさ》包みをとり出すと、無言のまま、瀬川氏のほうに差し出した。瀬川氏はそれを見ると、すぐ眼を反らして、

「いや、きみが持っていてくれたまえ」

と、例のピストルの男を振りかえって、

「金を持って来てくれたそうだ。その由を奥へ話してくれないか」

三方白の男はニヤリと笑うと、一方のカーテンを開いて、そのうしろにあったドアを軽くノックしながら、

「大将、金を持って来たそうですぜ」

すると、ドアの上のほうについている四角なのぞき窓がスーッと開いて、中から大きなゴムの手袋をはめた手がヌーッと出てきた。だれかドアの向こうがわに立って、

さっきからこちらをのぞいていた者があるらしいのだ。

「大将が金を渡せとおっしゃる。きみ、直接にお渡ししたらよかろう」

ピストルの男がいうのだ。

瀬川氏を見ると、眼をしょぼしょぼさせながら、無言のままうなずいているので、貝三は思いきってドアの前に歩みよった。手袋をはいた手がしきりに催促をするように、指をヒラヒラさせている。その手のひらへ袱紗包みをのせようとして、貝三はふいにギョッとしたように息をのんだ。

手袋の小指の先が少し破れていて、その孔《あな》からきれいにマニキュアをした指がのぞいているのが見えたのだ。指をひらひらさせる拍子に、その爪《つめ》の先についた半月型の白い斑点《はんてん》が、ふと貝三の眼についたが、それよりも何よりも貝三をあんなに驚かしたのは、そのきれいな指が、まごう方なく女のものであることに気がついたからである。

貝三が思わず、

「あ!」

と低い叫び声をあげるのと、その手が袱紗包みを鷲《わし》づかみにするのと、ほとんど同時だった。と思うと、その手は矢のような速さで、のぞき窓の向こうにひっこんで、バターンと小さいドアがしまった。

そのとたん、貝三はプーンとえならぬ芳香に鼻をうたれて、思わず口のうちで、

「ヘリオトロープ！」

と、低くつぶやいたのである。

三

「いったい、これはどうしたのですか」

それから半時間ほど後のことなのだ。

瀬川氏と貝三のふたりは、あれからまた黒い布で眼隠しをされて、自動車でぐるぐるると方々を引きずり回されたあげく、ほうり出されたのは赤坂の溜池付近の路上だった。

自動車はふたりが、その車体番号を見とどけようとする才覚もうかばぬうちに、黒い風のように走り去ってしまった。

その後で眼隠しを解いた貝三は、呆然《ぼうぜん》として瀬川氏の顔を見ながら、怒ったようにそう尋ねかけた。

「どうも済まなかったね。きみまでこんな恐ろしい事件に巻き込んで、なんとも申しわけがない。まあ勘忍《かんにん》してくれたまえ」

「そんなことはどうでもいいのです。それより、あの南京米の袋に詰めこまれていた人間は、いったい、どうしたのですか」

「殺されたんだよ」

「殺された？」

「叱《し》っ、そう大きな声を出さないでくれ」

瀬川氏はすばやくあたりを見回すと、

「そしてね、あいつらは、このおれが犯人だというんだ」

「あなたが？――」

「そうなんだ。そしておれもそれに抗弁することができないんだよ。なにしろひどく酔っぱらっていたものだからね。気がついてみるとね、おれのそばにあの男が――きれいな、絵に書いたような美少年だったよ。――そいつが胸を短刀でえぐられて死んでいるのだ。そして、あいつらはおれが犯人だから訴えて出るというのだ。それをやっとなだめて、三万円で内済《ないさい》にすることにしたのだよ」

貝三はあきれたような眼で、瀬川氏の横顔を見つめながら、

「しかし、いったい、あれはどこなのですか。そして、またどういう場所なんですか」

「おれにもよくわからないんだよ」

「わからない？」

「そうだ、わからないというよりほかに、しようがないだろうな。あれは昨日だった

かしら。それとも一昨日の晩だったな。おれはいつも行きつけの酒場で飲んでいたもんだ。するときみを案内して来た男だね、あの、のっぺりとした男がいっしょに飲んでいて、旦那《だんな》、おもしろいところへ御案内しましょうというんだ。おれはすぐ応じたね。すると相手がいうのに、ただではいけない。眼隠しをしてくれなきゃ困る。なにしろ相手は商売人じゃなくて、素人、それもかなり地位のある夫人だからと言いやがるんだ。その言い草が気に入ったので、つい向こうの言いなりにふらふらと出かけちまったというわけだ」

瀬川氏はそこでいくらか面目なさそうな眼をしわしわとさせると、

「そういうわけで、あそこがどこか、またどういう場所なのか、おれにもさっぱり見当がつかないんだよ」

黒い風がゴーッと音を立ててふたりの周囲を吹きすぎて行く。貝三は思わず外套の襟の中で首をちぢめながら、暗い夜道のあとさきを見回して、

「それにしても、あなたが人殺しをしたというのはほんとうなんですか。三万円の金で内済にしたのはいいが、いずれ殺人事件は世間に知れるでしょう。そうなれば、あなたはいったいどうなるんですか」

「おれにもどうしていいかわからない」

瀬川氏は心底からまいったというふうに、さむざむと肩をすぼめながら、

「しかしね、あいつらのいうのに、屍体《したい》の始末については絶対に心配することは要らない。必ずだれの眼にもつかぬように処分してみせるというのだ。どうもあいつのやり口から見て、そのことばは信用していいように思うのだ。それにあの殺人事件だってほんとうにおれが犯人なのかどうかわかりゃしない。あいつらが殺しておいて、おれに罪をなすりつけようとしているのじゃないかと思われる節もある」

「その前後の事情を、もう少し詳しく話していただけませんか。どうもぼくには不安だから」

「うん、いいとも、しかしきみ、煙草《たばこ》を、一本持っていないかね。なんだか口が粘ってしようがない」

貝三が煙草を出して火をつけてやると、瀬川氏はさもうまそうにそれを吹かしながら、

「あそこへ行く前から、おれはかなり泥酔《でいすい》していたんだ。それをまた、あそこで強い酒をむちゃくちゃにあおってね、それから、なんだか、やけににおいの高い煙草をやたらに吹かしたんだ。するとしだいに意識が混沌《こんとん》としてきて、なにか、こう、ふわふわと風船にでも乗っているような気持ちだったかな。すると女がやって来た。いや、やって来たように思うが、これもはっきり記憶にのこっていない。いや、やっぱりやって来たようだ。そこで、なんだか悪ふざけをしたような覚えがあるから。——その

うちに眠くなって寝てしまった。そしてその次ぎに眼がさめてみると、おれのそばに死人が寝ているんだ。驚いたね。びっくりして声を立てたんだ。すると、例の、のっぺりとした野郎が出て来て、おれが殺したんだと騒ぐんだ。そのあとはきみも知っているとおりだよ」

瀬川氏の話は以上のごとくはなはだ曖昧《あいまい》極まるものであった。第一、話している瀬川氏にしてからが、どこからどこまでが夢で、どこからどこまでが現実なのか、わかっていないらしいのだから、聞いている貝三に、なんとも判断の下しようがなかったのも無理ではなかった。

「とにかく」

と、貝三は暗い地面に眼を落としながら、

「この事件に女が関係しているのは、確からしいですね。あの袱紗包みを受け取った手は、確かに女のようでしたから」

「それなんだ」

瀬川氏も急に生き生きと眼を輝かすと、

「しかもそいつが首領なんだよ。ところでね」

と、そこで急に声を落とすと、

「おれはそいつの正体を探るために、一つの証拠をつかんでいるんだよ。いつかおれはこの証拠をタネにあの女の仮面をひんむいて、今夜の敵《かたき》を討ってやる！」

「あなたはまだこれ以上、この事件に深入りするつもりなんですか」

貝三はあきれたような眼の色をして顔を見直した。

「どうしていけないんだね。こんな馬鹿な眼にあわされて、このまま泣き寝入りができると思うのかい」

瀬川氏はいくらか激したようにそう言ったが、すぐ沈んだ調子になると、

「許してくれたまえ、桑野君、おれは実際、愛想のつきた人間だよ。きみたちとは人種が違うのだね。あんな馬鹿な目にあわされながら、実は、あの女のことを忘れることができないのだ。——だが、まあいい。それより葭枝が心配しているだろう。一つ円タクでも拾おうではないか」

貝三は冷たい夜風に身をふるわせながら、しみじみと葭枝の不幸を思いやったのであった。

四

それから一週間ほどのあいだ、貝三は朝眼がさめると、とびつくようにして新聞の社会面に眼をさらしていた。ひょっとすると、あの殺人事件が、どこか隅《すみ》のほうにでも載っていはしまいかと、毎朝のように不安の胸をとどろかせた。

しかし、それらしい事実もなく至って平穏無事に過ぎているところをみると、彼らは瀬川氏に約束したとおり、巧みに屍体を秘密裏に、葬ってしまったらしいのである。しかし、このことは少しも貝三を安心させはしなかった。反対にいつか発覚しやしないかという秘密の重荷が、鉛のように重苦しく彼の胸を圧迫するのである。

彼はふと友人の三津木俊助という新聞記者のことを思い出した。三津木俊助というのは、新日報社に席をおいている花形記者で、犯罪事件に対して、特殊な敏腕を持っている男なのである。

（あの男に相談してみたら。――）

と、貝三はよっぽど心を動かしたのだけれど、まさか瀬川氏に無断で、それを決行するわけにもいかなかった。

そこである日、貝三は、瀬川氏の意見を質《ただ》すために代々木の邸宅へ、久しぶりで訪ねていったのである。その日、葭枝はあいにく不在だったが、瀬川氏は珍しくアトリエに閉じこもって製作に余念がなかった。

このアトリエというのは、母屋からかなり離れた庭の中にぽつんと一軒独立して建っている建物で、日ごろから瀬川氏のほかにはめったに人を入れぬ習慣になっているのだが、今日は珍しくそのアトリエへ貝三を案内した。

瀬川氏は貝三を迎えると、描きかけの大きなカンバスの上に白い覆いをして、きげんよく彼のほうに向き直ったが、用件を聞くとすぐ渋面を作って猛烈に反対するのだ。

「いけない、いけない！」

瀬川氏は大きな眼をむいて、

「その三津木俊助という人が、どういう人物か知らないけれど、根が新聞記者じゃないか。新聞記者などにこんなことを話してたまるもんか」

「いけませんか。その男は、新聞記者とはいえ、十分信頼のできる人物なんですがね」

貝三が残念そうにいうのを、瀬川氏は強く両手でおさえつけるようにして、

「だめ、だめ、相手がどういう人物であろうとも、ここしばらく絶対にこのことは秘密にしておいてくれたまえ。葭枝にすら秘密にしているおれの心遣いを、きみもよくわかってくれるだろう。それにね」

と、そこで瀬川氏は急に声を落として、

「おれだって、けっして怠けていたわけじゃないのだ。どうやら目星がつきかけてきているんだよ」

「目星がつきかけているというと？」

「あの女の正体がわかりかけてきたのだ。恐ろしい女だ、実に恐ろしい女だ。いや、その女よりもね、そいつについている男が恐ろしいのだよ。桑野君」

と、瀬川氏は急に噛《か》みつきそうな眼をすると、

「きみも気をつけなくちゃいけないぜ、きみも葭枝もだ。なにしろ相手は悪魔のような男だからね。きみ、木の義足をはめている男でね、顔じゅうまっくろな痣《あざ》のあるやつに会ったら、気をつけなくちゃいけないぜ。そいつは悪魔だ、人を殺すことぐらい、なんとも思っていない、実に恐ろしいやつなんだ」

瀬川氏はそういうと、それきり魚のように黙りこんでしまったのである。

こうして貝三の不安は、瀬川氏に会って少しでも軽くなるどころか、いよいよ重くなるばかりだった。しかし、彼とても別に職業を持っている体なのだから、いつまでも、正体の知れぬ事件にかかりあっているわけにもいかないのだ。

木の義足をはめた、顔じゅうに痣のある男。――

なんとなく、そんなことが気になりながらも、一つの撮影が終わると、すぐそれに追っかけて、目下伊豆でロケーションをやっている、他の組へ単身加わらねばならなかった。

それは天城の山が美しく晴れた午後だった。

貝三は修善寺から自動車を雇うと、ただ一人先発隊のあとを追っていた。東京もこの二、三日、めっきりと暖かになっていたが、さすがに伊豆半島の風光は、それと比べものにならないほど春めいていた。自動車が山道にさしかかると、あちらからも、

こちらからも藪鶯《やぶうぐいす》のささ鳴きが聞こえた。

こういう天候にめぐまれると、映画俳優という職業も、けっして楽しくないことも

ない。貝三はうっとりと車窓にもたれて、暖かそうな伊豆の山々をながめていた。

その時、ふいに奇妙な音がして、自動車がひと揺れ、大きく揺れたかと思うと、ス

ーッと空気の抜けるような音とともに、ピッタリと動かなくなってしまった。

「ど、どうしたんだ」

「すみません。パンクしたようです」

運転手はすぐ路上にとびおりると、チェッ、と舌を鳴らして、

「畜生、こんなところに瓶《びん》の破片を投げだしていきやがったものだから」

「修繕に手間どる模様かね」

「どうも、これじゃお気の毒ですが」

「困ったね。二時ごろまでには向こうへつくって電報を打っておいたんだからな」

腕時計を見ると一時半を過ぎているのだ。貝三も自動車から出ると、暖かい春の路

上へおりてみた。なるほど、ひどいガラスの破片なのだ。貝三がいまいましそうに靴《くつ》

の先でそいつを蹴《け》っていると運転手が突然声をあげた。

「あ、後から自動車が一台やってまいりました。あいつに一つ交渉してみましょう

か」

「うん、そうしてもらえるとありがたいな」

運転手はすぐ駆け出すと、手をふって自動車を止め、しばらく立ち話をしていたが、やがてゆるゆるとこちらへ帰って来た。見るとその自動車の運転台に座って、ハンドルを握っているのは、軽やかな洋装をした美人だった。

「旦那、いいそうです。どうぞお乗りくださいって」

「それは」

と、貝三はいくらか気おくれがしたように、帽子に手をやると、

「どうも御無理を申し上げてすみません」

「いいえ、なんでもありませんわ。こんなところで故障を起こされちゃ、困るのはだれしも同じことですもの」

「そうですか。ではお邪魔させてもらいましょう」

貝三がドアを開こうとすると、

「あら、それよりこちらへお乗りになりません？　こんな日には、運転台のほうが気持ちがよろしゅうございますわ」

女はそう言って運転台のドアを開いた。

「そうですか。そいつはどうも」

貝三が運転台に乗り込むと同時に、女はスターターを入れた。その拍子に貝三はプ

ーンとヘリオトロープのにおいをかいで、思わず女の顔を見直したのである。

まだ二十五、六の、眼もさめるような美人なのだ。着ていた外套をうしろに脱ぎすてて、すんなりとした肩から腕への曲線が、春日をうけて軽い動揺に躍っている。うっすらと汗ばんだ額が、輝くばかり美しかった。

「こちらはやっぱり暖かですわね。どちらまでいらっしゃいますの」

「湯ヶ島までお願いします」

「そう、あたし天城を越えて、蓮台寺まで行ってみようと思っていますの。湯ヶ島はロケーション?」

「え?」

「あら、お隠しにならなくてもよござんすわ。あたしよく存じあげていますわよ。あなた、桑野さんでしょう。あたし、こう見えてもあなたのファンよ」

「これは恐れ入りました」

「何も恐れ入らなくてもいいのよ。桑野さんだと知ってたからこそお乗せしたの。でなければだれが承知するもんですか。どう? ロケーションなんか蹴って、あたしといっしょに下田まで駆け落ちをしない」

「これはどうも。でも向こうへ行けば待っていらっしゃる方がおありなんでしょう。いよいよとなって背負い投げを食わされるなんざ、あんまり気が利かない話ですから」

「あら、いやだ。あたしにそんなものがあると思っていらっしゃるの」

女はそう言って、それきりプッツリとことばを切ってしまった。春風がゆるいウェーブを快くなぶっている。ほんのりと上気したその横顔をながめながら、これはいったいどういう女なのだろうかと貝三は考えるのである。

人妻とも見えないし、むろん処女ではない。さすが物慣れた貝三もちょっと判断に苦しむような種類の女であった。

「あら、どうなすったの。急に黙りこんでおしまいになったのね。今のは冗談よ。あなたなんかと駆け落ちをするなんてあたし真っ平よ」

「おや、それはどういうわけですか。ひどく愛想をつかされたものですね」

そう言いながら、貝三はふと女が胸にかけている首飾りのさきに、下がっている奇妙な垂れ飾りに眼をやった。それは奇妙な垂れ飾りなのである。縞瑪瑙《しまめのう》か何かであるらしかったが、女には不似合いな髑髏《どくろ》の形をしているのだ。しかもその髑髏が真っ二つに割れて、あとの破片だけがブラブラとぶら下がっているのである。

「その理由はね。あなたのような人気者をさらっていくと、たくさんのファンに恨まれるもの。女の恨みってそれは怖いのだから。でも、せっかくこうして御懇意になったのだから、このままお別れするのは残念ね。あなた、その外套のポケットにあたしの名刺入れが入っていますから、ちょっと出してくださらない」

貝三は言われるままに、外套のポケットを探って名刺入れを出してやった。

「その中にあたしの名刺があるでしょう。ああ、それそれ、それがあたしの名前よ。東京へ帰ったら一度そこへあたしを訪ねてちょうだいよ」

名刺を見ると降旗《ふりはた》珠実《たまみ》とあった。ところは渋谷なのである。

「ねえ、お約束してよ。ぜひ遊びに来てちょうだいよ。あたし毎日退屈しきってんの。遊びに来てくださらないと、こちらからお電話してよ」

「ええ、ぜひお伺いします」

「そう、じゃ約束もきまったわ。さあ、どうやら湯ヶ島までまいりましたよ」

貝三が自動車からおりる時、珠実は自分のほうから手を出して握手を求めながら、しかも鹿皮《しかがわ》の手袋をはめたまま、それを脱ごうとしなかったのが、なんとなく貝三の気にかかった。

五

湯ヶ島のロケーションが思ったより長くかかって、貝三が帰京したのは、それから一週間ほど後のことだったが、その間に東京ではちょっと変わったことが起こっていた。久しぶりにアパートへ帰って来ると、留守中、葭枝から毎日のように電話がかかってきたという女中の報告なのである。

はてな、何かまた、瀬川氏がしでかしたのではないかしらと、貝三は不安になりながら自分の部屋へ帰ってみると、卓上に一通の封筒がおいてある。筆跡を見るとまごう方なき瀬川氏からの手紙であった。切手がはってないところから察すると、郵便で来たものではなく、だれか使いの者が持って来たらしい。「必親展」と書いた文字に、ドキッとしながら封を切ってみると、中には万年筆の走り書きで、次ぎのようなことが書いてあるのだ。

――桑野君。おれはとうとう例の女を発見したよ。おれはさっそく女のもとに乗り込むつもりだ。その結果が果たしてどうなるかわからない。なにしろ向こうは恐ろしい怪物のことだ。ふたたび生きてお眼にかかれるかどうか、それすらも疑問なのだ。ここにいつか話した証拠の品というのを同封しておく。しかしきみはなるべくこの事件に近よらないようにしたまえ。葭枝のことをよろしく頼む。

瀬川直人拝

――二伸、木の義足をはめた、顔じゅうに痣のある男に出会ったら必ず警戒したまえ。

そして、その手紙の間からころりと転がり出した品物を見たときには、貝三は思わずさっと顔色を変えたのである。

髑髏の形をした縞瑪瑙の飾り物なのである。しかも真ん中から真っ二つに割れた、その破片なのであった。同じような縞瑪瑙の飾り物が、絶対に二つないとは言えなかったかもしれない。しかし、真っ二つに割れたその破片が、そう方々にあるわけはなかった。

貝三はとるものも取りあえず、電話室へ駆けつけると、瀬川の家へ電話をかけてみた。瀬川氏の留守なことは、あらかじめ期待していたところだったけれど、葭枝まで昨夜から帰宅しないという、向こうの女中のことばをきいて、貝三はハッと胸をつかれる思いがした。

「それで、瀬川氏はいつごろからいないの」

「さあ、もうかれこれ一週間になりましょうか。奥様はたいへんそれを御心配なすって、毎日のようにあなた様のところへお電話したのですけれど、お留守だとのことで、たいへんお困りの様子でいらっしゃいました」

「それで、昨夜はいつごろからお出かけになったの」

「それが妙なのでございますよ。だれひとりお出かけになったところを見かけたものはありませんのに、今朝になってみるとお姿が見えませんので」

いよいよ、ただごとではないと思った。瀬川氏と葭枝の身に何か間違いが起こったのに違いないのだ。そしてそれを救うことができる者は、自分よりほかにいないのだ。貝三は大急ぎでこのあいだ、女からもらった名刺を探し出した。

（よし、あの女のところへ乗り込んでやろう。この縞瑪瑙の垂れ飾りの破片が何よりの証拠ではないか）

しかし、そう考える下から、貝三はまたふっと、一種の不安を感ずるのだ。

（なんだか話があまりうますぎる。何かこれには罠《わな》があるのじゃなかろうか。第一、あの女と、あそこで会ったというのからして、自分を引っ張り出そうとする陥穽《おとしあな》ではなかったかしら。第一、証拠になるような垂れ飾りを、いつまでもぶら下げているというのからして、はなはだ怪しいじゃないか）

貝三はしばらくとつおいつ思案を定めかねていたが、しかし、結局、ここから手をつけていくよりほかに方法がないと気づいた彼は、とうとう最後の決心を定めた。しかし、その前に詳しい事情を書き記した手紙を、友人の三津木俊助のもとに届けることを忘れなかったのである。そしてこのことが非常に有効だったということを後になって気づいたのである。

六

「よくいらっしゃいましたわ。こんなに早くお眼にかかれるなんて、あたし夢にも思っておりませんでしたの」

降旗珠実――これが本名であったかどうかはなはだ怪しいものであるが――はそう言って貝三を美しい小房に招じ入れた。

見ると彼女の胸には、相変わらず縞瑪瑙の垂れ飾りがぶら下がっているのである。

(この狸《たぬき》め、何を吐《ぬ》かす)

貝三は肚《はら》の中で舌打ちをしながら、それでも表面だけは愛嬌《あいきょう》よく、

「すると奥さんは、ぼくがそんな恩知らずだと思っていらしたんですか。それだとぼく、いささか不服ですな」

「あら、そんなわけじゃけっしてありませんの。それからおことばを返して失礼ですけれど、あたし奥さんじゃありませんから、どうぞそのつもりで」

「これは失礼。では、なんとお呼びしたらいいのですか」

「珠実と言っていただきますわ」

「それじゃ、珠実さん」

「なあに」

「このあいだはありがとうございました」

「あら、いやだ。今ごろになってお礼をおっしゃるの」

「いけません？」

「いけませんとも。お礼というものはね、会った時、最初に言うものよ」

「はいはい」

「ときにお酒めしあがる」

「そうですね、あまり強くないやつなら。——だけど大丈夫ですか」

「何が——？」

「だって、こんな狭い部屋で差し向かいになっているの、だれかに悪いような気がしますよ」

「ああ、そのことなら、あたしのほうは大丈夫なの。だけどあなた御迷惑ならお引きとりくだすってもいいのよ」

「いや、ぼくのほうは迷惑どころか。——」

と、言いさして貝三は思わずちかりと眼を輝かした。今しも貝三の前の小さなグラスに、酒を注ごうとする女の小指の爪に、見覚えのある半月型の白い斑点を認めたからなのである。

（やっぱり、この女なのだ！）

貝三は思わずふかい息をすいこんだ。

「おや、どうかなすったの、深呼吸なんかなすって」

「いや、なんでもないのです」

と、言ったはずみにグラスを取りあげた貝三は、勢いよくそいつを飲み干したが、その拍子にしまった！　と心の中で叫んだ。

女の眼が狐《きつね》のように狡猾《こうかつ》に輝くのを見たからである。と、思うと、四方の壁がドッと自分のほうへのしかかってくるような気がして、ふいに耳の中がジーンと鳴り出した。手脚が急に千鈞《せんきん》の重みとなって舌がツーンと釣りあがった。

「あら、あなた、どうかなすったの。お加減でも悪いのじゃありません？」

女はそう言って、じっと貝三の顔を見ていたが、やがてニヤリと微笑《わら》うと、卓上の鈴を取りあげてそれを振った。すると、それに応じてコトコトと妙な足音をさせて、この部屋へ入って来た人物があった。

「お客様、お気分がお悪いようですからいつものところへお連れなさい」

「はい」

と、答えて、その妙な足音の主が、貝三の眼の前に立ったところを見ると、この男は顔じゅうに真っ黒な引きつりがあるのである。

あ、痣の男！

そう思ったとたん貝三はフッと気が遠くなってしまった。

——それからどのくらいたったか。

気がついてみると、貝三は固いベッドの上に寝ているのだ。

そして、自分の上にのしかかるようにして、顔をのぞきこんでいるのは、意外にも葭枝なのであった。

「あ、葭枝さん」

貝三はふらふらとベッドから立ち上がると、

「ぼくは——ぼくはどうしたのですか。あなたがぼくを救ってくださったのですか」

葭枝は悲しげに眼を伏せて黙っている。ふいに涙がポロリと彼女の頰《ほお》にこぼれ落ちた。

「どうしたのです。——どうしてあなたは泣いているのですか」

「だって——だって」

と、葭枝はおびえたような眼を見張って、

「あなたはあの音が聞こえませんの。あの釘《くぎ》を打つ音が——」

なるほど、どこか身近なところで、トントンと釘を打つ音が聞こえる。

「あれがどうかしたのですか」

「あれはね、棺桶《かんおけ》にふたをする音なのですわ」

「棺桶——？」

「ええ、そうよ。そうしてこの狭い部屋があたしたちには棺桶も同然なのよ。あの人たちはここへあたしたちを閉じこめて、殺してしまうつもりなんでしょう。あれはドアに釘を打つ音なんですわ」

貝三はそれを聞くと、ぎょっとして、部屋の中を見渡したが、そのとたん、彼はハッキリとここがどこであるかを知ったのだ。この部屋こそ、いつか瀬川氏が捕虜にされていた、あの窖蔵《あなぐら》のような一室ではないか。

「葭枝さん、そして瀬川さんはどうなすったのですか。瀬川さんももしや殺されたのでは。——」

葭枝はそれを聞くと、急にがばと寝床の上に泣き伏して、

「ああ、あなたは、何も御存じないのですわ。ああ、恐ろしい。あたしだけならともかくも、何も御存じのないあなたまで、こんな羽目におとしいれて。……」

葭枝はそこまで言うと、ふいにおびえたように顔をあげた。その時、ドアの上部にあるのぞき孔が開いたからである。

貝三が振りかえってみると、そこから例の顔じゅうに痣のある男が、猿《さる》のように白い歯をむき出して、こちらを見て嗤《わら》っているのだ。その眼つきの恐ろしさは、一瞬間、貝三の血をシーンと凍らせたくらいである。

のぞき孔はすぐしまった。

そして、コトコトと木の義足を引きずるような足音がしだいに、向こうへ遠ざかっていった。

「いったい、あれは何者ですか」

「あなた、まだお気づきになりませんの。あれは——あれは——」

「え？　あれはだれですか」

「あれは、——」

と、言いかけて、ふいに葭枝がきゃっと叫び声をあげた。その声に貝三が振りかえってみると部屋の隅にある小さな孔から、真黄な色をした煙が、濛々《もうもう》と渦《うず》を巻いてこの部屋の中に入ってくるのである。強い硫黄《いおう》のにおいがプーンとふたりの鼻をついた。

「あ」

貝三が夢中になってその孔をふさぎにかかろうとするのを、うしろから葭枝が抱きとめると、

「だめよ貝三さん、どうせあたしたち助かりっこないわ。だからむだな努力はよしましょう。それより、貝三さん、あたしの体をしっかり抱いていて、ねえ、お願いだからあたしの体を離さないで。あたし、あなたに抱かれて死にたいのよ」

「葭枝さん、はっきり言ってください。あなたはあの痣の男の正体を知っているので

ですもの」

「ああ、何もかも言ってしまいましょう。どうせふたりとも間もなく死んでしまうのですね」

「だれです。そしてここはどこですか」

「知っています。そしてここがどこだかも」


強烈なにおいをもった煙は、ますます勢いよく部屋の中にしみこんでくる。その煙にむせびながら、葭枝は涙を流して、

「あれは瀬川なのよ。そしてこの部屋は、あなたも御存じのアトリエの一室なのよ！」

「なんですって！」

貝三はふいに床が真っ二つに裂けるような、大きな驚きにうたれた。

「ここは、瀬川さんのアトリエですって？」

「そうなのよ。何もかも瀬川のお芝居なのよ。人殺しなんかありはしなかったのです。あなたを誘い出した男も女もみんな瀬川に雇われた役者なのよ。貝三さん、許して。あたしが毎日毎日、あなたのことを日記に書いておいたのがいけなかったのよ。瀬川はその日記を読んで、嫉妬《しっと》のために気が狂ってしまったのだわ。そして、あたしたちを殺すために、こんな回りくどい方法をとったの、あの人は気違いよ。でも――でも、

あたし幸福だわ。——こうして、こうして、あなたの手に抱かれて、あなたといっしょに死ねるのだもの」

七

しかし、彼らがそのまま死んでしまわなかったことは、諸君もお察しのとおりである。

古来多くの物語が示しているとおり、この物語においても最後の土壇場になって、救いの主が現われた。

貝三が友人三津木俊助に書き送っておいた、あの手紙が役に立ったのである。三津木俊助はこの手紙を読むと、ただちに有名な私立探偵《たんてい》の由利先生のもとを訪れたのである。

そして由利先生の活動によって、このアトリエが突きとめられ、危ない瞬間にふたりの生命は救い出されたのだ。

「ああ、私たちは救われたのですね」

だだっぴろいアトリエの床に寝かされて、パッチリと眼を見開いた貝三は友人の三津木俊助とそのそばにいる白髪の由利先生の顔を見ると、嘆息とも感謝ともつかないため息を漏らした。

「葭枝さんは？」

「大丈夫。今母屋のほうに連れていって、介抱させてあります。心配することはありませんよ。じき元どおりになりますよ」

俊助が元気よく、てきぱきとした口調で言った。

「そして、瀬川氏は？」

貝三がおずおずとした声で尋ねると、由利先生が振りかえって、

「ああ、瀬川氏というのはこの人じゃありませんか。カンバスに向かって、絵筆を握ったまま、ここに死んでいるのですがね」

貝三が恐ろしそうにのぞいてみると、それは正《まさ》しく瀬川直人に違いなかった。

「どうしたのでしょう。毒でも飲んだのでしょうか」

「いや、おそらく興奮のあまり心臓麻痺《まひ》でも起こしたのでしょう。ごらんなさい。この恐ろしい絵を。これはあなた方の断末魔の光景を描こうとしたのじゃありませんか」

そう言われてのぞいてみると、暗いカンバスの上に、ふたりの男女が真っ裸にされて、大きな鉄鍋《てつなべ》の中で煎《い》られてもがき苦しんでいるところが描いてあった。

しかもその男女の顔というのが、貝三と葭枝にそっくり同じなのだ。

「妙な絵だね。そこになんだか、文字が書いてあるじゃないか。なんと書いてあるの

だね」

由利先生のことばに、三津木俊助がカンバスの上に顔を近づけて、おぼつかなげにそれを読みとった。

「焙烙《ほうろく》の刑」

花髑髏
<ruby>はな<rt></rt></ruby><ruby>どくろ<rt></rt></ruby>

匿名の手紙

由利《ゆり》先生のような仕事をしているものにとっては、差出人不明の手紙に悩まされるということはたいして珍しい経験ではないのだが、さすがにその朝舞いこんだ匿名の手紙ほど、世にも奇怪な色彩をおびたやつを受け取ったのは先生もはじめてだった。その手紙というのは、だいたい、次のような文句なのである。

由利先生。
世間の評判によると、あなたは今まで一度も失敗したことのない名探偵《たんてい》だそうですね。それがほんとうなら、ぜひともあなたにお知らせしたいことがあります。いまある所で世にも恐ろしい殺人事件が起ころうとしています。いや、こういううちにも、着々として血なまぐさい殺人計画が進められているかもしれません。私はある理由から、この殺人事件の内容を知悉《ちしつ》しているのですが、あまり恐ろしい、そしてあまり取りとめないことなのでここにはっきりと名前をあげて申し上げることのできないのを残念に思います。しかし、私の申し上げることはけっしてでたらめではないのです。犯人は世にも狡猾《こうかつ》な、世にも恐るべきやつです。そしてそいつと太刀打ちのできるのは、由利先生、あなたよりほかにはないのです。

先生、お願いです。明五月十五日正午ごろ、牛込M町の二本榎《えのき》の下で待っていてください。そうすればこの奇怪な手紙が、けっしてでたらめでなかったことがおわかりになるでしょう。

五月十四日　花髑髏《はなどくろ》

「三津木俊助君、きみはこの手紙をどう思うね」

市谷のお濠《ほり》を見下ろす閑静な由利先生の寓居《ぐうきょ》、その二階なる先生の応接間に向かいあっているのは、言わずと知れた由利先生と、新日報社の花形記者三津木俊助。この二人のコンビからなる幾多の探偵譚《たんていだん》は、諸君にとってすでにおなじみのはずである。

俊助はひととおりその手紙に眼を通すと、思わずきっと眼をそばだて、

「なんです、いったいこれは。私もずいぶん匿名の手紙を見てきましたが、こんなのははじめてですね。だれかの悪戯《いたずら》じゃありませんか」

「わしもこんな手紙を受け取るのははじめてだよ。しかしね。三津木君、わしはこれ

を単なる悪戯とは思えない。悪戯にしては事柄があまり妙だからね。それにこの手紙をよく見たまえ。何かしら文面をはなれて、妙に人をいらいらさせるようなところがありはしないかね」

「そうですね」

俊助は安っぽいレターペーパーに書かれた、まずい金釘流《かなくぎりゅう》の文字を拾い読みしながら、

「わざと筆跡をかえて書いたのですね。それに署名が変わっているじゃありませんか。花髑髏とはいったいなんのことでしょう」

「わしにもわからないよ」

由利先生はぼんやりと窓外に眼をやりながら、吐き出すように言った。初夏の強い陽差《ひざ》しが、くわあっと白い道路にやきついて、お濠端の柳が、あるかなきかの風にそよいでいる。由利先生は思わずしわしわと瞬きをすると、くるりと俊助のほうへ向き直って、

「しかしね、どうもわしにはこの手紙は気に食わんよ。第一この手紙の主はわしに救いを求めようとしているのか、それともわしに挑戦《ちょうせん》しているのか、それさえよくわからん。しかし、何かしら恐ろしい事件のにおいがするのだ。この香《か》ぐわしい五月の空気から、わしは血みどろな地獄絵巻のにおいを嗅《か》ぎわけることができるような気がす

るのだ。いやだね。何かしらわしはゾーッとするよ」

　由利先生はそう言って、さむざむと肩をすぼめたが、すぐ次の瞬間には、獲物を嗅ぎつけた猟犬のように鋭い眼つきをした。

「どうだ、これから一つ指定された二本榎まで出かけてみないかね」

「え、ほんとうに行くんですか」

「そうだ、今日は手紙にある五月十五日、正午といえばもうすぐだ。それともきみは手のはなせない用事があるのかね」

「いや、仕事のほうはどうにでもやりくりがつきます。しかし、驚きましたね。先生がこんな匿名の手紙を真《ま》に受けるなんて。よござんす。それじゃお供しましょう。もしこいつが事実だとすれば素晴らしい特種《とくだね》になるんだがな」

　俊助がつねに素晴らしい特種をつかんでくるのも、底をわれば由利先生という偉大な探偵が材料を提供してくれるからである。しかしさすがの由利先生も、その時受け取った匿名の手紙の中に、どんな陰険な悪だくみがかくれていたか、よほど後になるまで気がつかなかったのである。

長持《ながもち》の中

市谷薬王寺《いちがややくおうじ》。

閑静なその屋敷町の一角にある、俥宿《くるまやど》の帳場の奥で、さっきから講談本を拾い読みしていた車夫の勝公《かつこう》は、帳場の前に立った人の気配に、ふと本をおいて顔をあげた。

「日下《くさか》の屋敷から来たものだがね、ちょっと頼みたいことがあるのだが」

くゎあっと燃えるような白い道路に立っているのは、空色の合《あい》トンビを着た小柄の男。帽子を目深にかぶって、おあつらえの黒眼鏡、それにこの暑いのに大きなマスクをかけているので、さっぱり人相がわからない。男はマスクの奥で、もぐもぐと低いききとれないほどの声で言った。

「へえへえ、毎度ごひいきにありがとうございます」

勝公が帳場からとんで出ると、

「いや、俥に乗るんじゃないんだ。ちょっと届け物をしてもらいたいんだ」

「届け物？　へえへえ承知しました」

「これから日下の屋敷へいくとね、玄関に大きな長持《ながもち》がおいてあるからね、それを持って牛込の馬場下まで届けてもらいたいんだ」

「長持？　へえ、しますと荷車がいりますな」

「荷車はないのかい」

「いえ、じき調達してまいります。して馬場下はどなた様のお宅へ届ければよろしいんで」

「日下《くさか》瑛一《えいいち》さんの宅だが、M町の二本榎のすぐそばだそうだ」

「ああ、若旦那《わかだんな》のお家ですね。よござんす。それじゃすぐ荷車を調達しておうかがいします」

「そうしてくれたまえ。ああ、それからね、日下の屋敷には今だれもいないんだが、構わないからきみ一人で長持を運び出してくれたまえ。大丈夫だろう。きみ一人で」

「へえへえ、長持くらい、なあに造作《ぞうさ》はございません」

「そう、それじゃ頼んだよ」

合トンビの男は終始、もぐもぐと低い声で、それだけのことをいうと、コトコトと帳場の前を離れて日下の屋敷のほうへ歩いていった。歩いていくところを見ると、その男は軽く左の脚を引きずるようにしているのだ。

「おっ母《かあ》」

帳場の奥から顔を出していた女房《にょうぼう》と眼を見合わせると、勝公は思わず低声で、

「おまえ、いまの人を知っているかい」

「知らないね。日下さんのお屋敷の方なら、みんな知ってるが、あんな人見たことがないよ。なんだか薄気味の悪い人じゃないか。今時、あんな大きなマスクをかけたりしてさ」

「そうさね、だがまあいいや、大事なお得意だ。しくじっちゃいけねえ」

勝公が荷車をひいて、威勢よく日下の屋敷へやって来たのはそれから十分ほど後のことである。大事なお出入りなので勝公はかなり詳しくこのお屋敷の内情を知っていた。

主の日下瑛造《えいぞう》というのは、有名な精神病の学者だとのこと、家族はその瑛造のほかに一人息子の瑛一に、瑠璃子《るりこ》という美しい養女が一人、ほかに宮園魁太《みやぞのかいた》という少し知恵の足りない、というよりむしろ白痴に近い書生に女中が二人、という六人暮らし。もっとも一人息子の瑛一は、近ごろ親父と大衝突をして、家をとび出したというううわさはきいていたが、その瑛一が馬場下に住んでいるということは勝公にも初耳だった。

勝公が玄関へ荷車をひきこむと、なるほどそこに黒塗りの大きな長持がおいてある。二、三度声をかけてみたが、さっき合トンビの男もいったように屋敷の中にはだれもいないらしく、しいんと静まりかえっていて返事もなかった。合トンビの男も姿を見せない。

勝公はちょっと妙な気がしたが、もとよりあまり知恵の回るほうでもないから、深く怪しみもせずに長持に手をかけた。何が入っているのか長持は意外に重かったが、どうやらそれを荷車に積み上げると勝公はすぐガラガラとそいつをひき出した。

薬王寺から馬場下まで、そうたいした距離でもない。しかし午近《ひる》い五月の陽差しは焼けつくように暑いのだ。勝公がグッショリ汗になって、M町の二本榎までたどりついた時、ちょうど正午のサイレンが鳴った。

見るとその二本榎の木陰に、洋服姿の二人の紳士が、人待ち顔にたたずんでいる。

「ちょっとお尋ねしますが」

と、勝公は片手で汗をふきながら、その二人づれのほうへ近寄っていった。

「この辺に日下瑛一という方はありませんか」

「さあ、知らんね、ぼくはこの辺の者じゃないのだから」

若いほうがそっけなく答えた。

「そうですか、馬場下だというんですがね。この二本榎のすぐそばだというもんですから」

「馬場下ならその道を入ればいい」

「へえ、さようで、ありがとうございます」

勝公が行きかけた時だ。突然年嵩《としかさ》のほうがあっと叫んだかと思うと、いきなり勝公のそばへとんで来て梶棒《かじぼう》に手をかけた。

「おいきみ、その車に積んであるのはなんだ」

「はあ、これで？　御覧のとおり長持ですよ」

「長持はわかっているが、中に入っているのはなんだ」

「へえ」

勝公は不審そうに瞬きをして、

「さあ、そこまでは存じません。お得意様に頼まれて、馬場下まで届けに行く途中なんで」

「見ろ、きみにゃこれが見えないのかい」

紳士のことばに、指された路上に眼をやった勝公は、いきなりわっと叫んで梶棒を離したからたまらない。長持はズルズルと車から滑ってドシンと乾いた土の上へ落ちた。見るとその長持の裂目から、点々として白い土の上に垂れているのは真っ赤な血潮だ。

紳士はやにわにその長持にとびついてかけがねに手をかけた。幸い長持には錠がおりてなかった。少し緩んだかけがねをピンと外して蓋《ふた》をとった刹那《せつな》、三人は思わずわっと叫んでうしろにとびのいたのである。

長持の中には花のような断髪の美人が、猿轡《さるぐつわ》をかまされ、赤い扱帯《しごき》でぐるぐる巻きにされて、屍蠟《しろう》のようにぐったりと。

灰神楽《はいかぐら》

「三津木君、あの手紙はやっぱりでたらめじゃなかったんだぜ」

「先生！　こいつは――こいつは素晴らしい特種だ」

いうまでもなくこの二人づれとは、由利先生に三津木俊助。由利先生は一瞬の驚きが去ると、すぐ落ち着いた様子で女の胸に手をあてた。

ゾッとするような美しい女、しかも軽羅《うすもの》の裾《すそ》も乱れて、淫《みだ》らなほどに艶冶《えんや》たる姿態。由利先生は女の胸に手をあてると、すぐおやという表情をして、

「まだ生きている。気を失っているのだ」

見ると、むっちりとした肩のあたりに、ぐさっと一本の短刀が突き立って、そこから泡《あわ》のような血がぶくぶく吹き出しているのだ。

「おい、きみ」

車夫のほうへ振りかえって、

「きみはこの人に見おぼえはないかね」

意外なできごとに、ぼんやり突っ立っていた勝公は、この時はじめて女の顔を見て、

「あ、日下のお嬢さんだ！」

「よし」

由利先生はバタンと蓋《ふた》をすると、

「三津木君、向こうに医者の看板が出ていたね。きみちょっと、長持のままこのけが人を連れていってくれたまえ」

「先生は？」

「わしはこれから、この人といっしょに長持の届け先へ行ってみる。日下とか言ったね」

「へえ、日下瑛一さんで、このお嬢さんの――」

「いや、話はあとで聞こう。それじゃ三津木君、そちらのほうは万事頼んだぜ」

俊助と別れた由利先生は、車夫の勝公をしたがえてすたすたと馬場下のほうへおりていく。

「二本榎のすぐそばだといったんだね」

「へえ、確かそう聞いてまいりましたが」

少し土地のくぼんだ、暗い日陰の町なのである。建ち並んでいるしもた屋の軒先を、一軒一軒のぞいていた由利先生は、いくばくもなくしてはっと立ち止まった。小ぢんまりとした門構えの、その門柱に墨色もまだ新しく、
日下瑛一

「この家だね」

「へえ、そうらしゅうございます」

由利先生はちょっとガラス戸のしまった二階を振り仰いだが、すぐ門の戸をひらいて、つかつかと中へ入って行った。玄関の格子《こうし》をひらいて、

「今日《こんにち》は」

おとのうたが返事はない。

「今日は、お留守ですか」

あまり広からぬ住居の中に、由利先生の声が筒抜けにひびいたが、それでもやっぱり返事はなかった。

「はてな、だれもいないのかな。どこもかも開け放しで、ずいぶん不用心なことだ」

そうつぶやいた時である。ふいに二階にあって、ミシリと畳を踏む音。

「あ、だれかいる」

由利先生はふたたび声を張りあげて、

「今日は、ちょっとお尋ねしたいことがあるのですが」

それでもやっぱり返事はなかった。由利先生の面は急にきっと緊張してくる。人がいないのではない。二階にはたしかにだれかがいるのだ。それでいて返事をしようとはしない。

「何かある」

由利先生はふと、二階の畳に吸いついて、じっとこちらをうかがっている人間の姿を想像してみた。

「構わない。踏みこんじまえ」

由利先生はそっと靴《くつ》を脱いで上へあがる。階段は玄関のすぐわきにあった。眼顔でそっと勝公を呼びよせた由利先生が、その階段に片脚かけた時である。ふいにがらがらとすさまじい音を立てて落ちてきたのは瀬戸の火鉢《ひばち》。

「あっ!」

危うくうしろへとびのいた由利先生の頭をこえて、瀬戸の火鉢がはっしとばかり、うしろの壁にあたって跳ねかえったかと思うと、あたりは濛々《もうもう》たる一面の灰神楽《はいかぐら》。

「あっ、畜生、ぺっぺっ」

眼も口もあけていられたものではない。由利先生が思わずひるんで後ずさりをした時だ。どどどど二階の床を踏み抜くような荒々しい足音が聞こえた。

「畜生、逃げるつもりだな」

逃げられてたまるものかと、由利先生が濛々たる灰神楽の中をくぐって、階段をかけ登っていくと、今しも鳶色《とびいろ》の洋服を着た背の高い男が、屋根の物干し台を越えて、裏庭にとびおりようとするところだった。

「あ、若旦那」

あとから上がって来た車夫の勝公は、この男の顔を見ると、思わず仰天したように叫んだ。その声にふとこちらを、振りかえった青年の顔は、まるで悪鬼《あっき》の形相《ぎょうそう》さながらのすさまじさ。

色の白い、細面《ほそおもて》の、貴公子然たる風采《ふうさい》の美青年なのだが、何に狂ったのか、髪は逆立ち、眼は血走り、きっと食いしばった唇《くちびる》のはしからは、淋漓《りんり》たる血潮さえ吹き出していようというものすごさなのだ。

「待て」

由利先生が叫んで、タタタタとそばへ寄ろうとした一瞬、ひらり、青年は屋根から身を躍らせて裏の路地へとびおりた。と、次の瞬間ダダダダとはげしいエンジンの響き。

由利先生が大急ぎで物干し台まで駆けつけてみれば、木の間がくれの細道を、いっさんに逃げていく一台のオートバイ。その上にはあの青年が、さわやかな五月の風に背を丸くして、さっと一筋、鳶色の直線をあとへひくよと見る間に、はや向こうの曲がり角を回って見えなくなった。

である。

血の着いた外套《がいとう》

瑛一が父の日下瑛造氏と衝突した原因については、車夫の勝公ごときにわかるはずがなかった。しかし、元来この二人は、昔からあまりそりの合う親子ではなかったのである。

父の瑛造氏があくまでも冷徹な、科学者肌の人物であるのに反して、息子の瑛一は文学で身を立てようとしているのでもわかるとおり、どちらかといえば情熱家タイプの感じやすい青年だった。

しかし、かりにも親子だ、これだけのことで家をとび出すような大衝突が起ころうとは思えない。瑛一が家をとび出したのは、つい一か月ほど前のことだというから、その時分、何かしら、親子の間を裂くような深刻な争いが突発したのに違いない。しかし、その争いの原因がどういう種類のものであるか、それは勝公などにはわかるはずがなかったのである。

「でも、よっぽどの大げんかをされたらしいんで、現に一昨夜なども、若旦那が薬王寺の本宅のほうへお見えになって、夜遅くまで旦那とはげしい口論をしていられたってことを、今朝方ちらと、女中さんの口から聞きましたが」

瑛一を取り逃がしたあと、車夫の勝公から手早くこんな知識を収集しているところへ、病院のほうへ出向いた三津木俊助があとから駆けつけて来た。

俊助は階段いっぱいに散らかっている灰神楽を見ると、びっくりしたような顔をして二階へあがって来る。

「先生、これはいったいどうしたんですか」

「ああ、三津木君」

由利先生は苦笑いをしながら、

「大失敗だ。肝心の鳥には逃げられたよ。意外に手強《てごわ》いやつでね。ところで、婦人のほうはどうだったね」

「なに、たいしたことはありません。傷は意外に浅いのです。医者の手当てですぐ正気にかえりましたが、何か非常なショックを感じているらしく、気も狂乱のていで、まだろくに口も利けない始末なんですがね」

「じゃ、生命に別条はないんだね」

由利先生はなぜか、深い思案の色を眼にうかべながら言った。

「ええ、大丈夫ですとも。いかにかぼそい女だといって、あれしきの傷に死ぬなんてべらぼうな話はありませんよ。ついでに警察のほうへも知らせておきました」

「そう、それはよかった」

由利先生は何かしら、浮かぬ顔つきで、しきりに考えこんでいたが、急に思いなおしたように車夫の勝公のほうを振りむくと、

「時にあの婦人は、日下のお嬢さんだといったが、すると、今逃げた青年の妹に当たるわけなんだね」

「へえ、そうに違いありませんが、しかし瑛一さんと瑠璃子さんとは血をわけた御兄妹《ごきょうだい》じゃないんだそうで。なんでもあのお嬢さんはもらい娘だという評判です」

「ほほう、そうかね」

由利先生はちょっと眼をすぼめて、何か考えるようであったが、やがて俊助のほうを振りかえって、

「三津木君、見たまえ、こんなものを手に入れたよ」

由利先生がかたわらの押し入れから取り出した鼠色《ねずみいろ》の合オーバーの裾《すそ》には、まだ生乾きの血がべっとりと着いているのだ。俊助は思わずぎょっとしたように呼吸《いき》をのむと、

「すると、あの令嬢をやっつけたのは、この家の主人ということになりますか」

「そうかもしれない。しかしね、三津木君、このオーバーの裾に着いているのは、あの婦人の血じゃないと思うね。なぜって、これだけ多量の血を失っちゃ、人間とても、そう元気でいられるはずがないからね」

「なんですって？　すると先生はあの婦人のほかに、まだ被害者があるだろうとおっしゃるのですか」

「そうだよ」

由利先生はきっと唇をかむと、

「とにかく、これは尋常の事件じゃないぜ。わしのところへよこした、あの奇妙な手紙といい、妙にこんがらがっている事件の外貌《がいぼう》といい、とにかく、これからさっそく出かけてみようじゃないか」

「出かけるって、どちらへ行くんですか」

「日下の屋敷だ」

由利先生は車夫の勝公から聞いた話を、手短かに語って聞かせると、

「わしはどうも不安でならないんだよ。日下の屋敷で何かしら、もっと恐ろしいことが、もっと血塗《ちまみ》れな事件が起こっているような気がしてならないんだ。婦人のほうはあのままほうっておいてもいいんだろう」

「ええ、それは大丈夫です。医者によく頼んでおきましたから、いずれ警察の連中が駆けつけて来るでしょう」

「よし、それじゃ警察の連中が、あの令嬢の身元を嗅《か》ぎつけない前に、日下の屋敷へ乗り込んでみようじゃないか」

由利先生は例の証拠の合オーバーを、くるくるとあり合うふろしきに包むと、俊助と勝公をあとに従えて、颯爽《さっそう》と初夏の陽《ひ》のくるめく街へととび出していった。

ああ、その時彼らの行く手には、どんな恐ろしい事件が待ちかまえていたことであろうか。

白痴書生

牛込柳町の停留場で電車を降りて、士官学校のほうへものの小半町も行くとやがて左へ曲がる狭い路地がある。その路地の中へ、今しも急ぎ足に入っていく小柄の人物があった。

空色の合トンビにすっぽりと身を包んで、帽子を目深にかぶっている。その帽子の下から、無気味な黒眼鏡がきらりと輝かしい陽に光った。

小男はなんとなく不安そうな面持ちで、狭い横町を急いでいったが、その歩きかたを見ると、ちょっといちじるしい特徴がある。跛《びっこ》というほどでもないが、軽く左の足を引きずるように歩いているのである。

小男はそういう歩きかたで、せかせかと日陰になった横町を歩いていったが、ものの一町ほど行くと、そこにちょっとしたお宮の境内があった。

なんというお宮だか知らないが、士官学校の裏手あたりに住んでいる人は、だれでもこの境内を斜めに突っ切るのである。小男は横門からそのお宮の中へ入っていくと、ふと境内にある大きな欅《けやき》の木のそばで足をとめた。

この欅というのは、界隈《かいわい》でも有名なもので、太さにして三抱えもあろうという大木、それが参差《しんし》と枝をまじえて空にそびえているところは、かなりの偉観だった。

小男はその欅の木のそばで立ち止まると、急にきょろきょろと人気のない境内を見回した。それから、そっと大木の幹に近づいていくと、相変わらずあたりの様子に気を配りながら、コツコツと下駄《げた》の爪先《つまさき》で大木の根を蹴《け》ってみる。どうもおかしい。妙である。いったい欅の幹を蹴ってみて、どうしようというのだろう。

小男はしばらく、緊張した眼の色で、じっと小首をかしげていたが、やがてほっとしたような表情をうかべて、その幹のそばを離れると、帽子をとって額の汗をぬぐった。帽子を取ったところを見ると、かなり年配の老人である。上品な中にも毅然《きぜん》たる気位《きぐらい》があって、ちょっと犯しがたい威厳をそなえているのだが、しかし、その顔にはなんとなく不安な色が動いていた。

老人はやがて帽子をかぶり直すと、例によって左の足をひきずるような歩きかたで、お宮の正門から外へ出ようとしたが、その時、ふいにうしろから、

「あっ」

というような声が聞こえた。

「あの人です。さっき長持のことを頼んで来たのは」

その声に何気なく振りかえった老人の面前へ、追っかけるように近づいて来たのは、いわずと知れた由利先生に三津木俊助、それから車夫の勝公の三人づれだった。

「あ、ちょっとお待ちください」

足早に近づいて来た由利先生の顔をながめると、件《くだん》の老人はびくりとしたように眉《まゆ》をあげて、

「なんだ、きみは、由利君じゃないか」

その声に由利先生ははっとしたように立ち止まり、しばらく相手の顔を凝視していたが、急にびっくりしたような大声で、

「ああ、あなたは湯浅《ゆあさ》先生ですね」

「そう、私は湯浅だが、何か御用かね。ひどくせきこんでいるじゃないか。ははははは」

湯浅先生と呼ばれた老人は、合トンビの肩をゆすりながら笑ったが、その笑い声にはなんとなく力がなかった。

「これはどうも、とんだお見それをしました」

由利先生はちょっと照れたように顎《あご》をなでながら、そばで眼をパチクリさせている

勝公のほうをふりかえって、

「きみ、間違いじゃないかね。たしかにこの人だったかね」

「さあ」

と、勝公は頭をかきながら、

「なにしろ、さっきは大きなマスクをしていたんで、よくわかりませんが、はてね」

と、老人の顔をジロジロとながめている。

「いったいどうしたんだね。この人だったとか、マスクだとか、何かあったのかね」

そういう老人の顔には、一点のまじりけもない、不審の色が浮かんでいる。

「いや、失礼いたしました。なに、こちらのことなんです。時に先生はどちらへ」

「私かね。私はちょっとこの向こうにある友人の家へ」

「御友人というのは、ひょっとすると日下さんのところじゃありませんか」

「そう、そのとおりだが、きみはどうしてそれを？」

「じつは、われわれもその日下さんのお屋敷へお伺いしようと思っていたところでした」

「ああ、そう」

老人はちょっとの間黙っていたが、やがて気をかえたように、

「それは好都合だ。それじゃいっしょに行こう」

そう言って、自ら先に立ってゆるゆると歩き出した。

老人は湯浅という、某大学の医学部の講座を持っている、有名な精神病科の泰斗《たいと》なのだ。由利先生はかつて、さる事件の際にこの湯浅博士の助力を仰いだことがあった。

この人がまさか恐ろしい犯罪事件に関係があろうとは思われぬ。だが——と、そこで由利先生はふいと肚胸《とむね》をつかれるような気がした。

ひょっとすると、あの匿名の手紙の主はこの人ではあるまいか。この人なら、自分のことをよく知っているはずだ。

この人自身、直接事件に関係はないまでも、何かしらそこにわだかまっている事情を感知して、それとなく、自分に警告状をくれたのではあるまいか。そう思って、博士の横顔を見ると、なんとなくそこに、暗い、ぎごちないかげが感じられるのだ。由利先生はすばやい眼配《めくば》せを俊助との間に交わすと、黙って博士のあとについてお宮の鳥居から外へ出た。

こうして、四人の者がお宮の境内から見えなくなった時である。

例の欅の大木の影から、ふと一つの影が現われた。

紺絣《こんがすり》の着物に、短い小倉《こくら》の袴《はかま》をはいた、にきびだらけの青年なのだ。背はあまり高いほうではないが、ずんぐりと脂《あぶら》ぎった体格をしている。しかし、この青年のいちばんいちじるしい特徴は、なんとも形容のできないほど醜悪なその容貌《ようぼう》なのだ。ぶつぶつといっぱいににきびの吹き出した顔、絶えず涎《よだれ》の垂れそうな、それでいて、反芻動《はんすう》物のようにピチャピチャと動きつづけている厚い唇《くちびる》、どろんとして光のない双《そう》の眸《ひとみ》、一見してこの男が、普通の知恵に恵まれていない低能者であることがわかるのである。

この男こそ、日下家に寄食している白痴の書生、宮園魁太《みやぞのかいた》なのだ。

魁太は牛のようにもぐもぐと唇を動かしながら、しばらく由利先生たちの後を見送っていたが、やがてにやにやと微笑《わら》うと、熊《くま》のような手をこすり合わせ、それからさっと身をひるがえすと、姿にも似合わぬほどの敏捷《びんしょう》さで、路地を抜けて柳町のほうへいっさんに走り出したのである。

血塗《ちまみ》れ髑髏《どくろ》

ちょうどそのころ、由利先生たちの一行は、日下家の門を入って、表玄関の外に立っていた。日下の屋敷はあのお宮の境内とは、塀《へい》ひとつ隔てた隣りになっているのだった。

湯浅博士は、この屋敷とはよほど昵懇《じっこん》な間柄とみえる。自ら先に立って玄関の格子をひらくと、二、三度声をあげておとのうたが、返事がないのをみると、不審そうに小首をかしげて、

「はてな、だれもおらんのかしら」

と、低声につぶやきながら遠慮なく下駄を脱いで玄関にあがる。

「あ、先生」

と、あわててうしろから呼びかけた由利先生。

「われわれもいっしょに上がっちゃいけませんか」

「きみが？」

と、博士は黒眼鏡の奥で眼をショボつかせたが、すぐ吐き出すように、

「いったいどうしたというのだ。きみは何かこの家に怪しいことでもあるというのかい」

「いや、はっきりとそう断言できるわけではありませんが、われわれがいっしょに行ったほうがよくはないかと思われる節があるのです」

博士は黙って由利先生の顔をながめていたが、

「よし、きみの勝手にしたまえ」

「ありがとうございます。三津木君、きみもいっしょに来たまえ」

由利先生と三津木俊助は、遠慮なく博士のあとについて、よくみがきこんだ玄関に上がった。博士は例の、左足をひきずるような歩きかたで、廊下を先に立って歩きながら、

「日下、日下」

と、書生のように無遠慮な声で呼ばわりながら、

「珍客だぜ、日下、だれもいないのか」

博士は一間《ひとま》ごとにのぞいていったが、どこにも人影はなかった。人影がないのみならず、しいんと強烈な初夏の陽ざしを吸いこんだ家の中からは、ことりとも音がしないのだ。

「はてな、書生も女中もいないのかな」

つぶやきながら、博士の顔色にはしだいに不安の色が濃くなってくる。

「こうっと、奥の研究室かもしれないな」

廊下は中庭をはさんで、鍵《かぎ》の手に折れ曲がっている。そのいちばん先に、土蔵作りの研究室があった。博士はそのドアの前に立つと、

「日下。日下」

と、二、三度呼んでみたが、やっぱり返事はなかった。博士はドアの取っ手に手をかけると、それをそっと押して中をのぞいてみた。

窓の小さい、土蔵作りの研究室の中は、むしろうすら寒いくらいしいんと静まりかえって、光線の乏しい暗い部屋のすみずみには、人間の骨格模型だの、アルコール漬《づ》けの大脳小脳だの、その他さまざまな珍奇な、学者らしい収集品が飾られている。

由利先生と俊助は、ひと目この部屋の中を見ると、ゾッと総毛立《そうけだ》つような気味悪さを感じたが、そのとき突然、わっというような叫び声をあげて、博士が部屋の中に躍りこんだのである。

「ど、どうしたのです」

由利先生がつづいて中へ躍りこむと、

「日下が。――日下が。――」

わなわなと震えながら博士の指さすところを見れば、なんということだ! 黒と白との碁盤縞《ごばんじま》に塗りわけられた床の上に、半白頭の品のいい年輩の老人が、仰向けの大の字となって倒れているではないか。

しかも、その胸のところには、ちょうど昆虫《こんちゅう》の標本をとめるピンででもあるかのように、ぐさっと白鞘《しらざや》の短刀が突っ立っていた。そこらじゅう一面の血だまりだった。それはちょうど珍奇なこの部屋の収集品に、さらに新しい標本をつけ加えたように見えるのだ。

「あ!」

由利先生も思わず呼吸《いき》をのむと、

「これが、日下瑛造氏なんですね」

「そうだ、日下だ、私の親友だ」

湯浅先生が思わずよろめいた時である。床の上で何やらガラガラと音を立てて転がったものがあるので、三人がはっとしたようにそのほうを見ると、そこにはなんともいえぬほど奇妙な物があった。

鐘型《かねがた》をした大きなガラスの標本容器、その標本瓶《びん》の中に入っているのは、一個の奇怪な人間の頭蓋骨《ずがいこつ》なのである。

これだけならべつに変でもなんでもない。この部屋の中には、ほかにもたくさん、そういう種類のものが飾ってあるのだが、不思議なのは、その髑髏《どくろ》が真っ赤に血に染まっているのだ。それはちょうど、だれかが日下氏の血をとって、上から注ぎかけでもしたように――。そして、さらにこの血塗れ髑髏に奇怪な色彩を添えるように、そのガラス瓶の周囲には、一面に白い野菊の花がバラ撒《ま》いてあった。

「花髑髏！」

俊助が思わずそう叫ぶのを、しっと制した由利先生、身をこごめて、野菊の一輪を拾いあげようとしたが、この時ふと、その標本瓶にはりつけてある黄色いレッテルが眼についた。レッテルの上には、消えそうなインクで何やら書いてある。

「八十川《やそがわ》藤松《ふじまつ》、享年三十五歳」

由利先生のその声を聞くと、湯浅博士はふいに雷に打たれたように床から跳び上がった。

「あいつだ、やはりあいつがやったのだ」

「だれが、だれが、お父様をやったんですって?」

突然扉《とびら》の外で声がしたかと思うと、左右から刑事にたすけられた瑠璃子が、――あの長持の中の美人が、真《ま》っ蒼《さお》な顔をしてよろよろこの部屋の中に入って来たのである。

父子相剋《そうこく》

後になって一世を驚倒させた、あの日下氏の殺害事件について、その時瑠璃子が「自分の知っているだけのこと」と前置きして述べたてたところによると、だいたい、それは次のような事情によるものであった。

その朝の十一時ごろ、瑠璃子は一人自分の部屋でお友達に手紙を書いていた。するとその時、奥の研究室で恐ろしい悲鳴とともに、どすんと物の倒れるような音が聞こえたというのである。瑛一が家出をしてから、家の中には主人の瑛造氏と瑠璃子をのぞいては、白痴の書生と、二人の女中しかいなかったが、しかもその朝は女中が二人とも外出していたので、瑛造氏と瑠璃子、それから書生の魁太と、この三人きりしかいなかった。

瑠璃子はまた、あの馬鹿の書生が何かしくじりをしたのではあるまいかと、何気なく研究室へ入っていくとあの恐ろしいできごとなのである。瑠璃子はハッとしてその場に立ちすくんでしまったが、そのとたん、だれかがいきなりうしろから抱きしめて、ぐさっと短刀で肩をえぐった。そうでなくても、あの恐ろしい惨劇を眼《ま》のあたり見て、非常なショックを感じていたおりからなのだ。瑠璃子はこのふいの襲撃者の顔を見定めようという余裕もなく、そのまま気を失って倒れてしまった。そして、あの二本榎のそばの医院で、意識を取りもどすまでのできごとについては何一つ知らないというのであった。

「あなたはほんとうに、その犯人の顔を見なかったのですか」

こういう質問を切り出したのは、取り調べに当たった警視庁の等々力《とどろき》警部。警部は、瑠璃子の取り調べの前に、あらかじめ、由利先生から馬場下におけるできごとをひとおりきいていたのだ。

「はい、見ませんでした。すっかり仰天していたものですから」

「しかし、犯人の身長くらいはわかるでしょう。犯人はあなたより背の高い人物でしたか、それとも低かったですか」

「はい」

瑠璃子はなぜかもじもじとしながら、

「そうですわね。ちょうどあたしと同じくらいの高さだったように思いますわ」

「なるほど」

警部は意味ありげに微笑をふくみながら、

「瑛一君はあなたよりずっと背が高かったそうですね」

「なんでございますって？」

「いや、なんでもないのです。時に瑛一君はお父さんと大げんかをされたという話ですが、その原因がなんであったか、あなたも御存じでしょうね」

「いいえ、あたくし存じません。なぜ兄が家出をしたのか、あたくし今もって疑問に思っているんですわ。でも、でも、あなたはまさか兄が……まあ、恐ろしい、そんなことが……」

「いや、まだそうだと申し上げているわけではありませんよ。しかし、あなたはこのオーバーに見おぼえはありませんか」

警部が取り出したのは、先ほど由利先生が瑛一の宅から押収して来た、あの血塗《ちまみ》れの外套《がいとう》なのだ。瑠璃子はひと眼それを見ると、

「あっ、兄のオーバー！」

それだけ言うのがやっとだった。先ほどからの恐ろしい緊張、不安、懸念《けねん》のためであろう、瑠璃子はふたたびその場に気を失って倒れてしまったのだ。俊助は由利先生の指図にしたがって、すぐその瑠璃子を別室へ運んでやったが、さてそのあとで取り

調べられる順番に当たったのは、例の車夫の勝公。彼はおずおずと今朝来のできごとを申し立てた後、

「ところで、そのマスクの人物だが、きみはその男に似た人が、この場にいると思うかね」

そういう警部の質問に対して、

「はい、それが、はっきりわかりませんが、左の足を引きずっていたところが、どうもこの人ではなかったかと思われますので」

と、指さされて驚いたのは湯浅博士だ。

「馬鹿な！　そ、そんな馬鹿なことが？　だれかが私のまねをして、私を陥れようとたくらんだのだ。私が日下を殺すなんて、そ、そんな馬鹿なことが……」

博士が真っ赤になって激昂《げきこう》するのを、軽く制したのは由利先生。勝公を室外に立ち去らせると、きっと博士のほうに向き直って、

「先生、あなたが今、非常に危険な立場にあることは、あなた自身もよくおわかりでしょうね。車夫の勝公はマスクの怪人をあなただったと思いこんでいます。われわれはただちにそれを信用するほど早計ではありませんが、ここで一応先生の立場を説明していただかねばなりません」

「よし、なんでもきいてくれたまえ。私の知っているだけのことは話そう」

博士はきっとへの字なりに唇《くちびる》をかみしめる。

「それでは等々力君、どうぞきみから」

「よろしい。じゃ私から質問します。博士、あなたは日下氏といったい、どういう御関係にありましたか」

「日下は私の最もよき友達だった。学問上にも、私交上にも」

「わかりました。それではあなたは、日下氏父子の葛藤《かっとう》の原因をよく御存じでしょうな」

「知っています」

博士はきっぱり言ったが、すぐ声を落として、

「しかし、このことは事件にはなんの関係もないことと思いますが」

「いや、関係があってもなくても、われわれは知るだけのことを知らねばなりません。話していただけるでしょうな」

「話しましょう。しかし、これは必要のないかぎり、絶対に秘密を保っていただきたいのだが」

「その点については、どうぞわれわれを信用してください」

「よろしい」

湯浅博士はいくらか言いにくそうに、

「こんなことは、私の口から言いたくないのだが、やむを得ん。あの瑛一という青年だが、いくらか激しやすいところがあり、それにロマンチックな性質でしてな。その瑛一がじつは瑠璃子に恋したんです」

「え？　瑠璃子さんに？」

「そう瑠璃子というのは日下を父と呼んでいるが、じつは養女なんで、そのことは瑠璃子自身も瑛一もよく知っているんです。彼女は五歳の時、日下がどこからか連れて来て、養女にした娘でしてな。あのとおり、美しい娘だから、兄妹《きょうだい》としての愛が、いつしか恋愛に変化したのはなんの不思議もありません。それで瑛一は日下に向かって、瑠璃子との結婚の承諾を請うたのだが、日下がそれに対して絶対反対を唱えたのです。それがそもそも親子不和の原因でしてね」

「なるほど、しかしそのことは瑠璃子さん自身も知っているのですか」

「さあ、それは――それは瑠璃子に直接きいてみるよりほかはあるまいね」

博士はなぜか、瑠璃子のことをあまり多く語るのを好まない様子だった。由利先生は博士の表情をじっとながめていたが、この時、急に体を前に乗り出すと、

「しかし、先生、日下氏はなぜそのように、この結婚に反対を唱えられたのですか。真実の兄妹でないとすれば、そして、瑛一君がそれほど希望しているとすれば、この結婚にはなんの不合理もないように思われますがね」

博士はその質問をきくとぎょっとしたように、由利先生の顔をみつめたが、すぐにその眼を他へ反らすと、

「さあ、そこまでは私も知らん、それは日下自身何か考えるところがあったのだろう。しかし、これは私だけの考えだが、日下はそれについて、何か私に相談したいことがあったのじゃないかと思う。今朝私のところへ電話をかけて来てね。学校のほうの講義が終わったらすぐ来てくれというのだ。それでこうして出向いて来たらこの始末で……」

由利先生は黙っていた。等々力警部もしきりに指の爪《つめ》を噛《か》んでいる。俊助は無言のままさっきからしきりに鉛筆を走らせている。その時彼らの頭に一様に浮かんだのは、瑛一に対する深い疑惑だ。瑛一は瑠璃子に対する断ち切れぬ執着から、父を殺し、瑠璃子を奪い去ろうとしたのではあるまいか。

それはあまり恐ろしい考えだ。しかし、恋に狂った、ましてや激しやすい青年としてはまんざら考えられないことでもない。

しばらく、しいんとした沈黙が、部屋の中へ落ち込んできたが、ややあって由利先生、ふいに博士のほうへ向き直ると、

「先生、それではもう一つ、お尋ねしたいことがあります。そして、これがいちばん重要なことなんですよ」

由利先生はきっと博士の面《おもて》を見て、

「先生はさっき、あの奇妙な髑髏《どくろ》の貼札《レッテル》を御覧になった時、あいつが犯人だとおっしゃいましたね。あれはいったいどういう意味ですか」

博士はさっと顔色を失った。それから思わず手の甲で額の汗をぬぐった。その顔には何かしら名状すべからざる苦悶《くもん》が浮かんでいる。しばらく博士は、その苦悶と恐ろしい葛藤《かっとう》をつづけていたがやがて蒼白《そうはく》の面をきっと上げると、

「よろしい、何もかも話してしまおう。これはじつに恐ろしい話なのだ。しかし私の考えでは、これこそ、こんどの事件を解く鍵《かぎ》だと信ずる」

博士はしばらく言いよどんだように、由利先生と等々力警部の顔を代わる代わるながめていたが、やがて次のような恐ろしい話を始めたのである。

呪《のろ》いの髑髏《どくろ》

「これは今から二十年ほど前のできごとなのだがその時分、私と日下は同じ病院に勤めていた。ある精神病院なのだ。二人ともまだ若くて、学者的な功名心に燃えていた。そこへ入院してきたのがあの髑髏の主の八十川藤松なのだ。そいつはじつに恐ろしいやつだった。専門的な術語は煩わしくなるから控えるが、とにかくそいつは、あらゆ

る悪質遺伝をうけついでいて、発作的に何をやらかすかわからないほど、凶暴な精神病者なのだ。現にその時までに数名の人間を殺傷していたようなやつなんだ。

入院してからもこいつは病院の持てあまし者だった。しばしば脱走を企てる。看護婦に対して乱暴を働く、他の婦人患者にけしからぬ振る舞いをする。とにかく言語に絶して凶暴なやつだった。しかもこいつは当時、回復の見込みのない結核患者でもあったのだ。ある時、こいつがあまり乱暴を働くもんだから、私はふと、不謹慎にも日下に向かってこんなことを言った。こんな凶暴なやつを、政府が金をかけて保護しておくという法はない。日本に安死術という手段が法律で禁じられているのはじつに遺憾なことだ。どうせこいつは長からぬ生命なのだから、いっそ医者の手で安らかに殺してやったほうが、本人のためにも、社会のためにも、どれくらい仕合わせだかわからない。われわれ医者にそういう権限が許されていないのはじつに残念なことだ。こういう意味のことを日下に漏らしたんだ。今から思えば実に慚愧《ざんき》に耐えぬしだいだが、当時は私も若かった、血気にはやっていたんだね。ところがこの話を日下は身にしみて聞いている様子だったが、それから二、三日後、意外にも八十川のやつがころりと死んでしまったのだ。死因は心臓麻痺《まひ》だということだったが、じつはその係り医者というのが日下だったので」

湯浅博士はそこでことばを切ると、きっと一同の顔をながめた。だれも彼もこの異様な告白に固唾《かたず》を飲んで、一言も口をはさむ者はない。

「幸いだれ一人、その死因について疑いをはさんだ者はいなかった。いや疑うどころか、みんな手を打って喜んだくらいだ。さて八十川のやつには親戚《しんせき》という者がなかったとみえて、死んでもだれもその死骸《しがい》の引き取り手がない。そこで日下はその死骸を解剖に付すと、ああしてそいつの頭蓋骨を記念のために保存しているのだが、それから後の日下の様子には、眼に見えて苦悩の色が深くなったのだ。われわれはその後、一言だってこの事件について語り合ったことはないが、ひそかに私が注意していると、日下は八方手を尽くして八十川の遺族を捜索している様子だった。八十川というのはなんでも群馬県S村の出身だということだが、日下はわざわざその村まで出向いた様子だ。そしてそこで得た情報によると、八十川という男には正式に結婚した一人の妻があり、妻との間に、生まれたばかりの子供さえあったはずだと言うんだ。ところがその妻子とも、八十川の死と前後して、村をとび出し、行方がわからない。日下はじつに根気よくこの妻子の行方を捜索していた。おそらく、せめてその妻子でも拾いあげて、罪滅ぼしをしようと思っていたんだろう。ところが、その努力の効空《むな》しからず、それから五年ほど後、はじめてその妻の消息をきくことができたのだがその時、その女はある施療院《せりょういん》で息を引き取る間際だったという。そして、その子供は他へ里子にやられたはずだというんだが、――これがまた、転々と他へ里子にやられて、結局、行方がわからないというんだ。そして——今もってその行方は、つまり、そのなんだ、わからないのだ」

湯浅博士はなぜか、その後尾に至ると急にことばを濁して、早口にその物語を閉じた。由利先生は、その様子をじっと注視していたが、やがておもむろに、口を開くと、

「わかりました。それで先生は八十川藤松の子供がいまだに生きていて父の復讐《ふくしゅう》を遂げたとお思いになるのですね」

「そうだ、そうとよりほかに思いようがないじゃないか。きみはあの髑髏《どくろ》のおかれてあった位置をよくおぼえているだろう。あれはちょうど、枕元に置いてあった。そして野菊の花が周囲にいっぱいに飾ってあったじゃないか。しかも、その髑髏に注がれていた血だ。昔の物語を読むと、よく親の仇《あだ》を討って、その敵《かたき》の血を親の髑髏に注ぐというのがある。犯人はつまりそれを実行したのだね」

ああ、なんという奇怪な物語！　なんという陰惨な、そして気味悪いことだろう。

俊助は思わずノートにひかえていた鉛筆の手をふるわせた。

「なるほどわかりました。おそらくそのとおりでありましょう。ところで先生」

由利先生はそこできっと眼をあげると、

「その八十川という男の子供ですが、それは男ですか、女ですか」

「それが、——それが——」

博士は思わず口ごもりながら、

「そいつは男なんだ」

「え？　男？　先生、それは確かですか」

「間違いはない」

博士はキッパリと、

「私は一度、ずっと後になって、ある機会に日下から八十川という男の戸籍謄本を見せてもらったことがあるが今もってはっきり覚えている。

八十川藤松　明治十六年生
妻　ぬい　明治二十年生
長男アサオ　大正六年生

ちゃんとそういうふうに書いてあったんだ。まさか戸籍に間違いがあるはずがないからね」

「アサオ——？　なるほどアサオですね。ところでその字はどう書くのですか」

「それがね。確か片仮名で書いてあったよ」

「片仮名で？　なるほど、アサオ、アサオですね」

由利先生が何かしら、考えぶかげにつぶやいている時である。ふいに俊助が横から口を出した。

「ああ、わかった！　そいつは白痴だという書生ではありませんか。そういえば書生の姿が見えないではありませんか」

「そうだ、書生はどこへ行ったのだ」

等々力警部は椅子《いす》から立ち上がると、

「書生の宮園魁太《みやぞのかいた》と息子の瑛一、犯人はきっとそのうちの一人なんだ。この二人を大急ぎで探し出さねばならん」

警部はそう叫ぶと、部下に手配を命ずるために、あたふたとこの部屋を出ていったが、ああ、果たして犯人はこのうちの一人だったろうか。そして、八十川藤松の子供のアサオとは、俊助のいうとおり書生の魁太だったろうか。魁太はなんのために姿をかくしたのだろう。いやいや犯人はもっともっと意外なところに隠れていて、さらに第二第三の殺人をたくらんでいるのではないだろうか。

ああそれから間もなくあいついで起こった人殺しの巧妙さ陰険さ！

だが、さすがの由利先生も、そこまで予測する力を持ち合わさなかったのは是非もない。由利先生は疑わしげに博士の横顔を偸《ぬす》み見ながら、ひとり黙々として口の中でつぶやいている。

「アサオ――アサオ――ああ、アサオはいったいどこにいるのだ」

マスクの男

日下瑛造氏を殺害したのは果たして八十川藤松の遺児アサオだろうか。もしそうだとしたら、そのアサオはいったいどこに隠れているのだ。三津木俊助が考えるように、白痴の宮園魁太こそアサオの変身なのだろうか。

秘密は秘密を生み、怪奇は怪奇を生ずとはまったくこのことなのだ。いったい魁太はどこへ行ったのだ。いやいや、魁太よりむしろ瑛一はどこへ姿を隠したのだ。もし犯人がアサオだったとすれば、瑛一はなんのために姿を隠さなければならなかったか。何もかも雲をつかむように漠然《ばくぜん》としている。

翌日の朝刊社会面は、どの新聞もこの奇怪な殺人事件で埋められた。なにしろあの血に染まった髑髏という景物が、一種名状することのできない無気味な色彩を添えているのだから、新聞が騒ぎ立てたのも無理ではなかった。

ある新聞であの魁太こそ真犯人に違いないというかと思うと、また他の新聞では恋に狂った瑛一の犯行であろうという。どちらにしても二人のうちのどちらかが捕まらないかぎり、雲をつかむような話なのだ。

警察ではむろん、躍起となってこの二人を捜索していたが、二日たっても、三日たっても瑛一はおろかなこと、魁太の姿さえ発見することはできなかったのだ。

　こうして早くも五日たった。

　ある日の夕方、三津木俊助はふと由利先生を訪ねてみたが、するとその時、由利先生はちょうど外から帰って来て、またこれからどこかへ出かけようとするところだった。

「先生、あなたはこのあいだからいったいどこにいらしたのです。毎日電話をかけてみたのに、いつも外出だとばかりで、いっこう埒《らち》があかないものだから、今日はわざわざ出かけて来たのですよ」

「失敬、失敬。ちょっと旅行していたものだからね。群馬県のほうへ行っていたのだ」

「群馬県？　あ、すると八十川藤松の郷里ですね。何か収穫がありましたか」

「まあね。それより三津木君、向こうでおもしろいことがあったよ。わしの先回りをして八十川の遺族について調べて回った者があるのだが、きみはそれをだれだと思うね」

「さあ、だれですか。ぼくの知っている人間なんですか」

「そうだ、あの瑛一だよ」

「へへえ」

俊助はぎょっとしたように、

「そうですか。すると瑛一もアサオの行方を探しているんですね。ところでそのアサオですが、居所《いどころ》がわかりましたか」

「いや、よくわからないんだ。なにしろ古いことだし、それにアサオは生後一ヵ月もたたぬうちにあの村を離れているんだからね、だれも記憶していないのも無理はないやね。わしは役場へ行って戸籍謄本も見て来たがね、湯浅博士の言ったとおりで、別に新しい発見もなかった。しかし、それによって、ちょっと博士の意見を質《ただ》したいことがあるので、これから出かけようと思うんだが、きみ、何か用事じゃなかったのかい」

「いや、たいした用事でもないのですが、じつはこの三行広告についてお伺いしたいのですが」

俊助はポケットから折りたたんだ新聞を出すと、

「この広告を出されたのは先生ですか」

俊助の示したのはある夕刊面に出た「探ね人」の広告だった。そこには宮園魁太とおぼしい人間の人相書を詳しく記して、その男の居所を知らせてくれたものには薄謝を呈すとあったが、その名義人は紛うべくもなく由利先生なのだ。

「ああ、その広告のことか、旅行したのですっかり忘れていたが、留守中何か反響があったかもしれないね」

由利先生はすぐ書生をよんで聞いてみたが、別に留守中、そのことで訪ねて来た者はないという返事、先生はそれでも別に失望した様子もなく、

「なあに、そのうちにわかるさ。時に三津木君、わしはこれから湯浅博士を訪問してみようと思うのだが、きみも暇ならいっしょに行かないか」

「ええ、お供しましょう」

「よし、それじゃ途中で飯を食っていこう」

由利先生と三津木俊助はさっそく出かけたが、ああ、この時二人の出かけるのがもう半時間おくれているか、あるいはあの訪問者がやって来るのがもう少し早ければ、これからお話ししようとする事件は、もっと別な形となって現われていたのに違いない。

由利先生が出かけると、ほとんど一歩違いの差で、一人の妙な男がやって来た。一見木賃宿《きちんやど》の亭主《ていしゅ》とも見える男で、モジモジともみ手をしながら、書生に向かって由利先生はいるかときいた。書生が今出かけたばかりだというと、非常にがっかりとした様子で、

「じつはあの三行広告のことでまいったのですが、お留守ならやむを得ません。明晩もう一度まいりますが、その時にはぜひとも御在宅になるようお伝言を願います」

言ったかと思うと妙な男は、書生のことばも待たず、あたかも人眼を恐れるようにこそこそと立ち去ったが、もしこの時、彼がせめて名前と住所でも打ち明けておいたなら、これから述べるような恐ろしい事件は起こらずに済んだであろうのに。

それはさておき、こちらは由利先生と三津木俊助、途中で飯を食ったのが意外に手間どって、市谷薬王寺までやって来たのは夜のもう八時過ぎのことだった。

言い忘れたが事件以来、湯浅博士は瑠璃子の請いをいれて、日下邸に寝泊まりをしているのだった。

初夏の晴曇《せいどん》定めなき季節のこととて、宵《よい》からポツリポツリと降り出した雨は、いつの間にか本降りになって、はげしく町に降りそそいでいた。雨具を用意して来なかった由利先生と三津木俊助が、その雨にぬれそぼちながら、薬王寺の近所まで来た時である。

煙草《たばこ》屋と小間物屋の角に立っているポストの陰から、つと離れた男があった。見ると鼠色《ねずみいろ》の二重回しを着て、大きな黒眼鏡をかけ、顔じゅう隠れてしまいそうなマスクをしている。おまけに軽く跛《びっこ》をひいているのだ。

俊助はそれを見ると思わず叫んだ。

「あ、車夫のいった男だ！」

そのことばが耳に入ったのであろう。相手はぎょっとしたようにこちらを振りかえったが、二人の姿を認めると、急にさっと身をひるがえして、脱兎《だっと》のごとく暗い横町へとび込んだ。

樹上の男

それと見るより由利先生と三津木俊助、一刻も猶予しているべき時ではない。同じく相手のあとを追って、暗い横町へまっしぐらに入っていった。見ると半丁《はんちょう》ほど先を、例の男は蝙蝠《こうもり》のようにとんでいく。雨はいよいよ激しく、追う者も追われる者も、みるみるうちにズブぬれになった。

やがてマスクの怪人は例のお宮の境内へとび込んだ。その境内には常夜燈がひとつ、雨にぬれてぼんやりとあたりを照らしている。

怪人はちらとその常夜燈の中に姿を浮き立たせたかと思うと、すぐ大欅《おおけやき》の下をくぐって、正門から外へとび出した。

次の瞬間、由利先生と三津木俊助の二人が、息せき切ってこの境内へ駆けつけて来る。二人もマスクの怪人と同じように例の大欅の下をくぐって、すぐ表門へとび出したが、もしこの時、彼らのうちのどちらかが、上を向いて欅の梢《こずえ》を見たとしたら、そこに、世にも異常な姿を発見したであろう。

網の目のように、枝を八方へさしのべたその欅の梢には、その時猿《さる》のようにじっとこびりついている一つの影があった。

その影は雨にぬれるのをいといもやらず、さっきからじっと日下邸のほうをながめていたのだが、由利先生たちが通りすぎたあと、何を見つけたのか、ふいにあっと叫び声をあげたのである。

それはさておき、由利先生と三津木俊助、お宮の境内をとび出してみると、怪人の姿はすでにその辺には見えなかった。

「はてな」

と、あたりを見回しながらやって来たのは日下邸の門前なのだ。雨にぬれた門燈の光で、鉄の門が少し開いたままになっているのが見えた。怪人はこの中へとび込んだのではあるまいか。

「ああ、やっぱりそうです。御覧なさい、ここにこんな足跡がついていますよ」

俊助のことばに地面を見れば、なるほど男としては少し小さ過ぎる足跡が、道から門の中まで続いている。

「よし、とにかくおとのうてみよう。どうせこの家を訪ねるつもりでやってきたのだから」

由利先生と俊助が、門をはいって玄関の呼鈴《よびりん》に手をかけようとした時だ。

ふいに家の中から、

「あれッ、だれか来てッ！」

女の悲鳴なのだ。

「あ、瑠璃子さんの声だ」

二人はもう案内を請うている暇もない。玄関の格子に手をかけると、幸いなんなく開いた。とび込んだ二人が、靴《くつ》を脱いであがろうとすると、またしても、

「だれか——だれか来てッ、——あ、おまえは宮園さんだね」

声はどうやら浴室のほうから聞こえるらしい。宮園？——宮園といえばあの白痴の書生の魁太のことにちがいない。魁太がまたもや舞いもどって、凶刃をふるおうとするのではあるまいか。

由利先生と俊助の二人は、ほとんどひととびの早さで浴室の前までとんできた。

見るとすりガラスのはまった浴室のドアは、開け放したままになっていて、そのすきからのぞいてみると、大理石をたたんだ豪華な浴槽《よくそう》のなかで、瑠璃子が真《ま》っ蒼《さお》な顔をしてふるえているのだ。

「ああ、由利先生」

瑠璃子は二人の姿を見ると、浴槽から思わず半身浮かしたが、すると、そのとたん、湯《ゆ》の華《はな》でも溶かしてあるのだろう、白く濁った湯がさやさやと波打って、その中から

身を浮かした瑠璃子の白い裸身には、妖《あや》しいまでの艶《なまめ》かしさがたたえられていた。

「先生、いま、あいつが――あいつが――」

「あいつ？　あいつって魁太のことですか」

「ええ、そうですの、あの魁太のやつが鼠色の二重回しを着て、大きな黒眼鏡をかけたまま、ヒョイとそこからのぞくと、ニヤニヤと気味悪い顔をして微笑《わら》ったのですわ」

そう訴えながら瑠璃子は、故意にか偶然にか、人魚のように艶かしい肢態《したい》を、まるでひけらかすように、くねくねと伸ばしたり縮めたりして見せるのだ。

そのたびにほんのりと上気した肌《はだ》を、宝石のようにきれいな露が、ツルツルと滑って、胸から腰へかけてのなだらかな曲線には、眼をおおいたくなるほど、強烈な、刺激的なにおいがあった。

「それで、魁太はどうしましたか」

「ええ、あたしが思わず叫び声をあげると、すぐ向こうへ消えてしまいましたわ」

瑠璃子はハッと、自分のはしたない姿態に気がついたように、ボシャッと浴槽のなかに身を沈めると、

「さっき庭のほうで妙な音がしましたから、あちらのほうへ逃げたのではないでしょうか」

「そうですか。じゃ、とにかく探してみましょう」

由利先生はなぜか、気乗りのしない声でそう言うと、それでも俊助をうながしながら、浴室の前を通って、裏庭のほうへ回ってみた。

「先生、湯浅博士はどうしたのでしょう。あの叫び声が聞こえなかったのでしょうか」

「そうだね。留守かもしれない」

庭は広くて暗かった。死んだ日下氏の好みであろう。一面に芝を植え込んで、その間に迷路のような形をした花壇だの、コンクリートで固めた池だのがあったが、その池には睡蓮《すいれん》の葉が浮かんでいた。

「三津木君、足跡らしいものがあるかね」

「さあ。よし、だれか通った者があるとしても、この芝生《しばふ》じゃとても足跡は残りますまいね」

「そう、だれか歩いたとしてもね」

由利先生が沈んだ声で言ったので俊助は驚いた。今までかつて、事件に当たって由利先生がこのように気のない態度を示したことは、ほとんどないことだった。

「三津木君、そろそろ家のほうへ帰ろうじゃないか。雨にぬれるばかりだ」

「そうですか」

二人が母屋のほうへ取ってかえそうとした時である。背後にあたって、ふいにバサリと大きな音がしたので、驚いて振りかえってみると、天から降ったか、地から湧《わ》いたか、今までだれもいなかった庭の片隅《かたすみ》に、だれやら黒い影がたたずんでいるではないか。

「だれだ！」

俊助が呼ぶと、相手はぎょっとしたように身構えをしたが、

「ああ、由利君に三津木君じゃないか」

意外、その声は湯浅博士なのだ。

二人はつかつかとそばへ寄ると、

「先生、あなた今までどこにいらしたのですか」

「なあに、ちょっと散歩していたのだよ」

「この雨の降るのに、傘《かさ》もささずに」

俊助はズブぬれになった博士の様子を見ながら、ひょっとすると、さっきのマスクの男は、やっぱりこの博士ではなかったろうかと考える。

「そうさ、少し気分が悪かったものだからね」

「なるほど」

由利先生は博士の黒眼鏡をにらみながら、ふと皮肉な微笑を浮かべると、

「先生、散歩もけっこうですが、この雨の降るのに、木登りをなさるなんて、少しどうかと思いますね。三津木君、もう何も調べることはないよ。帰ろうじゃないか」

由利先生は上を仰いで、隣の境内から枝をさしのべている欅の梢を指さすと、くるりと踵《きびす》をかえしてさっさと歩き出した。

その欅の枝は、ちょうど今、だれかがそこからとび降りでもしたように、ザワザワと葉を鳴らせながら、上下に大きく揺れているのである。

湯浅博士は、由利先生のことばをきくと、薄闇《うすやみ》の中で真っ蒼になったが、ちょうどその時、塀一重《へいひとえ》外の境内では、するすると同じ欅の幹を伝っておりて来た者がある。さっきから、欅の梢にしがみついて、じっと日下邸をうかがっていた男なのだ。その男は、そっとあたりを見回すと急にバタバタと雨の中を駆け出したが、常夜燈の光にちらりと浮き出したところを見ると、それはまぎれもない、行方をくらましている瑛一ではないか。

瑛一はいったい、今ごろ欅の上で何をしていたのだろう。

髑髏カード

「鈴木さん、鈴木さん」

階下から呼ばれて、牛のようにのっそりと畳の上に体を起こしたのは、年のころ二十二、三の、いかにも知恵の薄そうな青年だった。業平橋の付近にある、汚ない木賃宿の二階の一室、由利先生があのマスクの怪人を取り逃がしたその翌日の晩のことであった。

「なんですか」

青年は大儀そうな胴間声《どうまごえ》で尋ねた。

「お手紙ですよ。あがって行ってもよござんすか」

「手紙？」

と聞いて青年は急に眼を輝かせる。顔じゅうにブツブツとにきびの吹き出した、押せばチューッと汁《しる》の出そうなほど脂《あぶら》ぎった、なんともいえないほど、不潔で醜悪な感じのする青年なのだ。今まで仮睡《うたたね》の夢をむさぼっていたのであろう、よだれの垂れている口元を、あわてて紺絣《こんがすり》の袖《そで》でふきながら、

「へえ、どうぞ」

と、相変わらず間の抜けた声でいった。

すると、その声に応じて、危なっかしい階段をギチギチと鳴らせながらあがって来たのは、ああたしかに昨夜《ゆうべ》、由利先生の宅へ、あの三行広告のことについて訪問した不思議な男ではないか。してみると、今鈴木と呼ばれた、一見いかにも愚鈍らしいこ

の青年は、ひょっとすると、お尋ね者の宮園魁太ではあるまいか。

そうなのだ。名前こそ鈴木とかえているが、にきびだらけの醜い顔といい、どろんと濁った、白痴特有の眼つきといい、たしかに日下家の書生、白痴の宮園魁太なのだ。魁太は事件の日以来、名前をかえてこんな場所に潜伏していたのである。

「お寝《やす》みでしたか」

宿の亭主は胡散臭《うさんくさ》そうに、ジロリと部屋の中を見回しながら言う。見回すといっても、三畳きりしかない、汚ならしい部屋なのだ。

「ううん、いや」

魁太は締まりのない唇でにやにやと微笑《わら》いながら、それでも用事だけは忘れない。

「手紙は？」

「ああ、そうそう」

亭主は懐中から手紙を出して渡すと、

「御親戚《ごしんせき》からでも来たのですか。それとも、いい人からなんで？　おおかたそうでしょう、お安くございませんな、へへへへ」

亭主が淫《みだ》らな笑いを浮かべながら、それでも油断なく相手の様子を打ち見守っているのを、魁太はそれとも気がつかず、いかにもうれしそうに、よだれの垂れそうな眼つきで、鈴木良雄様と彼の変名をかいてある上書をながめていた。

「どうぞ、ごゆっくり、御用がありましたらいつでも呼んでくださいよ」

心にもないお世辞をたらたらまき散らしながら、階段をおりていった木賃宿の亭主は、しばらく帳場に座ってぼんやり考えこんでいたが、何を思ったのか急にムックリと立ち上がると女房を呼んで、

「おい、ちょっと出かけて来るから二階に気をつけなよ」

「ああ、あの広告のことで行くんだね。なるべく早く帰っておいでよ」

「大丈夫だ。今夜こそはたんまりお礼にあずかれるよ。しかしなんだぜ、今どこから手紙が来たようだから気をつけなくちゃいけないぜ。もし外へでも出るような様子があったら、なんとか口実をこさえて引き止めておきねえよ。逃がしちゃたいへんだ」

「そこに如才があるものか、だけどおまえさんもできるだけ早く帰って来ておくれよ」

「よし来た」

亭主は粗末な草履《ぞうり》を引っかけると、あたふたと外へとび出していったが、こちらは二階の宮園魁太だ。そんなこととは夢にも御存じない。今来た手紙を胸に抱いて頬《ほお》ずりをしたり、接吻《せっぷん》をしたり、まるでラブレターを受け取った女学生のように、眼の色かえて喜んでいたが、やがてもったいないものでも破るようにそろそろ封を切ってい

ったのである。

亭主が由利先生をともなって帰って来たのは、それから一時間ほど後のこと。

「いるかい」

と、首をちぢめて女房に尋ねると、

「ああ、いるよ、寝ているらしいの、さっきからこととも音がしないもの」

「よう、それは好都合だ。それじゃ旦那、さっきいったように計らいますから、どうぞごいっしょにおいでなすって」

「よし」

由利先生は亭主のあとについて、暗い階段をギチギチと登っていく。亭主は油で煮しめたような障子に手をかけると、

「お寝みですか。もし、宮園さん」

わざと本名をいって、ガラリと障子をひらいたが、真っ暗な部屋のなかはしんと静まりかえっている。

「おや、よく寝ているようだ」

カチリと電燈のスイッチをひねると、なるほど綿の出た木綿布団をひっかぶるようにして魁太は寝ているのだ。

「もし、宮園さん、お客さんですぜ、もし宮園さん」

揺さぶってみたが身動きもしない。どんな夢を見ているか、醜い顔にほのかな微笑を浮かべて、ぴったりと閉ざした眼はなかなか開きそうにもない。

「どうしたんだ。起きないのかね」

亭主の背後からそっとのぞいてみた由利先生、魁太の顔を見ると、何を思ったかハッとした様子で、つかつかと枕元により、いきなりパッと掛布団をはぐってみた。

「御亭主」

魁太の胸に手をあてた由利先生、ギクリと眉《まゆ》を動かすと、あわてて亭主を振りかえり、

「医者だ。医者だ。それから大急ぎでこのことを警察へ知らせてくれたまえ」

「え、警察ですって？」

「そうだ。この男は寝てるんじゃない。死んでいるんだぜ」

「ひえッ」

のけぞらんばかりに驚いた宿の亭主が、泡《あわ》を食ったようにドドドドと梯子段《はしごだん》を踏み鳴らしておりていった後、由利先生は鋭い眼で部屋の中を見回していたが、やがてふと眼についたのは粗末な煙草《たばこ》盆である。

見ると、いましがたその中で手紙を焼いたらしく、まっくろになった灰がうずたかく盛りあがっているのだ。

由利先生はそっと指先でその灰をつついてみたが、灰はすぐぐずぐずと崩れてしまって、せめて筆跡なりともと思った由利先生の努力は、まったく水泡《すいほう》に帰してしまった。

「チェッ」

軽く舌打ちをした由利先生は、その他にも何か証拠の品はないかしらと、魁太の死体をめぐって隈《くま》なくあたりを調べていたが、そのうちにふと眼についたのは、はだけた魁太の胸もとから、少しはみ出している白い封筒である。

「おや」

先生はそっとその封筒をつまみあげた。それは明らかにさっき来た手紙の中に入っていたものとみえて、縦に一条折り目がついていて、別に封はしてなかった。

由利先生はそっとその封筒を開いて、中から一枚の紙片を取り出したが、さすがの由利先生も、そのとたん、ぎょっとしたように呼吸《いき》をのんだのである。

ザラザラとした、質の悪い西洋紙の上いっぱいに、下手くそな毛筆で描いてあるのは、野菊の花で取りかこまれた一個の髑髏《どくろ》、しかもその髑髏の上には、血をそそいだように赤いインキがなすりつけてある。

血に染まった花髑髏なのだ。

宮園魁太はこの奇怪な髑髏カードを胸にのせたまま、まるで眠るがごとく、醜い顔には微笑さえたたえながら死んでいるのであった。

またもや匿名の手紙

ああ、宮園魁太は自殺したのだろうか。

それから間もなく駆けつけて来た警察医の診断によって、彼の死因が流行薬によるものであることが明らかにされた。

しかも魁太の死に顔に浮かんでいた、あの安らかな微笑からして、覚悟の自殺であろうことは、だれの眼にも想像される。不幸にも書置らしいものは見当らなかったけれど、だいたい人々は次のように魁太の死を想像してみた。

果たして魁太が八十川藤松の遺児であったかどうかは疑問としても、彼が日下氏殺害の犯人であろうことは、もはや疑う余地はない。日下氏を殺して姿をかくした魁太は、おそらくその日からすでに自殺の覚悟を決めていたのだろう。それに拍車をかけたのが、あの自殺の直前に受け取った、差出人不明の手紙である。

魁太はその手紙によって、すでに逃れられぬ運命であることを覚《さと》り、潔く服毒処決したものにちがいない。

あの流行薬は実験用として日下氏の研究室にたくさん蓄えてあったから、魁太はあらかじめ、それを用意していたのだろう。

　こう考えてみると、そこに少しも不合理な点は発見されない。遺書のなかったことと、それからあの手紙の主が不明なのが気がかりだったけれど、そんなことは犯人の自殺してしまった今となっては、たいした問題でもない。

　ただ奇怪なのはあの髑髏カードだが、それとても魁太がやっぱり八十川藤松の遺児であったとしたら説明できることだ。魁太は父の位牌《いはい》の代わりに、あの花髑髏のカードを抱いて死んだのではあるまいか。

　とにかく警察の意見は右のとおりであった。

　そして新聞もいっせいにそのとおり報道したから、さしも世間を騒がせた花髑髏事件も、ここに一段落ついた形だった。

　ところがここにただ一人、以上のような説に納得しない人物があった。ほかでもない由利先生なのだ。

「きみ、宮園魁太のような男が自殺などすると思うのかい」

　警察がこの事件から手を引いたという記事が、新聞に出たその晩、由利先生は三津木俊助をとらえて、非常に興奮した顔色でそうなじっていた。

「自殺をするなんて人間は、たいていい人一倍神経の鋭い男に限っているんだぜ。ところが魁太という男はどうだ。あいつはまるで白痴同様な人間じゃないか。そんな男がたとい人殺しをしたとしても、その罪の恐ろしさに自殺するなんて、そんな馬鹿なことがあるもんか」

「しかし、事実がちゃんとそれを示しているのだからしかたがないじゃありませんか。それとも先生は、魁太が毒を飲んだのは自らの意志ではなくてだれか他人に飲まされたのだとおっしゃるのですか」

「そうさ、それに決まっているさ」

「えッ」

さすがの俊助もびっくりしたように、由利先生の顔を見ながら、

「しかし、先生、あの時魁太のそばにはだれ一人いなかったはずじゃありませんか」

「そう、人はいなかった。しかし、あの手紙がそばにあったよ。ねえ、三津木君、残念ながらぼくにも、どうして犯人があんなに巧妙に毒を飲ませたかわかっていないんだ。それだけにわしはいっそう恐ろしいんだ。三津木君、日下殺しの犯人はじつに容易ならんやつだよ。そいつは悪魔みたいなやつなんだ。そいつの血の中には悪魔以上の、何かしら気違いじみた陰険さが流れているんだよ」

由利先生はそういうと、真実恐ろしくてたまらぬというふうに、我れにもなくブルブルと体を震わせるのだった。

ところが、由利先生のこのことばが当たっていたのかいなかったのか、それから二、

三日後、突然由利先生のもとへ、またもや奇怪な匿名の手紙が舞いこんだのだ。

由利先生はひと目その内容を読むと、さっと顔色を失ったが、すぐ決心の色をうかべると、新日報社の三津木俊助に電話をかけて呼びよせた。

「三津木君、どうだ、やっぱりぼくのことばが正しかったのだぜ。きみはこの匿名の手紙をどう思うね」

あたふたと駆けつけて来た俊助の顔を見ると、由利先生はそう言って、いきなり手紙を差しつける。

俊助もそれを読むと、思わずさっと顔色を失った。そこにはだいたい次のような意味のことが書いてあるのだ。


由利先生へ一筆申し上げます。

八十川藤松の遺児アサオとは、決して宮園魁太のことではありません。したがって日下瑛造氏を殺害した犯人は魁太ではないのです。犯人はほかにいます。そして、そいつは、またもや恐ろしい殺人をたくらんでいるのです。日下事件の関係者のある一人に、今や恐ろしい危険が迫っています。御用心、御用心。

花髑髏

「あっ！」

俊助は思わず呼吸《いき》をのむと、

「先生、これは――？」

「どうだね、三津木君、日下事件はまだ終わってしまったわけではないのだよ。ほうっておけばまだまだ恐ろしい事件が起こるだろう。八十川藤松の執念はまだこの世に生きているのだ。ところで三津木君、きみはこの手紙をどう思うね」

「どう思うって、むろん、来たるべき大惨劇の予告なんでしょう」

「ふむ、それに違いはないが、しかし、わしのいうのはそれではない。この手紙の主《ぬし》はね、三津木君、前に受け取ったあの匿名の手紙とはまた違う人間によって書かれたのだよ」

「なんですって、先生！　だってここには、前と同様、花髑髏と署名してあるじゃありませんか」

「ふむ、それはそうだが、しかし三津木君、この二通の手紙を比較してみたまえ」

と、由利先生はこの物語の冒頭に掲げた、もう一通の手紙を出して並べると、

「一見して、この二つの筆跡の間には、非常に大きな差が見いだされるだろう。だれだって、こんな手紙を他人に代筆させるわけはないからね。明らかにこの二通の手紙は、全然別の人間によって書かれたのだぜ」

「すると先生、これはいったい、どういうことになるのですか」

「まあ、いい、いずれわかる時があるだろう。わしにはだいたい、第二の手紙の筆者は想像がついているのだ」

由利先生はなんとなく物思わしげな眼で、二通の手紙を机の引き出しの中にしまいこむと、

「とにかく一度日下邸へ電話をかけてみよう。何か変わったことがなければよいが」

由利先生はただちに受話器を取り上げて、日下邸へ電話をかけたが、急にはっとしたように顔色をかえ、がちゃんと受話器をかけると俊助のほうへ振りかえった。

「三津木君、たいへんだ！」

「え、何か起こったのですか」

俊助がびっくりして腰をうかすと、

「いや、まだ起こったというわけじゃないが、瑠璃子さんは世間がうるさいというので、昨日から鎌倉の別荘のほうへ行ってるんだそうだ。そして」

と、由利先生は意味ありげにことばを切ると、

「湯浅博士もいっしょだそうだ」

「先生」

ふいに俊助がすっと椅子《いす》から立ち上がった。

「ひょっとすると、瑠璃子さんの身に何か間違いが起こるんじゃありませんか」

「そうかもしれない、三津木君、大急ぎで自動車を呼んでくれたまえ。鎌倉まで行ってみよう」

由利先生と、俊助の二人は、泡《あわ》を食ったように麴町《こうじまち》にある由利先生の寓居《ぐうきょ》を飛び出したが、さて、それから一時間ほど後、二人が鎌倉大町にある日下氏の別荘を訪ねてみると、ちょうど今しがた瑠璃子は、江ノ島を見物するとて出かけたところだという。

「湯浅博士は？」

「はい、先生もごいっしょでした」

留守番の老婆のことばを聞くと、由利先生はどきりとしたように顔色をかえた。

「三津木君、行こう。大急ぎだ。ああ、あの手紙がもう少し早くついていたら！　こうなれば神に祈るよりほかに手段はない。三津木君、われわれが向こうに行きつくまで、なにごとも起こらないように、きみも祈ってくれたまえ」

俊助は長い間由利先生といっしょに仕事をして来たが、この時ほど取り乱した先生の様子を見たことがなかった。ふたたび自動車を雇って江ノ島まで走らせる途中、由利先生は自分も押せるものならいっしょに車を押したいほどの、焦燥にとらわれているのだった。

俊助はなんともいえないほど心細さを感じたが、やがて彼らが片瀬の海岸で自動車を乗りすて江ノ島へ渡る、あの長い桟橋《さんばし》にさしかかった時である。ふいに由利先生がぎょっとしたように俊助の手をとらえて立ち止まった。

「三津木君、あれを見たまえ、あの男を！」

由利先生が指さしたのは、今しも桟橋を渡り終えて、江ノ島のだらだら坂を登っていく一人の男の姿だった。その男はまるで、幽霊にでも追いかけられるように、こけつ、転《まろ》びつ、蹌踉《そうろう》としてだらだら坂を登っていったが、やがて見る間にその姿は暗い岩陰にかくれて見えなくなってしまった。

「先生、あの男がどうかしたのですか」

「ああ、きみはまだ知らなかったのだね。あの男だよ、日下氏の一人息子瑛一だよ」

言ったかと思うと、由利先生は脱兎《だっと》のごとく狭い桟橋を踏み鳴らして走り出したのである。

アサオの正体

その昔、稚児《ちご》が身を沈めたという伝説が伝わっている江ノ島の稚児《ちご》ヶ淵《ふち》、その稚児ヶ淵の岩頭でさっきから恐ろしい眼をしてにらみあっている二人の男女があった。

数十丈の断崖《だんがい》の下には、白蛇《はくじゃ》のような怒濤《どとう》が、無数の沫《しぶき》をあげ、空は血のような夕焼けの色にぬれている。

この夕焼けを全身に浴びながら、人形のように身動きもせずに突っ立っている男女とは、いうまでもなく瑠璃子と湯浅博士の二人なのである。

意外なことには、博士のほうが真っ蒼になって、ブルブルと震えているのに反して、瑠璃子のほうは、顔色こそ蒼《あお》ざめていたが、その態度には水のような静けさがあった。見ると彼女の手には、ギラギラと銀色に輝く小型のピストルが握られているのだ。

「先生、もうなんとおっしゃってもだめでございますわ。あたし一度こうと決心したら、絶対にそれを、翻《ひるがえ》さない、執念深い女でございますのよ。さあ、先生、もうあきらめてお念仏でもお唱えになったほうがおためでございますわ」

ああ、なんという恐ろしいことばであろう。瑠璃子のような女の唇から、こんな憎々しいことばが漏れようとは、だれが想像することができたろう。

瑠璃子はそう言うと、手に持ったピストルを持ちかえ、足元においてあった小さなふろしき包みをひらいた。と、その中から出てきたのは、なんということだ、血に染まった髑髏、八十川藤松の髑髏ではないか。それを見ると、湯浅博士はまるで子供のような悲鳴をあげて、あっと二、三歩うしろにとびのいた。

「ああ、それじゃそれじゃ、藤松の遺児のアサオとは、やっぱりおまえだったのだね」

博士が押しつぶされたような声でいうのを、瑠璃子は憎々しげに見やりながら、

「ええ、そうよ。それだからこそ先生、あなたの命をもらいうけねばならないのですわ。御覧なさい、先生」

瑠璃子はきっと無気味な髑髏を指さすと、

「これが、あなたの不謹慎なことばから、命を失ったあたしの父の髑髏なんですわ。そして、この髑髏の上に注がれているこの血こそ、父の敵《かたき》、日下瑛造の血なのです。しかし、父の敵は日下瑛造一人ではありません。あなたもやっぱり敵の一人なのです。父の髑髏はあなたの血を求めて、日夜あたしに迫ります。先生、お気の毒ですが、いまあたしはあなたの血をいただいて、この髑髏の上に注ぎかけねばなりません。先生、よござんすか」

悪鬼の形相《ぎょうそう》とは、まったくこの時の瑠璃子の顔をさしていうのだろう。きりりと逆立った柳眉《りゅうび》、ぼっと紅《あか》に染まった頬、殺気を含んできらきらと輝いている双《そう》の眸《ひとみ》、——美しいだけにそれはいっそう、何かしら現実的でない、一種妖異なものすごさを秘めているのだ。ああ意外とも意外、日下殺しの犯人はじつに、その妙齢の処女、瑠璃子だったのだ。

「ああ」

湯浅博士は思わず両手で顔を覆うと、

「恐ろしい、おまえは悪魔だ、おまえはやっぱりあの男の娘だ。おまえの体内には気違いの血が流れているのだ。おまえは気が狂っているのだ」

「ほほほほほ、そうかもしれません。いや、きっとあなたのおっしゃるとおりなのでしょう。だからこそあたしは気違いの父の執念をうけつがねばならぬのですわ。先生、それではよござんすか。あなたの命をおもらいしましたよ」

ピストルを擬しながら、瑠璃子はジリジリと博士のほうへ寄る。博士の顔には、今や救いようのないほど、激しい絶望の表情が浮かんだが、その時である。瑠璃子の背後にある岩陰にあたって、ちらと動く影が見えた。

それを見ると、博士の顔にははっと動揺の色が浮かんだが、すぐにそれを押し包むと、

「瑠璃子や、待っておくれ」

と、あえぎあえぎ叫んだ。

「待ってって、先生、あなたはこの場に及んで、尻込《しりご》みなさるのですか。それではあんまり卑怯《ひきょう》じゃございませんか」

「いいや、瑠璃子、どうせ私の命はないものとあきらめている。しかしねえ、瑠璃子、私にはいろいろと腑《ふ》に落ちないことがある。冥途《めいど》の土産にそれをききたいのだ。瑠璃子や、おまえは悪の天才だ。いや、お世辞でもなく私はそう思うのだ。瑠璃子や、おまえはどういうふうにしてこんどのような素晴らしい犯罪をやってのけたのだ。私は

それがきいておきたい。それを聞いておいて、冥途とやらへ行って日下に話してやりたいのだ」

博士のこのことばは、みごとに瑠璃子の心臓を貫いたのである。犯罪人にはいつも共通した虚栄心がある。大犯罪であればあるほど、いよいよその虚栄心は大きくなるのだ。

瑠璃子もこの弱点からまぬがれることはできなかった。彼女はまんまと博士の術中に陥ったのである。

「ほほほほほ、それほどでもないけど、そうね。どうせ死んでいく人なんだから、話したってちっともさしつかえはないわね」

瑠璃子はそれでも用心ぶかく、ピストルを身構えたまま、そばの岩の上に腰をおろすと、べらべらと彼女の恐ろしい罪状を告白しはじめたのである。その様子には、どこか尋常でない、言ってみれば、美しき白痴とでもたとえられそうな精神的歪《ゆが》みが見られるのである。

その時、彼女の話したことばを、そのままここに書記するのは、あまりにも恐ろしいことである。そこで筆者は、その要点だけをかいつまんでお話しすることにしよう。

瑠璃子が自分の素性を知ったのは、ごく最近のことである。瑛一の彼女に対する思慕があまり気違いじみていたので、万一のことが起こるのを恐れた日下氏は、ある日瑛一を呼び寄せて、とうとう瑠璃子の素性を打ち明けた。

瑠璃子はそれをひそかに偸《ぬす》み聴いたのである。そしてその瞬間から、瑠璃子は恐ろしい執念の復讐鬼《ふくしゅうき》となってしまったのだ。

瑠璃子は美しい女であった。しかし美しい彼女の外貌《がいぼう》の下には、忌まわしい気違いの血、殺人鬼の遺伝が流れていたのだ。それは恋に狂った瑛一の眼にはわからなかったが、分別に富んだ日下氏の眼には歴然とうつっていた。さればこそ彼は、あくまでも息子の希望に反対を唱えたのだが、その悪血《あっけつ》が今や猛然として猛《たけ》り狂いはじめたのだ。

この意外な秘密を漏れきいた瞬間から、彼女はもう尋常の女ではなかった。恩人は一瞬にして仇敵《きゅうてき》と化した。

しかも恋人はまたその仇敵の血をひいているのだ。彼女は毎夜のように、あの標本瓶《ひょうほんびん》の中にある髑髏が、無気味な歯をむき出して、彼女に愁々《しゅうしゅう》として訴えている夢を見た。

「瑠璃子や、私の敵を討っておくれ、そして敵の血を私の上に注いでおくれ。でないと私はもう永劫《えいごう》に浮かぶことができないのだ」

髑髏はあの醜い、黄色い歯をガタガタと鳴らせながら、綿々として彼女に訴えるのだ。

瑠璃子の血はいよいよ狂い立ち、そしてしまいには、とうとう、この恐ろしい妄念《もうねん》のとりことなってしまったのである。

彼女はまず第一に当の日下氏を槍玉《やりだま》にあげようと決心した。しかし、日下氏を殺したあと、その疑いが自分の身にふりかかっては困るのだ。なぜならば日下氏のほかにも湯浅博士という敵がある。

　そこで疑いが自分の身にかかってこない方法で日下氏を殺す必要があった。

　彼女はさんざん考えたあげく、とうとう世にも奸悪《かんあく》な一計を思いついた。つまり、自分も被害者の一人らしく見せかけようというのだ。

　瑠璃子はいつか湯浅博士の口から、由利先生のうわさをきいて知っていた。そこで由利先生を利用してやろうと考えたすえ、思いついたのがあの匿名の手紙なのである。つまり由利先生を自分に有利な証人として利用しようと考えたのだ。

　そこで花髑髏という署名のもとに、あの匿名の手紙を書く、とその翌朝、とうとう彼女は日下氏を殺してしまった。そしてすぐそのあとで、湯浅博士に変装すると、あの長持の一件を車夫の勝公に頼んだのだ。

　勝公が来るまでに、彼女は大急ぎで変装を解くと、自ら短刀で自分の肩をつき、そして扱帯《しごき》で縛られたようなふうをして長持の中に入りこんだ。あの長持は中からバタンと蓋《ふた》を落とすと、自然に鐶《かけがね》がはまるようになっていたのである。

　勝公はむろんそんなこととは知らないで、彼女の命令したままにその長持を馬場下の瑛一の宅に運んでいく。その途中には、あの匿名の手紙に誘《おび》き出された由利先生が待ちかまえているという仕組みになっていたのだ。

ここまでは万事うまくいった。いやいや彼女が最初計画したよりもはるかにうまくいったのだ。というのは、その朝日下氏が殺されたあと、偶然瑛一が訪ねて来て、父の死体につまずいたからである。瑛一は父の死体を見ると何を思ったのか（たぶん自分に疑いがかかってくることを恐れたのだろう）警察へ知らせずにそのまま飛び出してしまったのである。

物陰にかくれてこれを見ていた瑠璃子は、これでいよいよ、瑛一を父殺しの罪に落とせると北叟笑《ほくそえ》んだのだが、ここに一つ思いがけない故障が突発した。

その朝用事をこさえて、外へ出しておいた白痴の魁太が意外に早く帰ったのだ。瑠璃子はハッと当惑したが、そこはさすがに稀代の妖婦なのだ。

魁太がひそかに、自分に思いをこがしていることを知っていた彼女は、巧みに魁太をたらしこむと、この事件が無事に終わったら、必ず彼と夫婦になると、すっかり相手を喜ばせた。白痴の魁太は瑠璃子のことばを真実に思いこみ、大喜びで彼女の命ずるままに、業平橋付近の木賃宿に身をかくしたというわけなのである。

岩頭の惨劇

「ああ、なんというズバ抜けた悪知恵だろう。瑠璃子や、おまえはそれですっかりあの由利君の眼をごまかしてしまったのだね」

聞いていた湯浅博士は、ほっとしたように額《ひたい》の汗をぬぐいながらつぶやくのだ。

「ええ、そうよ。いかに利口な探偵でも、こちらがそれ以上の知恵を働かせれば、ごまかすのはなんでもありませんわ」

瑠璃子は得意になって、

「現にこのあいだだってそうですもの。魁太へ送る手紙をポストに入れて帰りがけ、あたし危なくあの探偵につかまりそうになったのだけど、大急ぎで家へとび込むと、変装を解いて着物を着替える暇がなかったし、それに雨にぬれた頭をふく暇がなかったので、とっさの思いつきで、あたしくるくると裸になると、そのまま浴槽《よくそう》の中にとび込んだのよ。あの時、あたしの入っていた浴槽の底に、変装用のマスクや眼鏡や、それから二重回しまでかくしてあったと知ったら、ほほほほほ、あの馬鹿な探偵さん、いったいどんな顔をするでしょうね」

「わかった、わかった。おまえはなんという利口な悪魔だろう」

湯浅博士はますます相手をおだてるように、

「それじゃ何かい。魁太が死ぬ前に受け取ったあの手紙は、おまえが書き送ったのだね。瑠璃子や私に話しておくれ、おまえはいったいどうしてあんなにうまく魁太を死なせることができたんだね。私はぜひそれを後学のために知っておきたいのだよ」

「ほほほほほ」

彼女はいよいよ得意になった。あたかも彼女は小説家が自分の小説をほめられた時のように得意の絶頂に達した。

「あれはなんでもないの。あたしあの手紙の中にさんざん甘いことばを書きならべたあげく、魁太様、あたしは世にも不思議な呪《まじな》いを知っています。その呪いをして寝ると、きっと自分の思うままの夢を見ることができるのです。あたしも今夜その呪いをして寝ますから、あなたもこの手紙を読んだら、すぐその呪いをして寝てください。そして夢で逢《あ》いましょうと、そう書いてやったの。ところでその呪いというのはどんなことだか教えてあげましょうか」

瑠璃子はさもおもしろそうに、気の狂った悪魔の笑いを笑うと、

「それはこうなのよ。魁太さま、この手紙を読んでしまったら、すぐそれを焼き捨てなさい、そしてその灰を少しとって、それといっしょに手紙の中に入れておいた薬を飲んでちょうだい。そして寝床の中に横になったら、手紙の中に同封してある白い封筒を胸の上において、静かに眼をつむるのよ。そうしたら夢の中であたしと逢うことができます。もしもこの中のどれ一つ間違えても呪いは絶対に利かないのだから、けっして間違えちゃいやよ。――というの。どう、ところで、その薬というのが恐ろしい毒薬なのだから、あの人とうとう、永劫《えいごう》覚めることのない眠りに落ちてしまったわ

け。ほほほほほ」

　ああなんという陰険さ、なんという巧妙さ、悪魔の知恵といえども、おそらく彼女のこのやり方にくらべたら三舎《さんしゃ》を避けたことだろう。

　博士は思わず激しく身ぶるいすると、

「ああ、おまえはやっぱり八十川の娘だ。おまえには悪魔が取り憑《つ》いているのだ」

「ほほほほほ、そうよ。そしてその悪魔は、あたしにあなたを殺せと命令するのよ」

「あ、ちょっと待っておくれ。瑠璃子、もう一つおまえに聞きたいことがある」

「何よ」

「私は一度、八十川の戸籍謄本を日下に見せられたことがあるが、あの男の遺児はたしかアサオという男名前になっていたが、あれもおまえが改竄《かいざん》したのかい？」

「ほほほほほ、何かと思ったら、そのことなの。あれはなんという愉快な間違いでしょう。あたし日下を殺す前に、あの人の口からきいたものだけど、あたしの母はあたしに阿佐緒《あさお》という名前をつけるつもりだったのですって、ところが無学なあたしの母は漢字を知らなかったものだから片仮名でとどけたところが、役場の書記が早合点で、男だと思いこんで、さてこそこんな間違いが起こったのよ。よくあることだけど、それがあたしにとっては何よりのしあわせになったの。さあ、これで何もかも話してしまったから、いよいよ、あなたの命をもらってよ」

美しき悪魔は急にきっと眼を輝かせると、ギラギラと光るピストルをかまえたが、その時である。突如、岩陰からさっと一つの影が躍り出したかと思うと、いきなり彼女の右手に武者振りついたのだ。

「あ！」

ふいを食った瑠璃子はからりピストルを取り落としたが、次の瞬間相手の顔を見ると、

「あ、あなたは瑛一さん！」

「瑠璃子、覚悟をおし」

瑛一はそのピストルを拾いあげるや否や、いきなりズドンと一発、瑠璃子の胸もとめがけてぶっ放すと、返す手もとで、我れとわが咽喉《のど》めがけてまたもや一発。

「あ、瑛一、何をする」

これらのできごとはじつに一瞬にして起こったのだ。湯浅博士と、そしてさっきから別の岩陰にかくれて、鬼のような瑠璃子の話に耳をすましていた由利先生と、三津木俊助があわててそばへかけ寄った時には、瑠璃子も瑛一も血に染まって岩角に倒れていた。

瑛一は博士がそばへ寄ろうとすると、力のない手で押しのけながら、

「小父《おじ》さん、許してください。――ぼくは――ぼくは――こんな悪魔と知りつつも、

まだ思いあきらめることができないのです。瑠璃子」

瑠璃子の瞳《ひとみ》がかすかにくるくると動いた。

「さあ、これでおまえの恨みも消えただろう。われわれは――われわれは――いっしょに手をとって、暗い暗い、道を歩んでいこう」

瑠璃子の顔がその時ちょっと、微笑したように見えた。瑛一はそれを見ると、そっとそばへ這《は》いよって、相手の唇《くちびる》に自分の唇を重ねたが、そのまま二人とも呼吸がたえてしまったのである。

夕焼けはいよいよ赤く、この凄惨《せいさん》な岩頭の悲劇をまるで地獄絵巻のように照らしている。


「あの二度目の匿名の手紙を出したのは、私だった。私も瑛一も最初から瑠璃子を疑っていたのだが、瑛一はけっしてそのことを言ってくれるなというのだ。あれは日下の死体を発見すると、すぐ私のところへ電話をかけて来てね、しばらく姿を隠すが、金がほしいから、あのお宮の境内にある欅《けやき》の洞に隠しておいてくれというのだ。そこであの雨の晩、欅の木に登って金を隠して来たところを、きみたちに見つかったというわけだよ。しかし、私は瑠璃子といっしょにいるのが恐ろしくてたまらなかった。ことにあの女が鎌倉へ行こうと言い出した時には、てっきり私を殺すつもりだと思ったから、それとなく保護を求めるために、きみにあのような手紙を出したのだよ」

事件がすんでからずっと後に、湯浅博士は由利先生にそう話したということだが、しかしその博士もあまり長くは生きていなかった。

自分のふとした不謹慎な言動が、こんどの事件の発端となったことを思えば謹厳な博士は、自責の念に耐えられなかったのであろう。

その後懊々《おうおう》として楽しまなかったが、夏の終わりごろ、心臓麻痺《まひ》でポクリと死んでしまった。

髑髏の執念はこうして、ついに最後の呪いを全うしたのだ。

由利先生はその後、この事件の記録を読むごとに、なんともいえぬほど、不快な感じに打たれるという。ことに瑠璃子が魁太を殺害した、あの巧妙な手段に思いいたるたびに、さすがの由利先生も、慄然《りつぜん》として舌を巻かずにはいられないのであった。

「恐ろしいやつだ。恐ろしいやつだ。おそらく世界じゅうの犯罪者を選《よ》りすぐっても、彼女に匹敵する頭脳を持っているやつは一人だっていないだろう」

由利先生は幾度も幾度も、俊助に向かってそう話したという。

解説

中島河太郎

金田一耕助の名が、その伝記作者である横溝氏によって紹介されてから、ちょうど三十年になる。著者がこの書生っぽのような探偵を生んだとき、これほどの寿命を予想し得たかどうかしらない。

金田一の初手柄《てがら》が物語られている一方では、由利先生の手がけた最後の事件、「蝶々殺人事件」が並行して進行していたのだから、著者は必ずしも探偵役の交替を考えていたのではなさそうである。

東京を舞台にしたものでは由利先生、ローカル・カラーをバックにした作品では金田一をといった使い分けが可能だったと思えるのだが、金田一は事務所を東京に開設し、東奔西走するようになってしまった。昭和八年来、三津木俊助とのコンビで親しまれた由利先生は、二十二年の「蝶々」の完結とともに消息を絶えて聞かなくなった。

金田一耕助の活躍する本格推理はむろん、読みごたえがあるが、私にとっては昭和十年前後から、耽美的《たんびてき》作風に移られた作品が、少年期の読書の思い出とダブって懐《なつ》かしい。

「面影双紙」「鬼火」以下の一連の物語に夢中になっただけに、それらに源を発して草双紙趣味をまじえながら、由利先生を探偵役とするシリーズに読み耽《ふけ》った印象の消え難いものがある。

「白蠟変化《びゃくろうへんげ》」は昭和十一年四月から十二月まで、「講談雑誌」に連載された。上諏訪での療養の甲斐《かい》があって、再起した第一作が「鬼火」であった。「蔵の中」「かいやぐら物語」「蠟人」と続いて発表された作品は、どれも彫心鏤骨《ちょうしんるこつ》の光彩を放って、読者を眩惑《げんわく》するに充分だった。

そのうちの「蠟人」と同じ月から、娯楽雑誌の連載が開始されたのだから、著者は探偵小説的趣向を凝らし、探偵役を起用しなければならなかった。

由利先生と三津木とのコンビは、前にも述べたように、八年の「憑《つ》かれた女」に登場しているが、先生の名前は記されていないし、かつて警視庁に奉職したことがあるという程度で、名捜査課長とうたわれたとは触れてない。

十年の「獣人」には、由利燐太郎という「学生上がりのまだ生若い青年」が登場する。後年私立探偵として身を立てるようになったとあるから、由利先生の若き日の挿話のように思われる。それが「白蠟変化」になると、燐太郎が麟太郎に改まり、麴町三番町に寓居《ぐうきょ》がある。往年の名捜査課長で、野にあって警察方面とは一切関係をたっていると、わざわざ注釈がついている。

そのことについては、本篇と並行して書かれた「妖魂《ようこん》」で、由利捜査課長が輝かしいその地位から失脚した理由を、庁内にわだかまる政治的軋轢《あつれき》の犠牲になったのだろうと推測している。彼はそれから三年間、消息を絶っていたとあるが、本篇からは新日報社の三津木と組んで、縦横に活躍する。長篇だけでも本篇をはじめ、「まぼろしの女」「双仮面」「仮面劇場」「蝶々殺人事件」がある。

江戸時代からの小間物商で老舗《しにせ》のべに屋は、昔ながらの家憲《かけん》に従って、婿養子を迎える場合でも、一族の血統の者から選ばねばならない。現在の主人は相思相愛の声楽家がいたにもかかわらず、血縁を楯にとって婿にさせられたのだが、とかく夫婦の仲が円満を欠いていた。折りも折り、主人が妻の死体の一部を処理している場面を発見された。彼は殺害を否認し続けたにもかかわらず、死刑が確定したというショッキングなニュースから物語は始まるのである。

急遽《きゅうきょ》パリから帰国した声楽家は、愛する男の死刑を救うために、あらゆる方法を試みた。すべてが駄目だと分ったとき、彼女は刑務所から愛人を盗み出そうという前代未聞《みもん》の計画までたてたのだ。この大胆不敵な陰謀が見事に成功を収めたかと思われたのに、まったく予期しない悪い籤《くじ》を引き当ててしまった。

皮膚が白蠟のように白く、世の中の悪事という悪事をやってのけた凶悪犯までが、この物語に重要な役割を演ずるきっかけとなってしまった。著者は自己の作品に、幼時読《よ》み耽った読み本が影を落としていると書かれたことがあったが、読み本ひいては草双紙の結構に示唆《しさ》されたと思われるのは、この年代の作品にもっとも顕著であった。美男の死刑囚、それを救うために破獄をも辞さぬ稀代《きだい》の美女。かれらをめぐって狐のような面相と狡猾《こうかつ》さを具《そな》えている医学博士、悪の塊りの白蠟怪、エロを売り物のレビューの女優、鉄格子の中に監禁されている美少年ら、つぎつぎに登場する人物が、一癖も二癖もあって、かれらの行動が予断を許さないのだ。それだけにストーリーの展開がスピーディーで、複雑怪奇を極めて目まぐるしい。

「薄暗い、陰気な土蔵の中に鞭《むち》を振る妖女と、そしてその鞭の下に呻《うめ》きながらも、一言も発しようとはしない美少年と、これ等の対照には、草双紙風な一種異様なもの凄さ」があると描かれているが、そのなまめかしい残虐さが作品全体の主潮となっている。

野望と欲情を遂げるためには、どんな奸譎《かんけつ》な方法手段も厭《いと》わぬ策略が披露されるが、その反面に激しい思慕の念に駆《か》られての献身が潤《うるお》いとなっている。それらの愛欲の相剋《そうこく》の裏面では狡智《こうち》な犯罪の陥穽《かんせい》が仕組まれているので、由利先生と三津木記者の推理を俟《ま》たねばならない。

卍巴《まんじどもえ》と複雑なからみあいを演じているかれらの、いわば外側にいながら、二人の叡《えい》智《ち》はからくりを看破して真相に迫る。血で血を洗う惨劇の結末はあわれだが、旧家の掟《おきて》のおぞましさや愛欲の執念を、仮借なく抉《えぐ》って弛《ゆる》みがなかった。

「焙烙《ほうろく》の刑」は昭和十二年一月、「サンデー毎日」に発表された。

日東映画のスター俳優が、また従妹に援助を求められる。彼女の夫が殺人の罪をきせられて、監禁されているのを助けたのだが、その夫はある女性の魅力に捉えられて、こんな羽目に追いこまれてしまったというのである。

俳優がようやく謎を解く手がかりを得たときには、死の脅威にがんじがらめになっていた。可憐《かれん》な女性と驕慢《きょうまん》な女性とを対比させながら、殺人劇の背後にある黒い嫉妬の炎に、三津木俊助までがきりきり舞いをさせられるのだ。

「花髑髏《はなどくろ》」は「富士」の昭和十二年六月増刊号と七月号に分載された。

名探偵の評判が高くなると、手紙が舞いこむのは仕方がないが、由利先生は救助を求めるような、また挑戦状ともとれるような奇妙な手紙を受け取った。厭な予感がするといいながら、指定の場所に時間通り、出向いてみるのは因果な職業の嗅覚ゆえであろう。

果して血の滴《したた》る長持に出あった。中には負傷した女性が横たわっている。事件を予告した先生宛ての手紙には、血染めの髑髏《どくろ》が署名代りに描かれていたが、どうやら二十年前に秘密が介在しているようだ。

凶悪犯で殺された者の遺児が、復讐を企《たくら》んでいるにしても、その正体が皆目《かいもく》つかめない。美貌と醜貌と、善と悪と、対照をくっきりさせたり、場面転換の速さなど、草双紙に学んだ手法が存分に活用されている。

おそらく世界中の犯罪者を選《え》りすぐっても、この犯人に匹敵する頭脳を持っているのはいないだろうと、由利先生が述懐《じゅっかい》したほどの強敵であった。

波瀾《はらん》曲折に富みながら、妖艶と残虐味をないまぜ、しかに意外な真相を秘めた由利・三津木のシリーズが、戦時下屏息《へいそく》するまでの数年間を楽しませてくれたのである。

本文中には、白痴、気違い、跛《びっこ》、低能者など、今日の人権擁護の見地に照らして不当・不適切と思われる語句や表現がありますが、作品発表時の時代的背景を考え合わせ、また著者が故人であるという事情に鑑み、底本のままとしました。

本書は、一九七六年四月に刊行された角川文庫を改版したものです。

花《はな》髑《どく》髏《ろ》

横《よこ》溝《みぞ》正《せい》史《し》

昭和51年 4月20日　初版発行
令和2年 6月25日　改版初版発行
令和6年 12月10日　改版4版発行

発行者●山下直久

発行●株式会社KADOKAWA
〒102-8177　東京都千代田区富士見2-13-3
電話　0570-002-301（ナビダイヤル）

角川文庫 22213

印刷所●株式会社KADOKAWA
製本所●株式会社KADOKAWA

表紙画●和田三造

●お問い合わせ
https://www.kadokawa.co.jp/（「お問い合わせ」へお進みください）
※内容によっては、お答えできない場合があります。
※サポートは日本国内のみとさせていただきます。
※Japanese text only

ISBN 978-4-04-109613-0　C0193

角川文庫発刊に際して

角川源義

第二次世界大戦の敗北は、軍事力の敗北であった以上に、私たちの若い文化力の敗退であった。私たちの文化が戦争に対して如何に無力であり、単なるあだ花に過ぎなかったかを、私たちは身を以て体験し痛感した。西洋近代文化の摂取にとって、明治以後八十年の歳月は決して短かすぎたとは言えない。にもかかわらず、近代文化の伝統を確立し、自由な批判と柔軟な良識に富む文化層として自らを形成することに私たちは失敗して来た。そしてこれは、各層への文化の普及滲透を任務とする出版人の責任でもあった。

一九四五年以来、私たちは再び振出しに戻り、第一歩から踏み出すことを余儀なくされた。これは大きな不幸ではあるが、反面、これまでの混沌・未熟・歪曲の中にあった我が国の文化に秩序と確たる基礎を齎らすためには絶好の機会でもある。角川書店は、このような祖国の文化的危機にあたり、微力をも顧みず再建の礎石たるべき抱負と決意とをもって出発したが、ここに創立以来の念願を果すべく角川文庫を発刊する。これまで刊行されたあらゆる全集叢書文庫類の長所と短所とを検討し、古今東西の不朽の典籍を、良心的編集のもとに、廉価に、そして書架にふさわしい美本として、多くのひとびとに提供しようとする。しかし私たちは徒らに百科全書的な知識のジレッタントを作ることを目的とせず、あくまで祖国の文化に秩序と再建への道を示し、この文庫を角川書店の栄ある事業として、今後永久に継続発展せしめ、学芸と教養との殿堂として大成せんことを期したい。多くの読書子の愛情ある忠言と支持とによって、この希望と抱負とを完遂せしめられんことを願う。

一九四九年五月三日